对 弈

李学磊 著

群众出版社
·北京·

目 录

第一章　越狱／1

第二章　线头／37

第三章　失手／61

第四章　陷阱／84

第五章　卧底／136

第六章　诀别／178

第七章　天网／216

第八章　结局／273

后　记　　／321

第一章 越狱

一

今年的气候有些反常,虽然只是刚开春,南国小城伊秋却已经热得连夹克衫都穿不住了,心急的都穿上短袖了。满街的木棉树整齐地怒放,像一团团火焰,把伊秋装点得艳丽而华贵。

今天是 3 月 14 日,星期五,伊秋城外的伊川监狱阳光普照。这是一所年前刚搬来的监狱,原来的监狱在 300 千米以外的大山里,解放前留下来的,年久失修,仓容也不足,这些年监狱关人的增长速度和 GDP 的增长速度几乎是同步的,原来都是打家劫舍的,现在党政官员也来挤,老监狱已经达不到关人的最低安全要求和仓容标准，经过测算，翻修老的和重建一个新的差不多是一样的投资，省监狱管理局决定另起炉灶建新的。新监狱选址伊秋市，主要考虑原来在大山里，交通不便，监狱工作人员的家庭、生活特别是子女入托上学，甚至年轻民警找对象都是很头疼的问题，监狱流失的民警逐年增加，调离的辞职的都有，甚至还发生过不辞而别的，有个大学刚毕业的民警忽然几天不见人影，单位很着急，四处寻找，等领导找到他，这老兄已经在深圳一家日企上班了。该民警说我们管的人大都是有期徒刑，而我们自己却是无期。虽然是牢骚，但听起来挺让人心酸的，现在对犯人都要人性化管理，更何况对自己人呢？上下意见很一致，新监狱就选在伊秋北部一个叫伊川的地方，名字自然就叫伊川监狱了。

又到放风的时间了，各仓的犯人陆续走出来。哈雷还赖在铺位上，他和其他犯人盼着放风不同，他不想出这个仓门，特别是这两天，准确地说是他妻子前天来看过他之后，他几乎就没再跟人说过话，一脸的阴沉，看人都翻着白眼，一天到晚躺在自己的铺位上，连动都不动一下。

哈雷的身份很特殊，进来之前是个特警，伊秋市公安局的特警，海军陆战队特种兵转业。同仓的人都知道他有来头，但又说不清楚底细，谁都不敢招惹他，即便没来头，瞧他胳膊上那肌肉也知道不是善茬儿。里面的人虽然形形色色，但有个共同的本事，就是看一眼就知道哪个是软柿子，可以捏一下，哪个不能惹，碰都不能碰，这应该是他们的丛林法则，是他们自己在狭小逼仄的环境里历练出来的能耐，有人的地方就有江湖。

管教当然清楚哈雷的来历，除了犯罪档案把来龙去脉写得很清楚外，还有就是伊秋市公安局刑警队队长苟大海经常过来看他，伊秋市公安局局长毕其功春节前来伊川监狱例行走访时，也专门抽时间见了哈雷，监狱长就在旁边陪着。有这层关系，监狱对哈雷有一些特殊优待。例如，别人每月的零花钱——亲友探视时给存的——只能用500元，但哈雷能用到600元，虽然也只能在内部的小卖部买些香烟、方便面、榨菜之类的东西，价格还贵得离谱，一盒方便面10块钱，还是不配香肠的那种，但这100块的差距足以让同仓的犯人，也叫学员，肃然起敬或者望而生畏，这是个弱肉强食的江湖，这里和外边一样，来头比拳头还管用。

管教民警扶着铁门对着里面喊："哈雷，你磨蹭什么呢？"

哈雷不情愿地从铺位上起来，趿拉着鞋，晃晃悠悠走出来，管教似真似假地拍了一下他的后背："快点！"这种肢体接触传递出的是一种善意和友好，很罕见，整个仓里也就哈雷能享受到。哈雷跨出门，猛一下很不适应太阳光线的照射，眯着眼，有些恼怒地抬头看了看挂在薄云中的太阳。

管教在后面"哐"的一声把铁门关上，"哗啦"又上了锁。

哈雷看起来不想见到任何人，他有意避开三三两两扎堆聊天的学员，独自一人朝后面墙根走去，他是想蹲在墙根那儿晒会儿太阳。一个瘦猴学员凑上来，讨好地往哈雷嘴里塞了一支香烟，哈雷冷漠地别过脸，还给了他一个白眼，瘦猴讪讪地退走了。哈雷拐到墙边，背靠着墙顺势坐下来。

沐浴在阳光下的高墙铁网显得没那么冷森了，独坐的哈雷一会儿就觉得浑身暖洋洋的，但他的喜怒全挂在脸上，他那紧锁的眉头一直没有舒展过，可以感觉出哈雷内心有一团正在翻滚的岩浆。这是一个胸无城府的人。

像所有的工程一样，伊川监狱还在为收尾进行着一些小打小闹的建设。哈雷的对面，高墙的西南角，一台挖土机正在施工作业，说是要挖出一片水面，种上莲花养上鱼，监狱也要美化，有论证说，环境的赏心悦目对犯人的改造有着潜移默化的重要作用。哈雷当然不知道这台挖土机正承载着如此神圣的使命，他只觉得这个庞然大物的嘶吼更让他烦躁，他想换个地方晒太阳，于是哈雷顺着墙根慢慢站起来。

挖土机说停就停下了，站起身的哈雷下意识地看过去。司机从挖土机驾驶室跳出来，捂着肚子朝前面看守值班室小跑过去，应该是肚子不舒服，人有三急，哈雷觉得有些好笑，但看着司机急促而去的背影，一个可怕的念头电光石火般蹦出来，连哈雷自己也吓了一跳，但特种兵哈雷迅速镇定下来，目光骤然警觉起来，他朝四周看了一圈，如常的平静和秩序。再没有丝毫的犹豫，哈雷猫腰向挖土机跑去。

挖土机并没有熄火，甚至驾驶门都半开着，哈雷一个箭步跳进驾驶室，身手之敏捷依稀可见当年的功底。高墙上警戒的武警刚刚转身朝另一方向走去，一切都这样偶合。挖土机的操作对特种兵而言不过是小菜一碟，挖土机开动了几步就到了高墙，钩斗往前一伸，墙体上一个洞口豁然出现，哈雷跳下，身影一闪，人已经到了高墙电网之外。

一切都在瞬间一气呵成。

高墙上的电网颤动了一会儿又平复下来，放风的学员们依然是三五成堆，微风和煦，阳光普照。恪尽职守的武警战士又巡回来，但推土机短短几米的位移，无法引起百米之外高墙之上的视线聚焦，而那个刚容一人通过的洞口，恰好又被推土机挡住。

事故就这样在不动声色中发生了。

如释重负的挖土机驾驶员不紧不慢地走回来，在半路他甚至还点了一支烟来抽，但走回来看见挖土机停在高墙边，心中顿生疑惑，赶紧走近前，一眼就发现了那个洞口，一下子惊呆了，嘴张得很大，但半天才发出凄厉的声音。

高墙内突然警铃大作。

值守民警和武警战士从不同方向冲过来，放风的学员被紧急赶回监仓。整个大院都是急促慌乱的喊声和脚步声。

哈雷越狱了！

二

哈雷越狱的时候，刑警队队长苟大海正和局长毕其功争执。

毕其功从省里开会带来一份情报：震惊世界的东南亚大毒枭糯康临死前透露了一个线索，他说在毒品方面他是供货方也是进货方，既自产自销也做转手贸易，海洛因和鸦片他自己有货，但冰毒没有，有人找他卖冰毒，他曾从伊秋进过货，再转手就是一笔可观的钞票，给他供货的是黑桃皇后。情报的内容就这几句话，省里很重视，要派工作组下来专门调查这个线索。

苟大海不同意，不同意的理由有三条：一是这几句话够不上情报，这话不是警察当面听糯康讲的，是同仓的犯人转述的，可信程度要打问号，这些人为骗立功啥谎都敢撒，反正已经是死无对证。二是从这么多年的经验看，玩毒品的一般都很专注，卖粉的只卖粉，贩冰的只贩冰，多种经营的少见，糯康染指冰毒不合常理。三是没有像样的线索，这省厅的工作组得在伊秋待多久啊，吃住行都得伊秋刑警队陪，而且他们人生地不熟的，能调查出什么来？还是我们自己来调查好。实际上苟大海内心想的是，省里来人查不出来他也得赔人赔工夫，要是真查出来什么自己的脸往哪搁？刑警队的脸往哪搁？

毕其功当然知道苟大海这点儿小心思，但他说这是厅长交办的任务，当场他就答应了，不让来可讲不过去。

苟大海说："你是不是在厅长面前紧张得手心出汗腿发抖连句解释都不敢？"

毕其功说："我有那么窝囊？！不过也确不如你在我面前这么嚣张。厅长也不是信口开河，这是公安部转下来的，情报的原则是宁可信其有不可信其无，无论如何得认真查，给上面一个交代。再说了，厅长都开口了，率土之滨莫非王土，咱们伊秋就是人家的辖区，人家想去哪儿就去哪儿。"

苟大海说："别老厅长厅长的，你这是习惯性献媚，是副厅长，就是献媚顶多前面加个常务就够了。我给他打个电话，这些事我们伊秋办就行了，不麻烦省里了，他们还得忙大事呢。"

毕其功瞪眼："你是局长还是我是局长？你说了算还是我说了算？"

苟大海赶紧赔笑："当然您是局长，这不您坐着我站着呢，咱礼数可没少。局长也得先集思广益然后才能独断专行，对吧？您想过没有，这帮爷不知来多少人呢，这吃住行安排差了不行，可安排好了得多少钱？要住上个一年半载我怎么也得安排两个人陪着吧，我刑警队的人一个萝卜一个坑，跟你要两年人了，连个人影都没见着。"

毕其功话题一转："你知道领导最烦什么样的下属吗？"

苟大海一愣："我正事儿都忙不过来，没琢磨过这事儿。"

毕其功："领导最烦叫你办件事儿你却推三阻四，我说一句你解释三句。"

苟大海不服："要是领导错了呢？"

毕其功："幼稚！领导怎么会错？！"

苟大海："好，好，我不跟你说了，我直接给张副厅长打电话。

喔，常务，您就当不知道。"

毕其功点点头："也好，他们不来最好，要是真被上面查出来，伊秋的脸往哪搁？"说完自己摸了一把脸。

苟大海乐了："敢情您也这么想。"苟大海接着说："这张副厅长是我警大的师兄，当年还是一个散打队的，训练时经常被我打得鼻青脸肿，这事儿好商量。"

毕其功："张厅长说鼻青脸肿的是你，你俩到底谁说谎啊？我猜八成是你，你是习惯性吹牛。这情报要重视，无风不起浪，你要认真查。不让上级来，自己又搞不定，可吃不了兜着走。要是真在伊秋，挖地三尺也要把她找出来，我要看看这黑桃皇后长什么样！还跟国际接轨了？！"

苟大海："剩下就是我的事儿了。走，到时间了，去吃饭。"

三

这是一个临江的小楼，临的是伊秋的母亲河——汤旺河，这里原来是沿江公路养护站，后来被一个有钱的老板租下来，改建成了餐厅，取名叫百味坊。据说这餐厅改建得极其艰难，因为政府有规定，河边不允许发展餐饮，怕污染河水，伊秋老百姓的自来水都是从这条汤旺河里抽上来的。老板财大气粗，硬是花了两百多万接出去一条排污管道，这才通过了环评办到了证。

伊秋市公安局刑警队队长苟大海在百味坊订了个包间，要给父亲苟远山过八十大寿。咱们中国人还是把吃排在第一位，甭管办什么礼仪，都围绕着吃打转悠，吃好了也就办好了。这百味坊还在试营业阶段，苟大海不知道这个地方，是局长毕其功告诉他的，毕其功来吃过，说味道一般但环境好，现在丰衣足食了开始讲究吃的环境了，当时苟大海不以为然地撇撇嘴，但还是订了百味坊。

这毕其功和苟远山关系可不一般，苟远山是伊秋解放后第一任公安局长，当时还不叫公安局，先叫保卫组，后来是公安处，再后来改成了公安局，苟远山从组长到处长再到局长，一气儿干了30多年，伊秋公安历史上肯定空前绝后了。毕其功20世纪80年代参加公安工作，曾经在苟远山手下干过，并得到赏识，苟远山退下来的时候，毕其功已经是市公安局办公室主任了。

虽是八十大寿，但只是小范围聚会，苟远山不喜欢也不允许张扬，隐忍低调的个性跟了苟远山一辈子了。本来不想过的，但大家都惦记着，大家平时都忙，有这个由头也好一起聚一下。

临河边订了个包间，就一张桌，毕其功把菜替苟大海点好了。这苟大海刑侦破案是一把好手，但点菜却是令他头痛的一件事，苟远山评价儿子点的菜有两大特点：一是难吃；二是贵。而且每次都是这样，就是学不会。在这一点上，毕其功很佩服苟大海，说能把菜点难吃不难，点贵也不难，难的是能点得又贵又难吃，真是不容易，不简单；特别是，一次点不好并不难，两次点不好也不难，难的是从来就没点好过，从来就没让老爷子满意过，更是不容易，不简单。这不容易，不简单是局长毕其功今年的口头禅，去哪里讲话都是这两点，当然内容不一样，就这两点毕其功几乎对局里每个部门包括苟大海的刑警支队年前都点评了一遍，苟大海跟毕其功说你能不能换两点新鲜的，一天到晚就这两点，弄得办公室整理发文件都为难，江郎才尽似的。毕其功说这些过年话还发个屁文件，都是官话套话。官话套话里面这两句最经典，内涵深外延大，放之四海而皆准，表扬哪个部门都贴切，大家也都愿意听，你说这要过年了，还不让大家都高兴一下。这是我原创，之前没人说过，什么江郎才尽？这叫有才。毕其功文笔、口才都是一流的，苟大海说不过他。

人陆续到齐，苟远山坐李侠的车一起来的。苟大海的妻子李侠带着6岁的儿子元帅刚从海边赶来，回家顺便把老爷子接上了，元帅手里提着一条冬青斑，鱼还动呢，这是深海才有的鱼，他们昨晚住在渔船上，今天一大早跟渔民打鱼去了，看来收获不小。楚鹤村是和大嫂一起来的，楚鹤村和苟远山搭了一辈子邻居，苟远山的寿宴自然不会错过的。大嫂是楚家大儿媳妇，大哥10年前看破红尘离家出走，据说做了和尚，从此再也没回过家，大嫂无怨无悔继续留在楚家。楚鹤村和苟远山同岁，解放前就认识，解放后一起参加工作，两家相熟几十年了，算是世交。

入座，菜上得很快。毕其功率先端起酒杯："咱们大家一起来，第一杯酒祝老领导身体健康，长命百岁！"

苟远山端起杯接过话茬儿："上个月我去省里参加我老师长的生日宴会，老师长97岁了，敬酒的时候一个冒失的年轻科长祝他老人家长命百岁，老师长脸一下子就拉下来了，弄得那科长很尴尬。"

"那，那只能再活三年啊。"元帅反应很快。

大家都笑了。

"欠揍，我要在场就踹他一脚，哪有这么不会讲话的！"苟大海说。

"说者无心，听者有意。"楚鹤村说。

"你们这么一说，我这话也欠斟酌，改成寿比南山吧！"毕其功挠挠头。

"咱这南山也被挖走一半了。"苟远山幽幽地又接了一句。

大家又笑了，可不，伊秋市区真有个南山，原来是绿树成荫，房地产商为了盖楼，几乎快推平了，周边的居民意见很大。

"连句祝酒词都说不好，还有才呢？江郎才尽了。"苟大海趁机报复了一下毕其功。

大家说笑间就要饮下第一杯酒，这时，苟大海的手机突然响了："指挥中心的。"苟大海看了一眼号码对毕其功说。

毕其功示意他先接电话。

"劫持人质？在哪里？"屋里一下子静了下来。

"好的，好的，马上通知刑警队先摸情况，不要轻举妄动，叫特警队带上狙击手，先选好地形。把情况先稳住，千万不能伤了人质，也不能让他跑了，我……我这就去。"

"怎么回事？"毕其功着急地问。

"南山花园别墅区 202 栋发生劫持人质案，一对母子在家里被劫持，其他情况不详。"苟大海对毕其功汇报说。

"图财？"

"不是，找人，应该是报复。歹徒说要这家的男主人回来，男主人不敢回家，报了 110。"

"应该是追债吧。"毕其功分析。

"我去过现场看看？"苟大海对毕其功也是对苟远山说。

"你快去！"苟远山对苟大海说。

"老爷子八十大寿，你这宝贝儿子不在身边怎么能行？这样吧，我去，你陪老爷子。"毕其功说。

"你俩都去，不就一顿饭嘛，不吃就过不去八十这个坎了？要这样那倒好了，哪有这么多穷讲究？走，都走，案子要紧！"苟远山语气很坚决。

"这么重要的饭又给搅了。"李侠有些失望。

"就这样定，大海，你陪老爷子过寿，我去现场。"毕其功说。

"还是我去吧。"大海说。

"都去。"苟远山有些不高兴。

"用不着,我去,一个小毛贼,太抬举他了。"毕其功已经起身,"再说了,我这局长水平还是要比刑警队长高吧。"毕其功边对苟远山说边走出门去。

"我留下?"苟大海像是问毕其功又像是问父亲,还像是在问自己。

"人家局长都说了叫你留下,刑警队离开你就不转了?你每次听到案子就像狗看到骨头一样。"李侠有些不满。

"什么话?"苟远山显然不赞同。

"实话,老寿星,咱们吃菜。"李侠赶紧赔个笑脸给老爷子夹了一只大虾。

"毕伯伯是去抓坏蛋吗?"元帅扬着脸问爸爸。

"是。"

"你不是负责抓坏蛋的吗?"元帅继续问。

"毕伯伯是去抓小坏蛋,爸爸负责抓大坏蛋。"苟大海对儿子说。

"噢,我明白了,今天是小坏蛋。还是爸爸厉害!"元帅崇拜地对爸爸说。

"来,儿子,吃块牛肉,这牛是你爸爸吹死的!"李侠给元帅碗里夹了一块牛仔骨。

四

南山花园依山傍水,靠水的这边开发商盖了一溜别墅,里面再起高层,因为临水的房子价位高,别墅临水,挨着别墅的高层当然也算临水,这样便多赚了一笔,商家的智商就是金钱。

这是最把头的一栋,紧挨着南山花园的门岗,劫匪把目标选在这一栋显然没有把保安放在眼里,或者就是来鱼死网破的,这种对手比较令人头痛,稍有不慎就会把局面引炸搞砸。毕其功皱着眉头走进现场,现场已经被警察围住,旁边的草丛、房顶隐约可见狙击手的身影。局长助理曲啸和刑警队副队长刘智云看局长毕其功来了很吃惊,赶紧迎上来,多此一举地指了指这栋别墅。刘智云赶紧给毕其功套上防弹衣和头盔。

"你也来了?"毕其功对曲啸说,也算是打招呼。曲啸是省作协下派挂职的,主要是体验生活。曲啸应该是第一次戴头盔,很不适应,脸上也挂着紧张和激动。

"正好在局里,听说发生这个事儿,就赶来了。"

"怎么回事?"毕其功急着想了解情况。

"还没弄太清楚,半小时前接到报警,报警人是这家男主人,说家里老婆孩子被劫持,要求警察解救。"

"还有呢?"

"接到报警就赶过来了,先把现场做了布置,其他情况正在摸,还不太清楚。"

"你不是不太清楚,是一点儿都不清楚。报警人在哪儿?叫他过来。"看得出来,毕其功不是很满意。

"是手机报警,我们找了报警人,报警人说劫匪就是要找他杀他,他人在外地回不来,他说就是在伊秋也不敢过来。"

"报警人是谁?叫什么名字什么身份?"

"没说,正在查。"刘智云有些不自在。

"还查什么?问小区管理处,就这几栋别墅,谁住还不知道?"

小区管理处的负责人就在旁边,这么大动静这管理处的人心都在嗓子眼儿,不敢不在旁边伺候着:"这家半个月前刚搬进来,户主叫谭光。"

"谭光头?"毕其功有些吃惊。

"您认识?"刘智云问。

"你不认识啊?被哈雷打爆脑袋的那个谭光头啊!"毕其功没好气地说。

"啊?!"刘智云也很吃惊。

这时,三楼厚厚的窗帘后面突然伸出一支枪,朝天"砰"地开了一枪,一盏路灯被打得粉碎。

"有枪!"毕其功和身边的刑警一惊,赶紧敏捷地抽身闪在门卫值班室的后面。

情况比想象的复杂,警察最忌讳的就是枪,一见枪,处置的级别就提高,一响枪,案件的性质就不一样了。特别是在劫持人质案子中,劫匪手中有枪是最令人头痛的一件事。

一个歇斯底里的声音传出来:"把谭光头给我叫出来,老子要亲手杀了他!"

"哈雷!"毕其功大吃一惊。

这时,年轻民警商凯乐急匆匆猫着腰跑进小区来到毕其功身边说:"指挥中心接到伊川监狱的紧急通报,说他们有一个叫哈雷的在押犯越狱逃跑,他们正全力追捕,但警力不够,要求我们给予支援,他们请求我们在伊秋市的八大出口派重兵设卡把守。刚才打您电话您没空接,我们觉得情况紧急,过来当面报告,请您指示。"

"你回去吧,告诉伊川监狱,人我们已经找到了。"毕其功用手指了指这栋别墅。

民警商凯乐惊讶地张大了嘴巴。

"哈雷是谁?"曲啸刚来没多久,很多情况不了解。

"当年咱们的警察,特警,海军陆战队转业,当年是全军的五项全能冠军,神枪手。"毕其功指了指刚刚被打碎的路灯。

曲啸一脸惊讶。

"给我个话筒。"毕其功拿着话筒:"哈雷,我是毕其功,别干蠢事,告诉我怎么回事。"

"我已经干了。我要找谭光头,我要亲手杀了他!你把谭光头找来,我哈雷绝不伤害无辜,否则,我只能把这蠢事做到底!局长,对不起了!"厚厚的窗帘猛地拉上了。

哈雷的动作令毕其功心里一沉,这小子专业啊!这窗帘一拉,里面的情况警方就一无所知,而他随便从哪个缝隙都能看到外边的一切。

"那怎么进监狱了?"曲啸觉得很奇怪。

"说来话长,回头慢慢给你说。这小子一根筋,认死理儿,钻进牛角尖儿八头牛都拉不回来。不过,他就听一个人的话。"毕其功眼睛盯着纹丝不动的窗帘对曲啸说。

"谁?"

"马上把苟大海叫过来!"毕其功下了决心。

百味坊。

苟大海刚把敬老爷子的一杯酒放到嘴边,桌上的电话响了:"什么?哈雷?"

苟大海把酒杯扔在桌子上,起身就要往外走。

"怎么?"苟远山问。

"哈雷惹大祸了!"

"哈雷,就是,就是那个伊川监狱的……"大嫂好像很不理解。

"哈雷叔叔,我知道,啪啪……"元帅眯起眼做瞄准状。

苟大海拿起茶几上的车钥匙走向门外。

"你喝了酒。"李侠提醒苟大海。

"酒你个头，那边要出人命了。"

话音未落，苟大海已经出了门。

苟大海的车开得风驰电掣，到南山花园一个急刹，打开车门跳下来就往里面跑，钥匙没拔，车门也没来得及关。

民警马多多迎上来递给他一个头盔和一件防弹衣，被苟大海摆摆手拒绝。在他心里，这哈雷不是对手，是兄弟是自己人，而且，他太了解哈雷的专业素质了，头盔和防弹衣防得了别人防不了哈雷。

他瞧见躲在门卫室房顶、水泥杆后面和后面高层上的狙击手正紧张地瞄准，苟大海朝他们挥挥手，大声说："都给我收起来，不许动家伙！"

"够快！"毕其功赞许地对苟大海说。

"再不快，哈雷就被你们干掉了！"苟大海显然对刚才遍布的狙击手耿耿于怀。而他显然忘了，这狙击手就是他自己第一时间安排的。

"胡说什么？过来碰一下。"毕其功的意思是研究一下处置的对策。

"有什么好碰的？先把哈雷弄下来，这小子的脾气你又不是不知道，点火就炸，这祸惹得已经够大了，早弄下来早踏实。"苟大海边说边往前走。

"危险！"曲啸大声提醒。

话音刚落，一颗子弹打在苟大海的脚前面30厘米处，直直地溅起一股尘土，所有人都惊住了，狙击手哗啦把子弹顶上膛。苟大海停下来，慢慢地抬起头，眯着眼看着窗帘后面伸出的枪管，突然吼道："你他妈长能耐了，连老子都敢开枪?!"

枪管抖了一下，跟出一声带着哭音的"大哥……是你?!"。

"当然是我，要不是我，你早给毙了。你怎么干这么弱智的事？丢我的脸！"

"我咽不下这口气！"哈雷歇斯底里地大喊。

"什么气？我给你出，你先给我滚下来。"苟大海说。

"我要亲手杀了谭光头这个王八蛋！"

"我说过了，不管什么事儿，交给我办，你先下来。"

"我不！"

"混账！想找死吗？"

"来了我就没想活着回去！"

"想死在我的手上？！"苟大海突然低下声来说。

一片寂静。

"大哥，你要替我报仇！"哈雷突然号啕大哭，紧接着，严严实实的窗帘大开，"砰，砰……"连续五声枪响，一排五盏路灯依次应声粉碎。

一把枪从窗户里扔出来，准准地落在苟大海的脚下。

"哪来的枪？"苟大海看着窗台上眼睛通红的哈雷，皱着眉头问，这也是苟大海最关心的。

"在他家抽屉里发现的。"

苟大海松了一口气："下来再说。"

别墅的门开了，惊叫着冲出来一对惊魂未定的母子，这时一个肥头大耳的光头一瘸一拐地从围观的人群里挤出来，连忙和母子抱在一起。这个人就是谭光头，一直躲在人群里不敢露头。

苟大海指着光头说："把他抓起来。"

毕其功使了个眼色，两个特警走过去铐住了光头。

"为什么抓我？绑架人质的在那呢，我是受害者啊。还有没有天理了？"

"你也配提天理这两个字?"苟大海用脚踢了踢地上的枪,"这是不是你的?"

光头不敢吱声了。

"带走。"毕其功甩了一下头说。

"把哈雷带回局里,我先问问他!"苟大海对刘智云说完头也不回地走向自己的车。

刘智云:"是放看守所还是送监狱?"

苟大海:"当然是看守所,这又是一宗刑案,得搞清楚。"

"老爷子那边散了吗?"毕其功冲着苟大海问。

"不散也不去了,哪还有心思喝酒?我回去问哈雷了。"苟大海钻进还开着的车门。

"也是,这事儿闹的,搅了一场好局。那找时间再给老爷子补酒吧。"

"你还是先补上你欠哈雷的这笔账吧!"苟大海启动车疾驰而去。

"说什么屁话?"毕其功皱了皱眉头。

"这是什么人?敢跟局长这样说话!"曲啸刚来,不认识苟大海,也想不明白。

"我们头儿,刑警队长苟大海。我们局是老天爷第一,他第二。"刘智云回答。

"嗯?我呢?我第几?"毕其功扭过头,不高兴地问刘智云。

"不,不,您老是管他俩的。"刘智云赶紧拍了个马屁。

五

曲啸在和毕其功局长谈工作。

毕其功说:"你看你刚来就碰上这个案子,等于还没报到就来现场了，你胆子挺大，一般人躲都躲不及，你还主动去。就这一点，就很像我们警察，我喜欢。组织派你来派对了，看来组织总是英明的。"

"这不是赶上了嘛。我来是来工作的，不是来做客的，您要有什么要求请直接对我说，千万别客气。"

"白送一人才给我，我才不客气呢。组织给你的任命是局长助理，是局班子成员，是当然的局领导，你要大胆工作。"

"省里统一组织下派挂职的时候，我压根儿就没想到会来公安局。省委组织部选派了我们十几个人，就我一个进了公安局，大家包括我自己都很惊讶。我一点儿公安工作的经验都没有，对公安的最大的了解就是看过警匪片。我的身份是作家，我的特长是写文章，我一进门就给警察当领导，捏笔杆子的指挥拿枪杆子的，你说下面这帮兄弟们能服气吗？"曲啸心里一直有这种担心。

"中国古代，从来都是要先会写文章，然后才能当官，所以你的特长就是当领导的特长。别想那么多，警察有时候会粗鲁一些，但都很率性，很义气，和文人，应该是和古代文人很有相通之处，现在的文人也都掺水了。慢慢地，你会爱上这支队伍这帮兄弟的，我有这个预感。我的预感——警察的预感可是一向很准的。"

"经常愧对文人这个词，不过自打进了这道门，我就是一个警察，请您多指点帮教。"

"你除了协助我工作外，局纪委书记老夏去了中央党校培训，要半年时间，正好你连纪委的担子就一起挑起来。最近班子里人不齐，分管刑侦的齐副局长又去了新疆援边，要一年时间，我这人拉不开栓了，只好我先管着，好在苟大海得力。你来算是帮我大忙了。"

"我会努力，边学边干吧，在战争中学习战争，不辜负您的信任，特别不要被兄弟们看不起，我这人自尊心强，脸皮儿薄。要干不好，不用您说话，我自己卷铺盖走人。"曲啸说完停顿了一下，"我还想了解一下，哈雷是怎么回事？我还不懂咱们的规矩，问这算不算越界？"

"当然不是，是分内事。哈雷是前年部队转业的，海军陆战队的特种兵，军事专业素质很高，全军的五项全能冠军。部队和地方有个约定，就是这种部队里的拔尖人才转业的时候可以任选单位，哈雷直接就选了公安局。"

"公安局应该也需要这类人才吧？"

"可不是嘛。但哈雷这小子一根筋认死理儿，他认定的事儿必须一条道走到黑，就是撞上墙也不带回头的，要么撞死要么把墙撞破。给你举个例子，刚来的时候分到特警支队，有一次他在宿舍给大家表演脑袋开砖，一块新砖直接往脑袋上磕，啪就两半了。偏偏特警里也有功夫好的，那老兄拿两块砖磕，赢来一片掌声。大家起哄，哈雷脸上挂不住，咬牙要了三块，第一下没成，接着再来，生生把三块砖给磕碎了。但脑袋也开了瓢，血当时就淌了个满脸，直接送医院，缝了5针。"

"这不有点儿二吗？"曲啸听得心惊肉跳的。

"可不就是二嘛。在特警支队和同事领导也合不来，主要是谁都不服气，老拿部队那一套说事儿。刚接他时觉得像捡了一块宝，后来才知道是块烫手的山芋，怪不得部队会让他转业，要真是宝贝，部队才不舍得放呢。"

"后来呢？"曲啸本能地很感兴趣。

"后来，苟大海正好找我说刑警队人手不够，找我要人，我就把哈雷给了他。"

"他愿意要吗？"

"愿意，很痛快。苟大海带队伍还是很有一套的，不管什么刺头,到他手里都能调理得顺顺溜溜的。当时我还有另外一层考虑,就是哈雷的专业素质在刑警队很有用武之地,也是用人所长。"

"好玩儿,后来呢?"

"哈雷去刑警队报到的时候,正赶上刑警支队在警校训练馆实弹射击训练,我怀疑是苟大海有意安排的,但大海不承认,说是恰好赶上了。听见枪声,哈雷手就痒,当时就要求参加训练。大海给了他10发子弹,哈雷有些漫不经心,'啪、啪、啪'打完,95环,这是很不错的成绩了,全局也找不出几个。结果,苟大海斜了他一眼——这是在场的人给我描述的——说,不是神枪手吗?就这水平?早知不要你了。哈雷什么也没说,直接把枪递给了苟大海,意思是你来试试。大海不含糊,拿两把枪,每把5发,一气儿打完,97环。哈雷不服,再打一次,98环。但现场没人鼓掌,倒有人把装好子弹的枪递给大海,大海一点儿都不客气,拿枪就打,结果一出来让哈雷瞠目结舌,100环。苟大海用嘴吹吹枪管,说,这92式我使不惯,我喜欢54。你都能想象出当时他那副嘴脸。"

"一下子就服了?"

"没那么简单,射击场在5楼,4楼是搏击馆,你还没去过吧?路过4楼,哈雷问大海:'你教我两招?'要不说哈雷有点儿二呢,你说有这么挑衅新领导的吗?这苟大海一脸认真:'今天没空,就教你一招吧。'两人脱了鞋就上垫子了。"

"结果呢?"曲啸听得兴致勃勃。

"结果没几个回合,叫苟大海一脚给踹垫子下面去了,哈雷的裤裆都撑开了一个口子。两人临时起意,也没换训练服,当然这警裤的质量也有问题。"

"哈雷不是五项全能冠军吗?"

"苟大海从小就是孩子王,在街上打架没吃过亏。属于基础过硬的那种，后来在大学——中国人民警官大学，是学校散打队队长。哈雷挑战苟大海，那不是往枪口上撞?!"

"这叫一物降一物。"

"哈雷进刑警队第一天就栽了，栽得心服口服。从此对苟大海服服帖帖，哈雷是个顺毛驴，一旦上了路，还真做了不少事，他是那种敢冲、敢上、敢玩命的，刑警队少不了这样的人。有一次，他们去端一个贩毒团伙的窝点，三下五除二就把人全抓了，但房梁上还藏着一个，谁能想到房梁上还能藏人，干我们这行什么稀奇古怪的事儿都能碰到。等发现的时候那人的大砖头已经对着苟大海的头砸下来了。毒品犯罪都是亡命徒，因为我们的刑罚很严，贩毒的抓到基本保不住脑袋，所以跟他们打交道都是提着脑袋上的，还是哈雷眼尖，但也来不及了，哈雷硬生生伸出胳膊给挡住了，苟大海脑袋保住了，但哈雷的胳膊砸骨折了，绷带足足吊了三个月。苟大海总觉得对哈雷有个亏欠，把他当亲兄弟看。但哈雷那二的性格怎么都改不过来，真是江山易改，本性难移。性格决定命运，哈雷就是栽在他的二上了。"毕其功很痛心。

"怎么?"

"哈雷有个女儿，哈小暖，不怎么上学，喜欢泡酒吧，被人引诱吸毒，那个人你今天也见了，就是那个谭光，道上叫他谭光头。哈雷知道后，一个人找到谭光，直接把腿给他打断了。本来交给组织，很轻易就把他办了，办这种王八蛋交给苟大海还不跟玩儿似的，但哈雷非自己出手，恶气是出了，自己也搭进去了。"

"原来是这样，太冲动了，代价太大了。"

"可不，故意伤害，判了三年。"

"那今天是怎么回事?"

"我也一头雾水，苟大海去问话了，应该快回来了。哈雷这混账东西今天来这一出,又得吃不了兜着走啊。"

正在这时,门猛地被推开了,苟大海阴着脸急匆匆闯进来。

"你怎么就学不会敲门?我这正和曲助理研究工作呢。"

"我也不是来跟你谈私事的。"苟大海拉一张椅子一屁股坐下,"事情还是小暧引起的。"

"这位是曲助理,省作协派下来挂职的。"毕其功见苟大海没跟曲啸打招呼,赶紧介绍。

"听说了,欢迎,以后多指教。"苟大海朝曲啸点点头,"谭光头这个王八蛋又找到小暧,小暧顶不住诱惑,又抽上了。小暧妈管不了,探视的时候给哈雷诉苦说了,哈雷这浑劲上来,趁放风的时候跑出来了,要找谭光拼命。谭光头不在家,要在家,他那颗狗头可能真会被哈雷给拧下来了。"

"小暧不是在戒毒所吗?"

"出来了,本来戒得挺好的,出所的时候还是我去接的。但你知道毒瘾好戒,心瘾难除,戒毒就怕遇到原来的道中人,一旦遇上,十个就有九个半缴械投降。"苟大海顿了一下,"小暧她妈这娘儿们也浑,这事不跟我说,你跑监狱跟哈雷说个球!"

"这谭光头也太坏了!"曲啸很激动。

"这种丧尽天良的人太多了,我们就是跟这种人渣打交道的,见惯不怪,心里都生不出恨来了。"苟大海接着曲啸的话说,"在这件事上,局长大人,你是有责任的!"苟大海盯着毕其功很不友好。

毕其功和曲啸都有些愕然。

"当时对谭光头为什么没追下去?"

"他是提供了毒品给小暧,但找不到证据证明他是贩毒,再说他腿断了,在医院躺了3个多月……,你又不是不知道。"

"你是被媒体舆论吓怕了吧?警察伤人这个题材一炒作,上边的领导一批字，你就想息事宁人。"

"当时媒体炒得天昏地暗，压力是挺大的，但案子还是依法按程序走的。"

"哈雷的案子怎么能按常规走？伤警察的孩子，不死也得叫他脱层皮，这有什么好忌讳的，连自己的孩子都保护不了，还去保护老百姓？"

"这话不怎么中听，倒也在理。"

"当时就应该对谭光查到底，要查他祖宗八代。特别是毒品从哪儿来的？总不会是厕所里捡的吧，总是有来路有源头，这个案子按常规不过是一宗治安案件，但要瞪大了眼睛办，肯定是一宗刑案。我敢跟你打赌。谭光头不误正业，哪儿来的钱住别墅？他的枪哪儿来的？要枪干什么？这些现象都极不正常，但一个都没查。"

"看来当时是不该交给治安科。"

"他们会办个屁案？就会抓个卖淫嫖娼，一动真的就歇菜了。如果当时把谭光头办利索了，就不会有今天的事儿了。"

"所以你说我欠哈雷的？"

"冤枉你了？"

"有话好好说，你这可是给局长汇报工作。"曲啸有点儿看不惯。

"我是粗人，脾气不好。"

"好，苟大海，你能耐大，从今天起，这个案子就归你了，你要办不明白，可别怪我脾气不好，老子也是有脾气的人。"毕其功脸上有些挂不住，再有涵养，也难容手下这么没大没小没规没矩，何况还当着外人？在毕其功的心底里，还是没把曲啸纳入自己人的范围里来。

"就这么定。"苟大海起身走人。

毕其功:"等等,最近工作上有困难吗?"

苟大海眼睛瞪得老大:"我说陛下,太阳从西边出来了,好多年没见过您这么慈祥,没听过您这么温暖人心的话了,我是不是听错了,您这是……"

毕其功不耐烦:"赶紧的。"

苟大海很干脆:"缺人,缺钱。"

毕其功:"钱我也没有,我们都是勒着裤腰带过日子。"

苟大海:"那能不能给条裤腰带?我那裤腰带都不够。"

曲啸一下子笑了,差点儿把嘴里的茶喷出来。

毕其功:"钱省着用。我给你两个人。"

苟大海:"真的?我可要能干活的。"

毕其功:"能不能干活看你怎么带,两个大学生,其中李德还是研究生,女的叫潘小小,两人刚在派出所锻炼了一年。"

苟大海:"谢谢陛下,今天这么慷慨。"

毕其功:"我是关心刑警工作。"

苟大海喜滋滋地撇一下嘴:"您这是良心发现。"

"老爷子的寿宴啥时候补?"毕其功问正要出门的苟大海。

"星期六晚上,楚家公馆。"苟大海靠住门框侧了一下头,脸上挤出一丝笑容:"也带你开一下眼,看看外面的世界多精彩。"

毕其功苦笑着摇摇头。

"这也不是一盏省油的灯?!"曲啸看着毕其功说。

"刺头一个!"毕其功恨恨地说,但紧接着他话锋一转:"警察这个群体很多这种刺头,特别在刑警队扎堆,这些人看着不顺眼但用着顺手。你要喜欢他们就放大他们的优点,忽略他们的缺点,在关键时刻,敢拍案而起挺身而出的,都是这些平时跟你没大没小看着别扭的刺头。"

六

苟大海疑惑地走进这间情深意浓咖啡屋,站在门口扫了一遍,发现了角落里的李侠。

"这把年纪了,还来这柔情蜜意的地儿,你不嫌腻得慌啊?"

李侠看了他一眼没吱声,兀自用小勺搅拌着自己面前的咖啡。

"我喝不惯这洋玩意儿,给我来杯啤酒。"苟大海对站在自己身旁的服务员说。

"对不起,先生,这里没有啤酒。"

"给他榨杯果汁。"李侠说。

"我们这里有西瓜汁、番茄汁、苹果汁、雪梨汁……"服务员的业务很熟练。

"苦瓜汁,败火。"李侠说。

服务员看了一眼苟大海,有征求意见或者最后确认的意思。

"去吧,领导都说了。"

服务员含笑而去。

"元帅呢?"苟大海问。

"还知道问一下你儿子?你都三天没回家了,就是住旅店也得打个招呼吧?"

"这不在忙哈雷和小暖的事。"

"每次你都有理由。明天上午元帅钢琴会演你能去吧?很大的场面,所有家长都要求到,北京那个钢琴大师来,说要挑一些好苗子收徒弟。"

"明天不行,伊川监狱的领导过来,一起研究哈雷的案子,这个我不参加可不行。"

"苟大海……元帅学了一年钢琴了,你只送过一回。我给你记得清清楚楚。你就忙成那样啊,你不在公安局就关门了?"

"那倒不至于,不还有毕其功顶着嘛。我主要是对元帅学钢琴有看法,你想,全中国的小孩儿都在学钢琴,钢琴这玩意儿是谁想学就学的?得学深厚才行。那天我在乐器店,看见一对夫妇买钢琴,问老板哪个牌子省电,快把老板整哭了。你我都不会弹,以后谁辅导啊,咱俩跟那对夫妇差不多。别跟风凑这个热闹,我觉得学个口琴、笛子的多好,又好学又方便。就是以后长大泡女孩儿也有用啊,晚上到人家楼下,从兜里掏出来就行,要是钢琴,不还得雇人抬过去?要是丈母娘追出来,人可以撒腿就跑,钢琴怎么办?"苟大海看李侠情绪不好,想贫贫嘴活跃一下气氛。

但李侠脸上没有一点儿反应:"我也不奢望元帅能在钢琴上有多大发展,音乐能陶冶人,弹钢琴让人举止优雅,我是想用钢琴冲冲你带给儿子身上的匪气。"

"你约我到这个地方来,就是来跟我说这个的?"苟大海隐隐觉得今天有些不对劲,便有些警觉。

"你不记得这间咖啡馆了?"

"我从不进咖啡馆,我喝不惯咖啡的味道,本来是苦的,再加糖,苦不正经苦,甜又不正经甜;颜色本来是黑的,再加奶,黑不正经黑,白又不正经白,喝多了晚上还睡不着觉。"

"你说得不准确,你是和我结婚以后就再也不进咖啡馆了,这间咖啡馆是我们第一次约会的地方。我们谈恋爱的时候经常来。"

苟大海抽抽鼻子:"都快馊了。这是猴年马月的事了。"

"这是对生活的态度。我们结婚八年了,温情、浪漫这些美好的东西慢慢地被你丢光了,音乐会你不听,电影你不看,丽江你说没意思,北海道你说请不了假,上星期带元帅去海上渔民家打鱼,全船都是一家三口，就我们是母子二人，拉网的时候连个帮手都没有。生活是丰富多彩的，可你的生活只有破案、抓人、喝酒，还有骂人，这是你生活的全部，根本就没给我留个旮旯。"

"我就觉得不对味，选这个地方，够用心的。你是有什么想法了吧？早几天我就看你鼻子不是鼻子脸不是脸的。"苟大海一下子把脸拉下来了。

"咱俩的最大问题不是认识不一致而是没法沟通，你连一点儿沟通的诚意都没有。"

"诚意？这还不是诚意？你说要来咖啡馆，我放下工作屁颠屁颠就来了，你还要什么样子的诚意？"

"社会在发展，人要学会进步学会生活，要幸福生活快乐生活，你那叫生活吗？"

"敢情我都不知怎么活了？还得你来教我？！我把案子破了把那些人渣揪出来送上审判台，我就快乐。别人破不了的案我能破，别人抓不到的人我能抓，这就叫爽。这怎么不叫生活？"

"你胡搅蛮缠！"李侠很伤心很生气。

"你不是又有什么想法了吧？我可给你折腾烦了。"苟大海明显带着嘲讽的语气。

"本来想跟你好好谈一次心。你、你逼我。"

李侠气冲冲地起身走了。临走眼里含着一汪泪水："今天我生日。"

苟大海望着李侠的背影怔了半天。

这时，服务员过来了："先生，您的苦瓜汁。"

"怎么才来？"苟大海都把这码事给忘了。

"柜台没有苦瓜，我们现去市场买来的，所以耽误了您的时间，不好意思。"

"费这洋劲！当时你直接说没有不就结了？"

"我们咖啡馆的原则，永远不能对客人说不。"服务员很是诚恳。

七

汤旺河从北向南流淌，就要进伊秋的时候，忽然拐弯折向西去，就在这拐弯处的江心，有一个小岛，当地人叫它钓鱼岛。此钓鱼岛非彼钓鱼岛，此钓鱼岛主权无虞，牢牢掌握在中国伊秋江北村手中，村长原来想上就上想下就下，没人敢吱声。这钓鱼岛应该是早些年村民钓鱼方便叫开的，久而久之便成了名字，并非抄袭东海里的那个。钓鱼岛属于江北村，岛上土壤肥沃，植被丰富，后来被村民开垦出来种了庄稼，主要是种甜玉米，在伊秋市，钓鱼岛的甜玉米有一阵子是很有名气的。后来，钓鱼岛传说被一个大老板租了，租金比种玉米高出好多倍，村干部和村民都很高兴，但是街上再也没有钓鱼岛的甜玉米卖了，说是村长也不能想上就上了，这大老板是苟大海发小，算是和苟大海一起光屁股长大的。

这个租钓鱼岛的老板叫楚歇武，楚鹤村的二儿子，和苟大海从幼儿园到小学到中学都是同学，好多年销声匿迹没联系，这几年突然发了财，说是在做药品生意。这些年发财的老板像雨后春笋般，前后左右呼啦啦冒出一大片，像科幻片一样，让人来不及有思想准备。

苟大海和楚歇武重新联系还是源于一宗案件。前年，治安科破了一宗特大赌博集团案，抓了一批人，里面大都是这几年发家的老板，但偏偏还有一个供两个孩子上大学的江北机械厂的下岗工人，下的注竟然是 80 万，办案人员不相信，孩子读书的钱都是借的，哪来这么多钱赌博？怕是来路不正。往深了一查，说是楚歇武给的，找楚歇武核实，果然有这回事。楚歇武说知道这家人困难，特别是还有两个孩子上大学，便捐助了 100 万。办案人员很奇怪，问怎么会捐助这么多？楚歇武说这和你们办案有什么关系？让办案的警察讨了个没趣。苟大海听说了便找楚歇武，苟大海那是第一次上钓鱼岛，他对楚歇武充满好奇，对楚歇武这些年的心路历程，对楚歇武现在的状态。楚歇武不能不给苟大海面子，说这几年先是炒股票赚了些钱，然后拿这钱和人做药品生意，挣了点小钱。在报纸上看到这下岗工人生活困难，孩子又争气，便给了赞助。苟大海也问干吗给这么多，楚歇武哈哈大笑，说我想让他们有一步登天的感觉，想做个试验，我一共赞助了三个这种人，每个都是 100 万，其中有一个不敢要，嘴皮说破也不要，他总觉得这里面有陷阱。另两个很痛快，第一个第二个星期就买了辆汽车，花 50 多万，没开几天撞了人，汽车报废，还赔人 50 万，100 万全没了。第二个就是这个，赌博被你们抓了。苟大海很不理解地问，你想试验的结果是什么？楚歇武说想验证一句老话。什么老话？楚歇武说可怜之人必有可恨之处。苟大海突然觉得这些年没见，楚歇武变得很陌生，要找个时间好好聊聊。

  毕其功下午在市里开会，苟大海一直在等他，天都快黑了，毕其功的会才开完，其他人都已经先走了。今天是补过寿宴，楚歇武说不是补，是过阳历的生日，上次是阴历，这楚歇武够有心的，查了日历才定的今天。这寿宴吃什么没有太大意义，不过是找个由头让老爷子高兴一下。

  要把车停在堤上，坐小船到钓鱼岛。毕其功没来过这里，很惊讶，说这小岛上还有吃的？苟大海有些得意，说这上面乾坤大着呢。上了岛，穿过黑乎乎的茂密的竹林，眼前一亮，一座掩映在绿树和灌木之中的雅致的小院灯火通明，让人顿感面前就是世外桃源。

"这里是什么人？"毕其功很惊讶。

"楚歇武，楚伯伯的老二，我同学，从小学到高中都在一起。人极聪明，学习一直在班上第一，连第二都没有得过，特别是化学，全省竞赛一等奖，老师说可以保送北大。但在高二暑假的时候，他自配炸药，化学好啊，去江里炸鱼，导火索太短，不小心把两只手齐生生炸没了。"

"太惨了。"

"可不是嘛，高三没法念，就这样退学了，太可惜了。他是个内心极其高傲的人，可能智商高的人都有这毛病，从此不再见任何老师和同学，包括我，我去他家，他的房门绝不打开，应该是反差太大接受不了。有一天我犯了倔，你也知道我的性格，我整整敲了他两个小时的门，手都敲肿了，门都快被我捶破了，楚歇武就是不开，最后还是楚明健，他大哥，生生把我抱走的，当时我俩都很伤心。从此我再没找过他，他不愿见人，我只能尊重他，就这样好多年没见他了。这两年才出来，不鸣则已，一鸣惊人，一出来就是惊艳登场，不知怎么和一家大公司联系上了，说是网上找的，双方合作开了制药厂，赚了不少钱。"

毕其功："我也听说了，媒体还想宣传他，身残志坚的典型，但被拒绝了，据说不好接近。他不太出面，说外面的事都是大嫂打理。"

苟大海："是的，大嫂自己开了个医务所，生意挺不错的，说是家传，感冒发烧头痛脑热的都还行，特别是治跌打损伤很有一套，有一次我落枕，她用手扳了两下就好了。"

"听说楚明健出去当了和尚，有这回事吗？"

"都这么说，还有人说见过，在延寿山的一个破败的寺庙里，但楚家人绝口不提，我们平时也都避着这个话题。"

"家家都有一本难念的经，但楚家，好像……"毕其功欲言又止。

正房中间是一红木的圆形餐桌，人已经坐好了，就等毕其功和苟大海两人了。两人赶紧坐下，楚家大嫂扭头对站在门口的服务员喊上菜。坐在正中间的是苟远山，右手是楚鹤村，大嫂挨着坐，再挨着大嫂的是小女儿楚红，市人民医院护士。苟远山的左边是毕其功和苟大海，当时就留好了位，接下来是元帅和李侠。和苟远山正对的是楚歇武，让毕其功吃惊的是楚歇武两只手都没有了，两只胳膊就像两根可以弯曲的棍子，看着让人揪心。楚歇武左右两边各坐一少妇，和楚歇武挨得很近，二十五六岁的样子，长得非常像，极有可能是一对姐妹。苟大海赶紧介绍："这是楚歇武，我同学，本岛岛主。"

楚歇武欠一下身子，笑一笑："在下小楚，久仰毕局长大名，欢迎您。"楚歇武左右摆了一下头，"这是我爱人。"毕其功没弄清楚哪个是他爱人还是两个都是，也许楚歇武就是想要这种效果。

"这地方真是世外桃源啊！"毕其功恭维一句算是回应。

苟大海也很吃惊，他听说过有两姐妹跟了楚歇武，但只是听说，没当回事，看来是真的了。苟大海觉得有些别扭，但大家都没异常的反应，一种是见惯不怪，另一种就是定力了，就当没这回事。但苟大海觉得这楚歇武不太妥，老同志都在这呢，我们能过得去，老头子接受得了吗？世风日下啊！

"你们可能不知道，咱们这位楚先生和我同年同月同日生，只是我是中午，他是晚上，差不到半天，叫了我一辈子哥。所以今天是我们两个人的生日。"苟远山向大家说。

"怎么从没听你们讲过啊？上次过生日楚伯也来了，但为啥不告诉我们？"李侠很惊讶。

"我也不知道。"苟大海也很奇怪。

"哇，太好了，今天是不是有两个蛋糕吃呀？"元帅很兴奋。

"小馋猫，就订了一个蛋糕，但很大的，八磅呢，够你吃的。要不，姑姑那份也让给你，我减肥刚见一点儿效果，正不敢吃呢。"楚红笑眯眯地对元帅说，楚红笑起来很美，脸上两个酒窝又圆又深。

"我不吃姑姑的，我吃爸爸的，爸爸最不爱吃蛋糕了。姑姑要吃蛋糕，你吃饱了才有劲儿减肥呀。"元帅很认真地对楚红讲。

桌上全被元帅逗笑了。

"我爸从没过过生日，说小时候看相的说不能过生日，过生日会引来灾祸。是吧？"大嫂帮楚鹤村说。

"说来话长了，我也是听大人讲的。说我一周岁前一天，村里来了一个老道士，长得仙风道骨，在街上看见正学走路的我，看了我半天，把我母亲拉到一边，说这孩子出生时辰犯了天煞，只有一个办法化解，就是永远不要过生日。说完老道就不见了，不知从哪儿来，也不知到哪儿去了，好像就是专门过来讲这件事儿一样。家里人对此深信不疑，所以我这一辈子从没过过生日。不过远山大哥的生日我每次都参加了，反正都是一天，也没亏着自个儿。今天都八十了，百无禁忌了，下决心过一次。再说，不能真让那个莫名其妙的老道给吓唬一辈子啊。"楚鹤村给大家解释，这时，菜已经上来了。

"相面啊风水啊，几千年流传下来的，还是有道理的，宁可信其有，不可信其无。"李侠说。

"有个屁道理，全是蒙人的。"苟大海不屑。

李侠把脸扭到了一边。

毕其功说："我也不知有没有道理，但我的原则是不碰，离它们远远的。前几天台湾来了个风水大师，一个房地产商请来的，出场费高得离谱，来一次要好几套房子的价，就这样都请不到，还是台商协会出的面，据说日本大地震他都预测出来了。台商协会杨主席陪大师到局里办签证，杨主席就给我打电话说要带大师上我办公室拜访，顺便帮我看一下办公室的风水。"

"他真看了？"苟大海问。

"我根本就没让他进我办公室，我在会议室见的他们。大师要来了，肯定会指点一番，不指点就不是大师了，问题是他说完你听还是不听，听吧，不知他会说什么；不听吧，心里硌硬。"

"你还是内心不够强大。干咱们这行的，身上都有杀气，俗话说鬼怕恶人，妖魔鬼怪魑魅魍魉都绕着我们走，咱们站哪儿哪儿就风生水起。有些人结婚呀搬家呀要选日子，我从来不信，我哪天愿意哪天就是黄道吉日。"苟大海说得很豪迈。

"大海哥，你的意思是说，你们警察避邪？！"楚红出来加个注脚。

"驱邪，相当于泰山石敢当。"苟大海毫不谦虚。

李侠撇一下嘴。

"不是杀气，是正气。正不压邪，气场就歪了；邪不抵正，风水就有了。所谓风水就是正和邪的博弈。同一个宅子，有人住得顺风顺水，有人住着横生事端，看各人的气场，我理解的风水就是这么个道理。"苟远山老爷子慢悠悠地说。

"远山哥讲得对。"楚鹤村说。

"伯伯把风水解释得很有哲理，其实，每个人都有自己的气场，但气场有强有弱，有权的人特别是带枪的人，像你们警察气场是强的，可以当泰山石敢当用。但并不是每个人都有枪，我觉得，有钱的人气场应该也是强的，有钱能使鬼推磨，鬼都给雇来了，气场肯定差不了，有句话不是说财大气粗嘛。"楚歇武半开玩笑地说，旁边的姐姐点了一支烟，吸了一口，塞到楚歇武的嘴上，楚歇武很享受地深吸一口，烟雾从鼻孔中袅袅出来。

"还是要内心强大，心底无私天地宽，有句话叫理直气壮。"毕其功接过话茬儿。

"怎么讨论起风水来了？财大气粗也好，理直气壮也罢，两个老寿星的气场是最大的。菜上来了，酒也倒满了，我们一起给寿星公敬酒吧。"大嫂笑着提议。

大家同声附和，端着酒杯一起站起来。

毕其功看了一眼楚歇武，妹妹端起一杯酒递到楚歇武的嘴边，楚歇武用那只断臂阻止了，自己用两只胳膊熟练地夹起酒杯，笑着站起来。

"干了吧?!"楚鹤村试探着问苟远山。

"都八张了，还能再过几次生日？今朝有酒今朝醉，干！"苟远山很豪气地一饮而尽。

大家都一饮而尽，小元帅把面前的一杯果汁也喝完了，举着空杯对大家说："我也干了。"

李侠说："我给大家讲个段子，说一位母亲过完50岁生日，神情有些落寞，女儿正想开导一下。还没开口，就听母亲自言自语地说：时间过得真快呀，还没咋地呢，这人生的三分之一就过去了。"

"敢情咱也刚过一半。"楚老爷子兴致很高。

"这叫乐观。"楚红说。

"还有更乐观的，"苟远山接着说，"说有一个人从18楼掉下来，掉到9楼的时候，里面的人惊叫：要摔死人了。这人说：早着呢，才到9楼。"

席间爆出一片笑声。

妹妹夹了一块鱼，仔细地把鱼刺挑干净，然后送到楚歇武的嘴里。楚歇武对大家说："大家多吃点儿鱼，我这鱼可不是鱼塘里养的，是咱这河里捞出来的，野生的，味道可不一样。"

毕其功夹了一大块放进嘴里，对苟大海说："可不是咋地，这鱼好吃,你来块尝尝。"

大家互相敬酒,气氛很热烈。

苟大海端着一杯酒,站起来,走到李侠跟前:"对不起,那天真没想起来,你知道,我连自己的生日都记不住。"本来他们中间就隔一个元帅,没必要这么煞有介事的。

"天哪,出啥事儿了?你吓死我。8年了,我这可是头一次听见你苟大海说对不起。"

"你才8年,我80年了,也是第一次听到。"苟远山老爷子幽幽地接了一句。

"感人!"毕其功一脸坏笑。

苟大海有些不好意思,元帅举杯和爸爸碰杯,苟大海一饮而尽。

楚红饶有兴致地看着苟大海和李侠。

楚歇武出来上厕所,苟大海跟了出来,苟大海问:"那俩是双胞胎吧,长那么像。"

楚歇武:"差1岁。"

苟大海:"怎么称呼?叫嫂子?俩都是……嫂子?"

楚歇武:"什么年代了你还不开窍?别弄那么明白,你就当我身边俩保姆。"

苟大海:"怕老爷子看不过眼。"

楚歇武:"看多就习惯了,大家自愿,你情我愿,就保姆么。"

苟大海:"怎么自愿的?教教我。"

楚歇武:"女人都崇拜强者,什么是强者?战争年代打胜仗是强者,现在能赚钱的是强者。"

苟大海:"哦,惭愧!"

楚歇武:"当然,在你们公安,能破案的也是强者,医院会做手术把病看好的也是强者。"

苟大海："还是钱厉害，破案再多也破不出俩嫂子来。"

楚歇武："这些年，我一天到晚看你风光无限，羡慕得牙根直痒痒。"

苟大海："牙根痒是恨。"

楚歇武："我怎么会恨你，咱像亲哥俩似的，真的是羡慕。"

苟大海："凭你这脑袋，要是没发生那事……"

楚歇武笑着摇摇头，很自负地说："不就两只胳膊么，只要脑袋还在。"

苟大海："找时间咱们得坐一下，整两杯？"

楚歇武："来岛上。"

苟大海："我带瓶好酒。"

楚歇武："你们吃公家饭的哪有什么好酒？你带嘴来就行，我这洋的白的红的都有，都是顶尖级的，等忙过这阵儿，我去法国买个酒庄。"

苟大海有些接不上话："那好，那好。"

最后是蛋糕，元帅和大家一起唱祝你生日快乐歌。俩老爷子一起把蛋糕切开，楚鹤村把第一块直接给了元帅，对蛋糕无比热爱的元帅上去就是一大口，鼻子和脸上都沾上了奶油，像个小花脸。

"爷爷，爷爷，快吃，快吃，蛋糕可好吃了。"元帅咽下一口蛋糕后劝爷爷。

"好好，爷爷吃。"苟远山也咬了一大口。但，苟远山艰难地咽了半天也没咽下去，于是他起身去厕所吐了出来。

"爷爷，蛋糕不好吃吗？"元帅问。

"好吃，好吃，人老了，嗓子眼儿变细了，刚才那口太大了，差点儿没噎着。元帅，你也小点儿口。"苟远山若无其事地说。

苟大海有些狐疑地看着父亲。

第二章　线头

一

苟大海赶到的时候，场面已经不可收拾了。

华茂大厦22楼的楼道口挤满了人，除了警察都是看热闹的，追逐热闹是人的本性，咱中国人在这方面尤其是强项。华茂大厦一共25层，为了外观美观，在22楼的外围设计了一个围圈，围圈的宽度和厚度有40厘米左右，离楼的主体有3米的距离，围圈和楼体的连接都在窗户的下面，应该是为了当时施工方便。围圈是悬空的，垂直距离有上百米，往下看一眼都有点儿眩晕。哈小暖此时正骑在上面。

小暖的妈妈在哭着哀求小暖，派出所所长正趴在楼道的窗沿上劝说："你先下来，你先下来，什么我们都好商量。"

"你们都走开，都走开，再不走开我就跳下去。"

"小暖，千万不要犯糊涂，咱们再商量。这戒毒所你说不去咱就不去，咱不去。"所长急出一头汗来。

"我才不信你的鬼话呢。"小暖换了一个姿势，引来一片惊呼。

"我保证，我保证！你……你可要抓稳了，我的小姑奶奶。"

"你保证个屁！你们警察没一个好东西，全是骗子。我一下去，你肯定就把我带走，你看你腰上还挂着手铐呢。"小暖抬起一只手指着所长的腰间说。

"小暖，小暖，你可别松手，抓紧点儿。"小暖的妈妈见小暖抽出一只手，一下子尖叫起来。

"不要你管，"小暖厌烦地白了妈妈一眼，"你再说话……"小暖恨恨地往下看了一眼。小暖的妈妈捂住嘴不敢再吱声了，但小暖也被自己往下看的这一眼给吓坏了，两条腿不由自主地抖起来。

"怎么回事？"苟大海气喘吁吁地挤上来。

"队长，您来了，"所长擦了一把汗，看见苟大海像见到救星一样，"是这样……"

"是哪样？先把无关的人清走，这么乱哄哄的现场什么事都得让你搞砸，你怎么这么业余?!"苟大海很不客气。

"走，走，走开，走开，有什么好看的？大刘，把人都给我轰下去，一个也不准上来。"所长赶紧清场。

苟大海皱着眉头看着发抖的小暖。小暖看一眼苟大海："大海叔叔，我，我不去戒毒所……"说完眼泪哗哗流下来。

"小暖复吸，按规定要送去强戒，今天来带人，结果她'嗖'地跑上来了，我们跟上来，她就沿着这梁爬过去了。我们是依法办案。"所长惴惴不安地给苟大海解释。

"依法办案也不能出人命。"苟大海冷冷地说，"小暖，过来，我们回家。"

"我不去戒毒所。"小暖说。

"不去，我们回家。"

"你骗我?"

"我苟大海吐口唾沫砸个坑，说话算数，什么时候骗过你?!"

"我也不回家，防我像防贼一样，我受够了。"

苟大海看了一眼小暖的妈妈，小暖的妈妈只是一个劲儿地哭，看来这母女俩平时也是话不投机半句多，小暖正是青春逆反期，妈妈显然是管不了的，哈雷又是这种状况，这对小暖这种吸毒成瘾的孩子来说很危险，稍不小心，这孩子就毁了，这种例子警察们见到的太多了。

"好，不让你回家。"苟大海答应小暖。

"真的?"小暖有些不相信。

"住我家。"

小暖看着大海叔叔一脸严肃，感到很可靠，便使劲儿点头。

小暖异常艰难地蹭挪过来，快靠近的时候，苟大海伸出手，把她拉过来，小暖穿过玻璃窗后一下子瘫在地上。

苟大海把小暖带回家，叫李侠给准备点吃的，再收拾个房间给小暖住。趁小暖去洗手间的时候，李侠压低嗓门问苟大海："她要住我们家?"

"是。"

"你也不跟我商量一下?"

"这不在跟你商量吗?先住元帅那个房间行吗?"

"这叫商量?人你都领家来了。"

"当时哪来得及？不能眼看着……"

这时苟远山带着元帅进来了："我听说了，这小暖性子够烈的，原来还真没看出来。住我们家也好，她妈拿她没办法，怕她出去，整天把她锁家里，这么大人了，哪锁得住啊，锁得住身也锁不了心啊，正好陪我说说话。"

小暖出来，李侠赶紧过去："你嫌不嫌阿姨的面霜差啊？给，先用着，赶明儿我给你买好的去。你在家用什么牌子的？"

"谢谢阿姨，我从来不用这个。"

"真的？那你皮肤怎么这么好啊？瞧，多光滑细腻，我们小暖真是天生丽质。哎，你想吃什么？阿姨去给做。"

元帅走过来："小暖姐姐，你会打'愤怒的小鸟'吗？'植物大战僵尸'呢？还有'小鳄鱼洗澡'，我可是游戏高手，爸爸都打不过我，咱俩一起过关好不好？"

小暖被元帅逗笑了。

二

毕其功局长办公室，苟大海、刘智云和新警李德、潘小小正向局长毕其功汇报谭光的审讯情况，潘小小负责记录。

"这谭光头是个老'运动员'，死猪不怕开水烫，反审讯能力很强，提了他几次，愣是没从他嘴里掏出一点儿像样的东西来。不过，枪是他的，人证、物证足够，他也不敢抵赖，单凭这一条，私藏枪支弹药，就能把他收拾利索了，这可是军用54，光子弹就20多发，判他个五年、八年的不成问题。"刘智云汇报说。

"一定要比哈雷的刑期长，否则，我咽不下这口气。"苟大海愤愤不平。

"这要法院说了算啊。"李德是警官大学的研究生,法学专业的,很有职业敏感度。

"当然是法院判,但根子在我们这儿,我们把证据给弄扎实了,法院不判也得判,我们的证据要是不像样,法院想判也判不了。"

"那是,那是。"李德连连点头。

"枪哪里来的?"毕其功问。

"不说。"

"毒品呢?"

"也没开口,这小子脑子清楚得很,贩卖毒品一沾边儿就差不多是掉脑袋的事,他是打死也不说。这年头上面整得太严,我们是一个手指头都不敢碰他,你说这种人渣,好吃好喝地供着,还不老实交代,我们就一点儿办法都没有?"

"没办法的是你,不是我们。"苟大海斜了刘智云一眼。

"给他一顿电棍,我保证他问啥说啥。"刘智云不服气。

"那这就是刑讯逼供了。"李德提醒。

"靠动手要口供是最无能的侦查员。"毕其功很不客气。

"我也就说说,过过嘴瘾。"

"我最想知道毒品哪儿来的。"苟大海说。

"我们每年抓那么多吸贩毒的,没几个能查下去,原因就是这种零星贩卖的都是单线联系,抓一个上面的线就全断,这都提着脑袋干的活儿,他们小心得很,也是跟我们当年地下党学的。"刘智云说。

"化验结果出来了,这是一种新配方的冰毒。它不含麻黄素的成分,完全是化学配方,但效果反而更强,上瘾也更快。这种配方的冰毒从来没出现过,我们请示了省厅,他们也是第一次见,查了国际刑警的资料,也没有见过类似的通报。我们和省厅专家一起分析,这种毒品的背后一定有高人,找出这个高人比判了谭光头重要一百倍。要是能把这人找出来,我宁肯把谭光头放了。"苟大海对大家说。

"谭光头不能放,后边这人也要找。这是一条线,可能会很长,不管有多长,线头就是谭光,现在的当务之急是顺着这线头捋下去,有多长捋多长,不能卡住也不能断线。"毕其功说。

"我们抓了谭光头,全世界都知道了,他的上线还不走路?"刘智云有些担忧。

"本来我也担心,但谭光头的死不开口反而增加了我的信心。你想啊,人要走了谭光头不知道赚个好态度?"苟大海分析。

"是这个理儿。可是,谭光头不开口啊。"李德说。

"我还没见过不开口的呢,只要不是哑巴。"苟大海说,"哑巴都会比画。"苟大海意犹未尽又补了一句。

"那下午我们去看守所?"刘智云有点儿将苟大海的军。

"不急,给我两天时间,我手头还有些事,我得把它们办利索了。"

"大海,这个案子你要亲自办,上次我就掉以轻心了,把它当成了一宗简单的吸食毒品案件,要是早重视,兴许就没有后来的事了。责任在我。"毕其功说得很诚恳。

"嗯,至少态度是好的。"苟大海对李德说。

"您这是虚怀若谷,上次也没错啊,谁能逮着毒品就化验?那还不把刑科所忙死。"刘智云说的也是实在话。

"错倒没错,就是……"毕其功附和。

"小李啊,要成为一名优秀的侦查员,除了会办案,还要会拍马屁。要拍好马屁必须勤学苦练,学呢,刘队是现成的榜样,练呢,就对着毕局来,瞧这俩人配合得多顺溜啊。你是我师弟,一般人我还不告诉他。"苟大海认真地教育李德。

"狗嘴里吐不出象牙来，滚，给老子干活儿去！"毕其功怒道。

潘小小的笔记本上没写一个字，她无奈地看着李德："咋记？"

李德说："这还不好记，局长刚才强调了四点意见。"

潘小小："四点？哪有四点？我怎么没听到？"

李德很老练地说："小潘啊，你要学会提炼，一是高度重视。二是周密组织。三是明确责任。四是强调纪律。"

潘小小："我怎么就没听出来？"

李德："局长亲自召集大家开会，是不是高度重视？大家一起研究了审讯工作，是不是周密组织？指定苟大海同志负责这个案子，明确要把幕后挖出来，这就是明确责任啊！不准刑讯逼供，多明显的强调纪律！就这一点还可以往加强队伍建设上靠，但考虑陛下一向低调，咱就不拔高了。"

潘小小不知道李德是开玩笑还是说真的，她歪着头看一眼苟大海，再看一眼毕其功。

毕其功看了一眼李德："你小子入戏很快啊。"

李德："在派出所给所长写了一年材料，都是这四点。"

毕其功："如果写纪要或总结，是这个路子，但做记录就没必要了，把定下的事儿记下就行了。"

苟大海："少来这一套，案子破不了，材料写出花儿来都没用。"

三

谭光一进看守所的审讯室就大呼冤枉。

苟大海点燃一支烟，冷冷地盯着他，任他大呼小叫，自己一言不发。

坐在左右两边的刘智云和李德看到苟大海的神情,也绷住脸。

谭光头叫了一阵儿得不到回应,突然觉得没趣就闭嘴了。他看着苟大海,心里有些害怕,他觉得这人身上有股寒气,苟大海没来过,今天看着来者不善。谭光有些胆怯,自己在铁栅栏对面的水泥凳上坐下。

没人说话。

谭光首先耐不住了这压抑的安静,他觍着脸伸手说:"能不能给支烟抽?"

在开场这无声的较量中,谭光先败下阵来。李德瞄了一眼苟大海,他心里在把课堂上的预审理论悄悄地和现场的实践做着比较。

刘智云伸手想拿烟。有时候为了营造一种好的沟通氛围,侦查员在审讯的时候,往往会满足嫌疑对象的这类要求,而且常常会有较好的效果。

苟大海伸手抓起香烟,一把扔到门外。

谭光立马怔在那里。也出乎刘智云和李德的意料。

苟大海指着审讯室上面悬吊的摄像头问:"知道这是什么吗?"

"摄像头啊。"

"干什么用的?"

"我当然知道,监督你们打人。"

"你知道我现在在想什么吗?老子真想豁出去这身皮不穿,也要在这个摄像头下把你那条腿打断。"

谭光没敢说话。

"知道为什么我想在这动手吗?我要把这个录像带带给哈小暖,叫她解解心头之恨。她现在恨不得生嚼了你!"苟大海接着说,"大前天,哈小暖爬上了华茂,差点儿跳下去。都是你狗日的害的。"

谭光张了张嘴,没说出话来。

"你女儿谭星星多大了？"

"12岁。"

"这么大了，是不是可以尝点儿粉了？"

"啊？"

"哈小暖说可以培养她的，你骗了哈小暖，哈小暖发誓要让谭星星成为道中人。这是哈小暖亲口跟我说的，哈小暖现在就住我家，她连谭星星在哪个学校、哪个班，跟谁是好朋友，喜欢去哪家麦当劳，爱吃什么牌子的雪糕都摸清楚了，她的性格你应该也是了解的吧，她可是天不怕地不怕，说到做到，一条道走到黑的人。"

"星星可不能碰这东西！"谭光头害怕了。

"嗯？谭星星不能碰，哈小暖就能碰？"苟大海目光如炬。

谭光很绝望。

"我劝住了哈小暖，现在哈小暖只听一个人的话，那就是我。"苟大海接着说，"我不是吓唬你，只是想给你通报一下情况，虽然你狼心狗肺，但我们做人做事还是有底线的。"

谭光的表情突然像个摇尾乞怜的哈巴狗。

"你那栋别墅可涨价了。"苟大海话锋急转。

"那是我太太的。"谭光的脑袋也不全是水。

"你说的是房产证，钱是你出的。"这句话很要命，毒资可是要追缴的，"多少钱买的？"

"180万。"

"你没那么多钱，你只出了80万。"

"你怎么知道？"

"猜的，我喜欢猜谜，还经常猜对。那100万呢？"

"朋友帮出的。"

"这么仗义的朋友，少见！能不能介绍给我认识一下？"

"这，这……"

"嗯？"

"找不到他了，兴许是出远门了，可能是出国了。"

"还是要找找，说不定能找到。你在里面，不方便，叫小玉帮个忙？"

"啊？"谭光惊讶得眼珠子都要掉出来了。

"你进来了，小玉要回河南老家，屋里的东西都不要了。我去看了一下，都是新的，扔了怪可惜的。我看，叫你太太去搬回家吧，那台3D彩电要一万多呢，可比你家那台好多了，你家那台早该换了。我跟你太太婉秀说一声？"

"大哥，你是来要命的吧？"谭光突然扑通跪在地上。

"你以为我是来跟你叙旧的？"苟大海冷冷地看着地上的谭光。

刘智云、李德、潘小小像看戏一样看得津津有味。

"我求你了，千万别把小玉的事告诉我老婆。她那脾气，会扒了我的皮。"

"多好啊，省得老子亲自动手了。"

"你给我保密，你问什么我都告诉你。"谭光头已经崩溃了。

"我想认识你那位仗义的朋友。"

"这……你能替我保密吗？"谭光头怯怯地问。

"你也有资格跟我讲条件？"苟大海斜了他一眼，"能。"苟大海很干脆。

"那我说。"

"说细点儿，把你知道的都讲出来。"

"我们都叫他何首乌，真名不知道，我们也不敢问，您知道，干这活儿是提着脑袋在刀尖上行走，个人的情况都不能问，这是规矩，坏了规矩是要死人的。东西都是他提供的，他应该是哪一家医药公司的，平常在各医院和个体诊所跑，推销一种中药材，就是何首乌，给医生提成，提得很高，说是手黑的医生光提成每个月就能拿一万多。这何首乌是个滋补药，养血益肝，滋阴壮阳，还管治白头发，什么方子里都可以加，所以医生的中药方里都有这味药，现在哪里都黑啊。他是北方人，个儿不高，不到一米七，脸很黑，精瘦精瘦的。和我见面都穿西服，脖子老晃来晃去的，应该是脖领子不得劲儿，说是进医院要穿正装，太随意了保安会赶你走。我有他的电话，但我记不住，那号码太难记了，在我手机里存着呢，手机在你们那保管着，你们可以查，名字就写的何首乌。平时都是他给我打电话，我要货的时候就发个短信给他，暗号是：茶叶没了，送货。当天他准会送来。我觉得我进来，他会知道的，怕早躲走了。要找他就去医院找，特别是中医院，说不定有线索。"

"这个就不用你教了。再想想还有什么？"刘智云说。

"我知道的就这么多，都说了。"

"上次你的腿已经被哈雷打断了，伤疤还没好就忘了疼？你怎么还去招惹小暖？"苟大海问。

"别提了，一想起那位爷，我头皮就发麻腿就直打哆嗦，要知道是警察谁敢惹他啊，这不是找死嘛！第一次那是不知道，碰上了，算我倒霉。这一次……"谭光头欲言又止。

"嗯？"苟大海从鼻腔里发出一声恶狠狠的声音，吓得谭光头一哆嗦。

"是，是何首乌非要再找她，我不干，他就出了高价，替我把房钱先交了。那么一大笔钱，把我卖了也还不上，只好……"

听得几个人都皱起眉头："为什么？"

"我也问了，何首乌说他老板觉得小暖上瘾慢，反应也不大，担心货有问题，非要找她再试一次。每次吃完有啥反应都得告诉他，还说不能作假，作假就要我命。这不，试出祸来了。"

"货有问题，什么人不可以试，非要找小暖？你没讲实话，哈雷打断了你的腿，你是拿小暖来报复。"刘智云说。

"爷啊，您抬举我了，再给我八个胆我也不敢。我说的都是实话，你们要是能抓到何首乌，一问就知道了。我要说假话，您把我舌头割了喂狗。"

"我会抓到他的，除非他死了。"苟大海说，"今天就到这里，你回去再好好想想，还有什么该交代的，这对你会有好处。要瞒什么事儿，你自己掂量一下，又不是第一次进来，不用给你普法教育了吧？"

"我一定好好交代，您要把我这么好的态度写进案卷里，这样到法院才有用。"

"你他妈业务很熟啊。"苟大海忍不住想笑。

看守所的大门"哐当"关上，苟大海、刘智云和李德、潘小小走出来。

李德很崇拜地对苟大海说："就这么拿下了？"

"只能说刚捏到线头，这条线还长着呢。"苟大海一点儿都不乐观。

"你找到了谭光头的痒痒肉了。"刘智云说。

"谭光头怕老婆，怕得要命。"

"这种人还怕老婆？"潘小小不理解。

"人是复杂的，也是有趣的。像谭光头这种人，杀人放火都敢，可偏偏怕老婆，还不是一般的怕，是老鼠见了猫的那种怕，从心底里怕。我们还办过一个黑社会团伙案，有个头目叫刘万东，天不怕地不怕杀人不眨眼，可独独怕他家瘦弱的老太太，老太太一瞪眼，立马就跪下，不管当着多少人。"

"还有，我们上次破的那个灭门案，一家三口都给杀了，连3

岁的小孩子都不放过，我们抓了凶手，给他抽血化验 DNA 的时候，他竟然晕过去了，他自己都不好意思，解释说他从小就晕针，见白大褂拿针管就晕。"刘智云补充说。

"有意思。你又怎么知道小玉的？"李德接着问。

"你以为我这两天干什么去了？不做足功课，这种货那么容易开口？审讯是一门艺术，但功夫在诗外。老师没教你？"

"老师教的是什么心理和技巧，我看没几条用上的。"李德很老实地回答。

"警大那帮老师呀，从学校到学校，有理论没实践，中看不中用，我还不知道他们？我那帮同学留校的现在都是教授副教授了，他们就没办过一宗像样的案子，顶多寒暑假去下面实习几天，然后就教你们怎么破案怎么抓人怎么审讯，你说……"苟大海突然打住，转头对潘小小说："你回避一下。"

潘小小不屑："您就说吧，我早给污染了，我在派出所这一年，啥没听过没见过。"

苟大海："你说你们那老师像不像太监教人做爱？光说不练嘴上功夫。课堂的东西该忘的赶快忘掉，以后多跟刘队学点儿有用的。"

"还得跟大海学，我不行，这差距大啊。你看大海今天这次提审，像喝了爽歪歪似的。"刘智云很服气。

"他那二奶的事真给他保密？"潘小小接着问。

"当然！君子一言，驷马难追。"苟大海认真得一点儿都不含糊。

四

家里多了个小暖，李侠的头都大了。

小暖的作息习惯，严格说小暖没有什么作息习惯，她是想睡就上床，睡醒就下来找吃的，她最爱吃的是方便面，因为方便面简单，用开水一泡就行了。李侠每天早上都叫小暖吃饭，开始小暖还哼哼几声，后来就不应声了。李侠只好给她把早餐留在锅里，但小暖不吃，她泡方便面。

小暖的卧室像个狗窝，被子从来不叠，枕巾掉在地上，拖鞋一只在床底下，一只在门口，你都能想象出这拖鞋是怎么脱的。衣服挂在床头，袜子扔在沙发上，红色的乳罩竟然挂在台灯上，亏她想得出来，一开灯房间就泛出一片暧昧的红色。显然窗户没有打开过，屋里的空气很不好，李侠几乎是捏着鼻子进屋的，收拾了半天，才恢复了房间的本来面目。李侠忙活的时候，小暖正蓬头垢面地蜷缩在客厅里的沙发上和元帅一起看《喜羊羊和灰太狼》，不知看到了什么情节，两人哈哈大笑，这时候，小暖还光着脚，一只脚就这么蹬在沙发上。李侠摇摇头叹了口气欲言又止。

元帅很崇拜小暖，因为小暖"愤怒的小鸟"打得好，"植物大战僵尸"也比他打得好，而且小暖姐姐还会很多其他的游戏，都是元帅没玩过的，特别是那些打仗的，海陆空都有，还有太空战士呢，太过瘾了。元帅几乎一天到晚都黏着小暖，除非小暖不高兴了把他撵出去，但过一会儿，磨磨悠悠他又进来了。

一天，元帅突然从小暖房间跑出来："妈妈，妈妈，小暖姐姐受伤了。"

李侠赶紧跟着元帅跑过去，元帅指着垃圾筐："看，妈妈，小暖姐姐受伤了。"李侠定睛一看差点儿晕倒，垃圾筐里分明放着小暖用过的卫生巾，很刺眼。

李侠压住情绪对小暖说："你怎么不处理一下？放在这里多难看？"

小暖不以为然："扔垃圾筐里不就是处理了吗？"

"这脏东西你要包好再扔啊,最起码上面盖上张纸,别这么大模大样地摆着。"

"反正都要扔出去的,恁个麻烦干吗?"

李侠没再吱声,将筐里的塑料袋扎紧,领着元帅提了出去。

元帅不解地望着妈妈:"小暖姐姐病了吗?"

李侠抚摸着元帅的头:"小暖姐姐没病。"

"那怎么出血了?"

"傻孩子,这是大孩子的事,你长大了就懂了。"

"不疼吗?小暖姐姐都没哭。"

"不疼。"

元帅还是不理解:"我长大了也会出血吗?"

李侠很无奈也很耐心:"男孩子不会。"

元帅终于明白了:"是不是因为我有小鸡鸡啊?"

李侠嗔笑着回答元帅这没完没了的问题:"是。"

那天可把李侠和元帅吓坏了。

这是个星期天,小暖突然毒瘾发作,毒瘾来得毫无征兆,吃午饭时还好端端的,李侠正哄元帅睡午觉。小暖坐在沙发上看电视,一阵五脏六腑瞬间失重的感觉排山倒海地压过来,就像万米高空的飞机突然失去了动力,紧接着千万只蚂蚁突然出现在身体里的每一个骨头缝里,奇痒、刺痛,想挠却找不着地方,不挠又浑身难受。小暖的脑袋轰然大了,她一直恐惧它会来,但它迟迟不来,正心怀侥幸沾沾自喜的时候,它又令人猝不及防地来到。这种感觉熟悉而又陌生,似曾相识而又面目模糊,小暖的灵魂和肉体好像分离了,灵魂在暗夜中深不可测的大海里狐疑、恼怒、恐惧着,肉体在无数的针尖般的点刺和撕咬中战栗着,小暖觉得自己就要崩溃了,她不服气，她想找一个支点，哪怕是一根稻草……

　　李侠听到声音冲出来的时候，小暖正跪卧在沙发上，双手撕扯着自己的头发，两眼通红，口水直流，喉咙里发出模糊不清的声音。李侠一时不知如何是好，光着屁股的元帅显然刚从床上惊醒跑出来，被小暖姐姐痛苦的样子骇得不敢吱声。苟远山听到动静也过来了，赶紧倒了一杯凉开水给小暖喝，挣扎中的小暖一挥手把水杯打翻，玻璃杯应声掉在地上摔成碎片。元帅哇地哭了起来，他被吓到了。苟远山也显得手足无措，叫李侠赶紧打电话给苟大海。满头大汗的李侠拨通了苟大海的电话。

　　苟大海带来了一个医生，这是强制戒毒所的驻所医生，医生进来没说话就手脚麻利地拿出注射器，抽取针剂，然后示意按住小暖，医生飞快地一针扎在小暖的胳膊上。很快，小暖的挣扎缓下来，慢慢不动了，没几分钟，小暖便在沙发上睡着了，长长的口水还挂在嘴边。满头大汗的李侠进洗手间投了一条毛巾，帮小暖擦了一遍脸。元帅两手紧紧抱着爸爸的大腿，惊恐地看着躺在沙发上突然间一动不动的小暖姐姐。李侠回头看到元帅，赶紧把他抱起来。元帅问："妈妈，小暖姐姐死了吗？"李侠眼泪哗地流下来，把元帅抱紧。

　　"打的什么针？"苟远山问。

　　"镇静的吧？"苟大海不太肯定。

　　"丁丙洛菲，一种镇静剂，戒毒所的常用药，毒瘾发作的时候用一针，主要是减轻痛苦，还有就是避免危险，毒瘾一上来，伤人或者自残的情况经常会发生，有时候防不胜防。"医生解释。

　　李侠下意识地又抱紧元帅："她睡醒了还会发作吗？"

　　"这次就算过去了。但从她的吸毒史和症状来看，应该还会发作，戒毒是个痛苦而漫长的过程，没那么快，还是放戒毒所踏实，那里专业，真有什么事，采取措施也方便。再说了，那里还有美沙酮顶一顶。"医生说。

"美沙酮？"苟远山不明白。

"毒品的替代品，戒毒的脱毒期每天喝一杯，能让身体保持平衡，不至于这么痛苦。这是这两年才提倡的，也是西方国家的戒毒理念。原来我们都是关进去干戒，发作时就捆起来，鬼哭狼嚎的，很不人道，现在文明多了。"

"小暖来半个月了，一直没发作啊。"苟大海说。

"这点儿我也觉得挺奇怪的。小暖在我那里戒过毒，现在是复吸，按她的成瘾情况和她的身体状况，停毒后一般7天之内就会发作。而且她吸的是冰毒，发作的频率应该更高。"

苟大海眉头紧锁。一家人面面相觑。

五

"小暖姐姐，我还以为你死了呢？"元帅不知什么时候爬上了小暖的床。

"姐姐命大，死不了。"

"你是病了吗？"元帅用小手去摸小暖的额头。

小暖突然一阵感动，紧紧抱着元帅："姐姐不是个好姐姐。"

"你肯定不听妈妈的话，也不听老师的话。"元帅很认真地对小暖说。

"元帅，小暖姐姐还没睡醒呢，你又去骚扰，快，背上你的书包，该去幼儿园了，要不又该迟到了。"李侠在客厅里喊。

元帅装着没听见，还往小暖床上的被子里钻。

"元帅，快点。"苟大海的声音响起来。

元帅赶紧下床，趿拉着鞋就往外跑。元帅在家里对谁都可以耍赖，尤其擅长欺负爷爷，但只要爸爸的声音一高，元帅立马就成了一只乖乖猫。

李侠领元帅出门，回头又对穿着睡衣倚在门框上的小暖说："饭在锅里热着呢，别再泡方便面了，那是垃圾食品。"

"垃圾食品为什么都那么好吃啊？"元帅接过话头。元帅最爱吃麦当劳、肯德基这类洋快餐。

"哪有妈妈做的好吃啊？"

"垃圾食品好吃。"元帅不服。

"那就让你天天吃垃圾食品，妈妈正好偷懒歇会儿。"

"好啊，好啊，我想吃薯条。"

李侠半拖半拽地把元帅带走。

"大海叔叔，给我副手铐。"小暖对苟大海说。苟大海刚往嘴里塞了两口馒头，正急着出门。

"手铐？"苟大海一愣，"你要手铐干什么？"

"铐自己。"小暖倔强地把嘴角一扬。

"嗯？"苟大海没听明白。

"再犯病的时候，我就把自己铐在床上，免得丢人现眼。"

苟大海听明白了，他看着小暖，心里突然泛出一阵激动："小暖，我们要有耐心，还是药物配合，医生说这样会减少痛苦。"

"我绝不再吃药，我自己能戒掉。"

"干戒很痛苦……"

"算我自作自受！"小暖说得很凛然。

"小暖，上午陪我出去一趟。"苟远山过来了。

"去哪儿？爷爷。"

"去公安局，查个资料。"苟远山说。

"还去档案室?"苟大海问。

"这是块心病,我不能把它带进棺材里去。"苟远山说。

苟大海苦笑着摇头。

这是年代久远的往事,几乎尘封在如烟的历史中,但在苟远山心中,一直就像昨天刚发生一样的清晰和纠结。

伊秋解放前夕,解放军隆隆的炮声已经能传到苟远山所处的老伊秋监狱的牢房。已经能明显感到看守所如临大敌的慌乱和惶恐,苟远山和难友们心中难掩兴奋和焦灼,他们似乎已经闻到了胜利的硝烟,看到了胜利的曙光,为此兴奋;但同时,这些经验丰富历经无数生死考验的战友们也知道,这也恰恰是他们最危险的时刻。

苟远山被关进来已经有半年时间了,他是地下党,在对伊秋的驻防团长刘政进行策反时身份暴露被投进大牢,战事吃紧,苟远山被捕后,竟然半年时间没有被审讯和调查,就像被遗忘了一样,这让苟远山很感意外,他甚至已经做好接受随之而来的各种严刑酷刑的心理和肉体准备,那时候的共产党员就是一批虔诚的宗教信徒,他们不惧牺牲,甚至在内心深处在潜意识里还有一种渴望牺牲的冲动,他们甚至认为这是生命的一种圆满,一种完美。当然现在的人已经无法理解到这一切了。

苟远山是狱中难友的主心骨,自从走进这所牢房,他就一直思索着脱身之计,不怕牺牲是一种信仰,但无谓的牺牲是不提倡的。除了自己,苟远山还要尽可能地把战友们带出去。但严密的看守,坚固的牢室,让他找不到一丝缝隙和机会,严苛的看守纪律甚至让苟远山没有办法和看守说上一句话。这座关押政治犯的监狱在管理上堪称严格,如他们规定看守和犯人不能对话,说一句话就要挨20军棍。有一次一个看守竟然就因回答了一句"今天是星期几",就被惩罚得皮开肉绽。

楚鹤村当时是伊秋监狱的杂工,负责打扫院子的卫生清理一下垃圾什么的,整天低眉顺眼,还被看守们呼来喝去的,有一次苟远山亲眼看到,就因为动作慢了一点点,被一个喝多了的看守班长一脚踹倒在地,那一脚够狠,此后几天,小楚走路都是一瘸一拐的。

那天是3月14日,监狱的气氛已经很紧张了,人人脸上都挂满了焦灼或绝望,这最后时刻,敌人什么事都能干得出来。偏偏这天小楚穿了一件红色的上衣,正红正红的那种,在肃杀的监狱里,在凝重的气氛中,这件上衣显得那么扎眼。苟远山也有些好奇,趁小楚过来收拾垃圾的时候,笑眯眯地说了一句:"好漂亮啊。"

小楚四下看了一下见没有看守注意,低头腼腆一笑:"今天是我生日,我妈妈说穿红色避邪。"

苟远山心动了一下,今天也是自己生日,在这暗无天日的世界里,自己已经忘了这件事。

苟远山又问:"你是伊秋人吗?"

小楚又看了一眼四周,答非所问:"我妈妈说你们都是好人。"说完便赶紧走了,看得出这是一个胆小的孩子。

从此,小楚每天来收垃圾的时候,苟远山总是会和他搭讪几句。慢慢地,小楚竟然成了苟远山在狱中了解外边战事进展的唯一渠道,虽然,小楚也说不太清楚,而且在门口待的时间也不敢过长,不过好在慌乱已经写在每个人的脸上,戒备虽然还是一如既往,但这些小小的细节已经没有人过于关注了。苟远山和小楚的友情就是在这种特殊的时刻特殊的地方用这种特殊的方式建立起来的,而且持续了一生。

敌人已经开始转移囚犯了,常常是整个监室一批拉走,转移的场面极其悲壮,抗争和胁迫每天都在上演,刺耳的枪声也时常响起。最严峻的时刻到了。难友们纷纷猜测敌人到底是转移还是屠杀？这种猜测的谜底让人很绝望，穷途末路的政府还能把犯人往哪里转移？

苟远山再见到小楚的时候，脸色严峻得能拧出水来，小楚有些不知所措，两人对当前的局面都心知肚明。苟远山直直地盯着小楚，小楚感受到这眼神中的压力和期许，但苟远山自始至终没说一句话，是啊，对一个混口饭吃的胆小杂工又能寄予什么期望呢？

但，小楚是个机灵孩子，他读懂了苟远山脸上的表情。

晚上，一轮弯月斜挂。小楚幽灵般的身影闪到苟远山所在的监室，轻轻叩击铁窗。苟远山一惊，移步窗前，小楚惊恐的眼睛四处巡视，伸手从怀里递过一个用草纸包裹得严严实实的东西，苟远山刚接过，小楚一缩身子就消失在夜色里。

草纸里面包的是钥匙，一把粗糙的钥匙，顶端还是未经加工的铁片，显然是临时仿制的。后来才知道，小楚偷偷地把看守的钥匙印在一块肥皂上，在街上找人临时磨制出来的。

半夜，前区的监仓又骚动起来，因为又有卡车进来转移犯人了。苟远山带领难友们非常艰难地把门锁打开，钥匙仿制的技术不到家，试了半个多小时毫无动静，就在苟远山等人几乎放弃的时候，锁突然间开了。

那批转移犯人的卡车刚驶出监狱，苟远山便率人悄悄冲出监室，经验丰富的苟远山指挥大家分散攀爬，不要扎堆，在攀爬围墙的时候被看守发现，枪声响了，但由于是晚上，特别是前面转移犯人分散了大量的看守力量，待围拢来的敌人逼近时，苟远山和大部分难友已经跳下围墙，消失在山中的密林里。听见枪声，监狱各个监室一起聒噪起来，敌人怕顾此失彼，没敢贸然组织出外围捕，等磨蹭到天亮，增援力量赶来时，苟远山等人哪里还有人影。

一个星期后，伊秋解放。苟远山被组织安排留在伊秋做保卫组长，伊秋监狱关押的同志很多被杀害，楚鹤村是苟远山的救命恩人，两人的友谊一直延续下来。在苟远山的保荐下，楚鹤村进了伊秋糖厂，从车间工人一直干到副厂长退休。

苟远山就任保卫组长后，首要的任务是惩治匪患及敌人残余势力。根据情报，敌人撤离前，安插了一个代号"白佛老祖"的组织，主要任务是潜伏和袭扰，苟远山几乎倾尽了全部精力侦办"白佛老祖"潜伏案，前后长达10年时间一共挖出"白佛老祖"成员20多名，但真正的头目"白佛老祖"一直没有浮出水面。

"白佛老祖"成员只知道是"白佛老祖"在领导和指挥他们，但谁是"白佛老祖"，谁也不知道。这个专案到了后期，省里和市里的专案组一致认定，"白佛老祖"也许根本就不存在，或者已经死了或逃了。经济建设的大潮扑面而来的时候，挂了28年的"白佛老祖"专案组撤了，一派歌舞升平灯红酒绿，再提这些事已经不合时宜了。

这是苟远山心中的一个结，直到他退休，他内心一直坚信，"白佛老祖"确有其人。虽然找不到证据，但直觉告诉他，"白佛老祖"就在伊秋熙熙攘攘的人群中。他否定不了自己的直觉，甚至在他签署解散"白佛老祖"专案组的命令的时候，这种直觉还在强烈地撞击着他的心房。

退休后的苟远山经常会来局里转转，最常去的是档案室，他要写回忆录。这里的档案苟远山很熟悉，很多是苟远山亲手一册一册装订的，尽管这些年来，档案包装考究了很多，但核心是永远不变的。翻阅抚摸这些档案让苟远山很感慨，他会一页一页地辨认这些档案的签名，哪个战友出了国，哪个战友下了海，哪个战友已经离开了这个嘈杂的世界。人老了爱回忆，几十年的戎马时光都能在档案里在发黄发脆的纸张里找到注脚。

局里专门为苟远山开了特例,他可以随时进来,不用填表、不用办证、不用审批,老局长嘛,而且这档案就是他苟远山起的头,没有人比苟远山更有资格享受这个特权了。

苟远山最常翻的还是"白佛老祖"的专案材料,当年打着绝密的档案已经过了30年的解密期,明知道翻不出什么来,但过来坐坐翻翻,心里会踏实些,也算个寄托吧。毕其功和苟大海把这理解得更简单:每个老人都有个嗜好,有人喜欢钓鱼、有人喜欢麻将、有人喜欢饮茶,老爷子就好这一口儿。关于"白佛老祖"的事,毕其功觉得是一个故事,苟大海更认为是一个传说,更多的人认为这是老爷子的一个幻觉。只有苟远山知道这是一根刺,插在心里。

毕其功听说后照例跑下来,带来一包茶叶,吩咐档案员泡上。说:"这是陈年普洱,号称'文革砖',市面是天价,常喝这种普洱,降血脂、降血糖、降血压,齿白唇红,止渴生津,补肾益肝,延年益寿。"

"滋阴壮阳,专治不孕不育。"老爷子不紧不慢地接了一句。

大家全乐了。

"这个要用矿泉水,农夫山泉最好,千岛湖的味儿最正宗。茶最讲究水,要洗两遍。"毕其功交代档案员。

"好有闲情逸致。说现在的领导都有三项基本功:品普洱、品红酒、品字画。"

"这不您来了吗?我忙得脚打后脑勺,哪有闲心喝这玩意儿?这是我同学送的,当年学习成绩最差的,没考上大学,现在开发房地产,成最有钱的了。算劫富济贫,不是腐败来的,您老放心喝。"

"忙你的去吧,我自己坐坐。小暖陪我呢。小暖,你去旁边阅览室,那里有杂志和报纸。"老爷子原则性很强,档案室里多是机密文件,未经批准是不能随意翻阅的。

"中午在食堂吃饭？给您炖条鱼，我那还有一瓶陈年的茅台，我陪您喝两口。"

"不了，回家吃。"

毕其功走了，苟远山摸出老花镜，在一排排的档案架中寻找。

这时，苟大海过来了，是毕其功告诉他老爷子来了。

"继续证明您那个幻觉？"苟大海进门就问。

"来骗茶喝。"老爷子指指桌上刚泡出的红彤彤的陈年普洱。

"这人势利了，我去他办公室给泡的全是局里统一采购的茶叶，10块钱一斤，像树叶一样。"

"茶本身就是树叶嘛。"

"我都能喝出农药味。"

"喝不出农药味的8块，那2块是农药钱。你别在这里陪我了，该干啥干啥去。哪天有空，带我去趟医院，这段时间嗓子眼儿老不对劲儿，吃东西不顺溜。"

"好，好，那就后天吧，我明天有个行动。"

"哪天都行。"老爷子摆手让他走，自己捧着一本档案费劲地看着。

苟大海有些忧虑，他想起那天生日聚会老爷子把蛋糕吐出来的一幕。

第三章　失手

一

苟大海办公室。

刘智云、李德等侦查员在汇报梳理关于何首乌的线索。

李德说:"审完谭光,我就带了两个兄弟到市内和郊区的所有医院去摸,难度很大,那些医生很不配合,他们以为我们的目的是查他们收回扣的事,要么避而不见,要么吞吞吐吐,要么避重就轻,后来我就给他们摆明了,你们的药方和账本我都看了,何首乌的用量明显异常,虽然吃不死人,或者说对身体还有好处,但也超过了职业道德的底线,这个底线上面就是法律。但今天我来找何首乌是因为别的更重要的事，你们给我提供情况和线索，我就去办这件重要的事；要是没线索，我就查药方上的这件事，这件事还省劲儿，好查。医生都是有文化的人，懂道理，一点就通，一说就明白，虽然勉强，还是提供了一些情况，但有用的不多。"

"继续说。"苟大海说。

"何首乌的真实姓名他们都说不上来，他们都叫他小何，每月定期来送货，顺便把上月的账结了，从不拖欠。另外，医生说，小何的药材质量绝对一流，市面上很难找到这么好的材质，价格也不贵。"

"这是医生给自己找台阶，药材好坏和我们的案件无关。"刘智云插话说。

"有关。关于何首乌的任何信息都可能与案件有关，在调查过程中越细越好，范围越宽越好，有些看起来和案件八竿子打不着的信息有时恰恰就是最有用的线索。药材好说明何首乌的进货渠道不一般，很可能背后有一家大的药材集团。"

大家点头同意苟大海的判断。

"但何首乌的手机已经欠费停机，手机卡是街边报刊亭里买的，没有任何个人资料。"李德补充说。

"我带另一组人去医院查了他们的监控录像，在第一人民医院找到了何首乌的视频，医生和门口的保安都证实是何首乌。我拷过来了，一会儿可以放一下。"刘智云说。

"有没有找到他的关系人的线索？"

"没有。所有跟他接触过的都反映就他一个人独来独往，视频上也是这样。"

"交通工具呢？"

"查过，没掌握到他自己有车。去医院都是打出租车，有时也坐摩的。"

"住所更没线索了?"苟大海有些失望。

大家摇摇头。

苟大海在办公室来回踱步,说:"还得再找谭光头,这小子没吐干净。"

看守所审讯室。

谭光被带进来,一看是苟大海不由怔了一下,谭光说不清为什么从心底里对苟大海发怵,怕看见苟大海,他觉得苟大海那双眼睛能看透他的五脏六腑。

待谭光坐定,苟大海扔了支烟给他,谭光用戴着手铐的双手忙不迭地接住,苟大海摆一下头示意李德帮他点上,谭光受宠若惊地把叼着香烟的嘴凑到铁栅栏边,李德用打火机给他点燃。谭光很享受地吸了一小口。

"我临来见了你老婆婉秀,她托我给你带个话,说家里很好,女儿谭星星也很听话,美术比赛还在全市获了个二等奖,不用惦记着,好好配合政府。"苟大海对谭光说。

没想到苟大海一开口这么软和,谭光的眼泪都快下来了,叼着烟卷的嘴唇直哆嗦。

"小玉呢?"谭光怯生生地问。

"你他妈真够五颜六色的,都这时候了,你还想着二奶呢。"刘智云有些忍不住。

"她去哪儿我不知道,但她房子退了,应该回老家了吧。"苟大海说。

谭光感激地看了一眼苟大海,又赶紧低下头。与其说他是关心小玉,实际上他更关心他和小玉的事有没有被老婆知道,看来,苟大海信守了承诺。

"我那天临走让你再好好想想，你想得怎么样了？"苟大海回到主题上来。

"何首乌我就知道那么多，该说的我都说了。都到这时候了，我还瞒你们不是找死吗？"

"你枪从哪儿来的？"

"何首乌给的。"

"这个你为什么不说？"

"你们早就知道啊。"

"当然知道，很多事我都知道，但还是要你自己说，这是规矩，也是给你机会，还要用这个考验你老不老实。为什么给你枪？"

"他叫我再找哈小暖，我说我不敢，除了给我付了房钱，他还给我一把枪，说是防身，防啥身啊，我又不会用枪，想试一下，又找不着地儿，这年头一响枪可要命。收下来主要是壮胆呗，平时就放家里，晚上睡觉摸着它时没那么害怕。当时想，到时候还可以卖了它，这玩意儿在道上挺值钱的，不要白不要，没想到给砸手里了。"

"平常何首乌都跟你聊过什么？"

"没聊过什么呀，这行当水这么深，言多必失。"

"再想想，把他这半年给你说过的话都复述一遍。"苟大海不放弃。

"我要慢慢想想，他跟我说过天上人间歌舞厅的小姐水灵，就是小费太贵，干陪都要300，要是开房过夜要2000块；还说医院的医生真黑，西医黑，中医也黑，这何首乌都快卖掉一吨了，什么病都往里面加何首乌，他都看不下去了；还说他当年一个小兄弟栽进去了，把老板供了出来，结果老板的兄弟把他家里人全扔河里了，杀人那么容易的？我估计他是吓我的；他还说过香港一点儿都不好玩儿，香港有的深圳都有，还不如澳门呢，澳门还可以赌两把。台湾好玩儿，吃喝嫖赌都很专业，特别是玩女人要去台湾，台湾是跟日本人学的，干那事跟在街上吃个麦当劳一样，满街都是汽车旅馆，汽车旅馆就是干那事的地方；他说他原来烟瘾很大，后来戒了，戒得十分艰难；噢，对了，他还给过我两次鱼，挺大条的，说是他自己在汤旺河里抓的，他说他抓鱼最本事了，可以潜水徒手抓，这一手现在没几个人会了，还说要没事干了他光靠抓鱼也能活命……"

"那鱼不是他在市场上买的吧？"苟大海接了一句。

"那不会，市场上卖的都是鱼塘里养的，不好吃，肉软没嚼头。河里的野生鱼肉劲道，特别是鱼刺又粗又硬，虽说都是一样的鱼，但口感差老鼻子了。"说着，谭光头使劲儿咽了一口唾沫。

"这样，给你一叠稿纸，你回去慢慢想，想好了就写下来，记住，越详细越好。哎，对了，你会写字吧？"

"会，那怎么不会？光小学我就读了8年。那，那你能不能告诉我你到底想知道什么，咱来个直截了当，好不好？"

"我对这个人感兴趣，关于他的事我什么都想知道。"苟大海黑着脸说。

谭光没再敢问。

回去的车上。

李德："有收获吗？我怎么听着都是废话呀。"

刘智云："还是有点儿东西的，得慢慢消化。"

苟大海："见过垃圾场里捡垃圾的吗？"

潘小小："听说捡垃圾有发财的。"

苟大海："我们说不定也能发财！老刘，你马上安排人沿汤旺河查一遍，必要的话发动辖区派出所帮帮手，重点查河边的出租屋、窝棚，把何首乌的照片翻印发下去，要小心，发现线索及时报告，没有足够的把握不要动手，我怀疑这混蛋身上也有枪。"苟大海说。

"你觉得何首乌在河边？"刘智云问。

"这种可能很大，谭光头的废话里还是有含金量的，至少我们知道何首乌水性好，这点很重要，水性好的人亲水，他会靠水窝着，一有风吹草动也方便溜，他认为这是他的强项，逃犯都有这种心理，他是下意识的选择。"苟大海停了一下，自己感到很满意："这一趟没白来。"

"有多大把握？"正开车的李德问。

"把握？要么百分之百，要么就是零，没有中间地带。抓人就是广种薄收的活儿，扑空是经常的事，有时候是十有九空，但只要让我们碰上一次，我们就成功了，这个成功就是百分之百，不是说失败是成功他母亲吗，那九次是为这最后一次做铺垫的。"

"希望这就是最后那次。"李德说。

"看运气。不过，老子的运气一向很好。"苟大海看着窗外飞驰而过的景物自负地说。

二

还是那间情深意浓咖啡馆，李侠在啜饮着面前的咖啡，眼角一直看着门口，她在等苟大海。

苟大海皱着眉头进来，在李侠的对面坐下。服务员过来："先生，您……"

"来杯白开水。"没等服务员说完，苟大海直接吩咐道。

"我们这有备好的苦瓜汁。"服务员说。

苟大海一愣,苦笑着说:"真难为你们,那就来杯苦瓜汁吧。"

苟大海转向李侠:"什么事在家里不能说,非到这不阴不阳不三不四的地方来?"

"谈事要有气氛,家里我开不了口。"李侠说。

"看来是大事。"苟大海诧异地看了李侠一眼,李侠低下头,没敢和他对视。

"我想办移民。"

"说了好多年了,这次又想去哪个国家?"苟大海一点儿都不感到意外。

"加拿大。我越来越受不了国内的环境了,地沟油、毒奶粉、含瘦肉精的猪肉、喷甲醛的白菜、难闻的空气,我有一个同学又被查出肺癌了。我们不怕,我想给元帅找个好环境,让他健康快乐地长大。"

"你要把元帅也带走?"元帅可是苟大海的心头肉。

"主要是为他。"

"这么大的事你怎么不跟我商量一下?"

"这不在跟你商量吗?"

"你们都走了,我不成裸官了?可挺忌讳的,这事。"

"你这也叫官?"

"当然是,村长也是干部啊。"

"大海,咱俩离了吧。"李侠像下了好大决心才说出了这句话。

苟大海盯着李侠看,李侠搅拌着杯里的咖啡,眼睛看着窗外,眼角一颗泪珠沿着脸颊滚落下来。

服务员端来苦瓜汁,轻轻放在苟大海的面前,没说一句话,轻盈地转身离开。

"不新鲜，算复习。只是这风平浪静的什么时候又起了这念头？"

"早就有了。"

"说说吧，我还真想听听，离两回了也没听你陈述原因，总觉得少了道程序，今天我正好有耐性。"

"第一，我嫁了一个警察，而不是一个丈夫，你不懂生活。"

"这话说过很多遍了，有没有新鲜的？"

李侠咬了一下嘴唇："第二，你不尊重人，你跟我讲话从来都是用反问句，比如出门，当然很少跟你一起出门，你会说你怎么还不走？而不是说快点走。再说，元帅为什么一定要姓苟？跟我姓李不行吗？要不姓敬也可以，但你太霸道，我这是为孩子好，怕他在学校被小朋友嘲笑。"

"继续说。"苟大海表现出难得的涵养。

"第三，你不珍惜我们的爱情，你不爱我。"

苟大海抽了一下鼻子。

"我提出离婚，你连问一句都没有就跟我去办证，要不是阴差阳错我们早离了，这说明你不珍惜我们的爱情。网上说，男人爱女人就两条：一是愿意给她钱花；二是喜欢和她做爱。咱俩分居快一年了，家对你来说就是个旅店，我不过是个服务员，你连个正眼儿都不给的服务员。"

"这么说就不讲道理了，就是旅店你也是老板娘，这进家你规定脱鞋就脱鞋，你不让抽烟我就不抽，马桶圈你规定掀起来我就掀起来，这么多清规戒律我都没说过二话，你还想怎样？有这样的服务员吗？给钱花？我的工资卡不在你手上？"

"你用的还是反问句。你没告诉我密码。"

"你怎么不问我？元帅的生日倒过来每个数加2尾数再加3就

是密码，你们美国老板给你的工资是老子的十几倍，你还在乎我那点破工资？分居是你嫌我睡觉开着灯，你非得漆黑一团才能睡得着，我非得开着灯才能睡踏实，我们睡觉属于志不同道不合。做那个什么……这段时间我忙得昏天黑地，饭都没按顿吃过，上头都顾不上，哪还顾得了下头？再说了，我也怕觍着个脸上去你没兴趣啊，你要有想法你可以来找我，老子每天晚上都是脱光了睡。"

"第四，你太粗俗！"李侠生气地说。

"那我告诉你，离我同意，这年头时尚，咱们也不是离一次了，没离成是因为天灾人祸，明天我就可以跟你去办手续。但元帅，苟元帅你不能带走。"

"我走就是为了元帅。"

"那也不行，这事没商量。"

"我是为元帅的以后着想，明年他就该上小学了。"

苟大海一仰脖子把一整杯苦瓜汁喝掉："说完了吧，我还有正事儿。"说完起身走了。

李侠一大串眼泪掉了下来。

三

苟大海带老爷子来医院看病。

楚红也过来了，是苟大海叫她来的。苟大海很怕进医院，他从来都搞不清楚医院看病的流程，挂号、看病、各种检查、划价、交钱、取药，每一个窗口都是长长的队伍。他更怕看医生的脸色，生怕自己按捺不住。有一次苟大海带元帅看病，元帅不配合，哪个小孩子不怕医生啊，医生很不耐烦，开药的时候，苟大海多了句嘴，说能不能不用抗生素，中国人用抗生素太多太滥，去年全国一共吊了 10 亿瓶抗生素，倒在一起都成一个湖了。结果医生不高兴了，翻着白眼问你倒懂得挺多，你是医生还是我是医生？要不是带着元帅，苟大海就跟他拍桌子了。后来一看药方，密密麻麻的，六七种药，还有一个激素，不就一个感冒发烧嘛，苟大海出门就把药方撕了，带元帅去了大嫂的医务所，大嫂拿了两包药，说只要 12 块钱，苟大海不太信，大嫂说就是这药价，还涨了哪，前两年 5 块就够了。果真回家两天就好了，苟大海对大嫂的医术也有了一个重新认识。大嫂也实在，说这药就是缓解症状的，治病还得靠孩子的免疫力，医生一般都愿意开大药方，一个是症状去得快，显得自己手到病除医术高明；再一个能多卖钱，药开少了家长还不干呢，吃一大堆药病好不了他会怪自己的病，药少了病不好会怪医生，你说医生能不多给你开药？后来这看病，苟大海和李侠常常意见不一致，李侠坚持要去大医院，认为大医院正规；苟大海认为，明显是一些小毛病，在大嫂那儿拿点儿药就够了。李侠没说破，她心里对大嫂的医务室是不以为然的，她总把大嫂和电线杆上贴广告的江湖游医联系起来。今天是一定要来医院的，老爷子头疼脑热的从不放心上，他要提出来看病，那一定很大件事了。

有楚红在就方便多了。楚红直接带着进专家诊室了，连挂号都没有。这白大褂在医院就是通行证，所到之处，不管多拥挤都会让出一条道来。

专家满头银发一脸慈祥，让苟大海顿生好感。专家耐心细致地询问了苟远山的症状。苟远山说，好几个月了，吞咽不顺溜，该不是长什么东西了吧，有时候还会噎着，弄得小孙子常笑话我，没啥其他感觉。这段时间更明显，有时候吃饭吃到一半，我得站起来吃，要不咽不下去，站着会顺溜一些。

专家很警觉："你说的不顺溜，是不是有一种黏附感，食物好像没有完全下去。"

"你说得对，就是这种感觉。"

"那你吃完东西胸骨后有没有疼痛感？"专家接着问。

"痛倒不痛，有时很灼热。"

"你吃饭的习惯是不是喜欢吃热的烫的？"

"是，吃凉了闹肚子，一辈子的习惯了。"

"闹肚子是因为不卫生，和凉的热的没啥关系。"专家解释说，"喝酒吗？"

"喝，喝一辈子了，好这一口儿。早上一杯，活血提神；中午一杯，帮助消化；晚上一杯，解乏催眠。"

"一天三喝啊？你多大的杯？"专家很惊讶。

"早晨是 2 两，中午和晚上 4 两，一天一斤，多了不喝少了不干。要不给他买酒我早买房子了。"苟大海说。

"喝多少年了？"

"时间倒不长，也就 60 来年吧。"苟大海接着说。

老爷子嘿嘿乐，看来苟大海没有太夸张。

"多少度的酒？"

"高度，低度的不喝。"楚红接了一句，老爷子的酒量是远近闻名。

"低度酒就像掺了水，没味。高度的香，有酒味。"老爷子补充。

专家点点头，没再往下问，他撕下一张化验单，说："要做个检查。先做个钡餐吧。"

"你给开点药吧，不做检查了，钡餐那滋味可不好受。"老爷子不太同意。

"是没酒好喝。但一定要做。"专家坚持。

"做吧,做吧,查一下踏实,很快,几分钟就行。"楚红劝说。

"可难喝了。"老头执拗起来像个小孩儿。

"你就当喝到一次假酒了。眼一闭一仰脖就喝进去了,我小时候第一次被你喂酒,你不就是这么劝我的么。"苟大海帮劝。

楚红要扶老爷子出去,苟远山轻轻避开,步履稳健地走出门。

紧闭着的检查室门上写着"闲人免进",楚红和苟大海坐在医院走廊的长条椅上等,闲聊打发时间。楚红随口问了句:"嫂子呢?"苟大海还没回答,电话响了,看一眼来电显示,说:"医院地邪,说谁谁到。"然后把电话挂断。又响,再次挂断。"你怎么不接嫂子的电话?"楚红很奇怪。

"医院不是接电话的地方。"

"接个电话怕什么?这不到处都是打电话的嘛。"

"不是接她电话的地方,她的电话要专门地方接,比如咖啡馆,有情调,否则不礼貌。"苟大海挤出一丝笑容。

楚红不解地看着苟大海,心底升起一片疑云。这时老爷子出来了。

苟大海被楚红单独叫进了专家办公室,顿时有一种不祥的预感。

"很不乐观,"专家看着化验单,"初步怀疑食道癌。"

"啊?什么?"苟大海猝不及防。

楚红也瞪大了眼睛:"不,不会吧?"

"只是初步怀疑,需要做进一步的检查,再去做个内窥镜取个切片,最后的结果就出来了。"

"老爷子身体这么好,早餐还喝了2两呢。"苟大海还是接受不了。

"常年喝高度酒就是最大的诱因。先别跟老爷子说,就说喉咙里有点炎症,要再检查一下,别让老人家害怕。癌症病人有三种死法,一是吓死的,二是吃药毒死的,第三才是癌细胞扩散病死的。"

"说不定切片化验是良性的呢。"楚红安慰道。

"老爷子英雄一辈子,看待死就像回家一样,他不会怕,是,是他妈我怕。"苟大海说。

"先把检查做了,拿到结果再来找我。我认识老爷子,当年我毕业想进公安局,局里正好缺个法医,但没编制,老爷子亲自去找人事局,人家不给,老爷子还拍了桌子骂了人,最后没办成,但我感谢老爷子,好人。他肯定不记得了,我记着呢,老爷子的事就是我亲人的事,我跟到底。"专家动了感情说。

第二天一大早做内窥镜检查,还是楚红带去的。做内窥镜不能吃东西,所以他们早早来了,早来人也少,虽然有楚红带着不用排队,但在众目睽睽之下插队也很难为情。楚红作为护士习惯了,但苟远山和苟大海总觉不自在,好像芒刺在背。

内窥镜就是将一根管子顺着喉咙插下去,是很痛苦的一种检查方式。现在麻醉技术提高了,可以让人睡过去,在人没有意识没有知觉的状态下插管,但这种全麻存在一定风险,对上了岁数的老人,麻醉师一般不敢用。有这种案例,全麻后检查做完了人却醒不过来了,病人家属不干了,要求医院负责。

苟远山坚持要全麻,医生都劝他说这是规定,楚红也劝,但老爷子很倔不愿遭这个罪,说不行就不检查了,回家。

医生求助苟大海,让苟大海帮助做做工作,他们觉得一般病人的儿子更有说服力。没想到苟大海态度很明朗,说,都80多了还受这种洋罪,我宁可冒风险也要全麻,我知道你们从万无一失考虑,而且出了问题要负责任。这样,我是病人的儿子,亲生儿子,我来给你们写保证书，是病人和家属强烈要求全麻插管的，出了问题我们自己承担全部责任。

苟大海转过头来对老爷子说，这事我做主了，你要睡过去醒不了可别怪我不孝。

苟远山说这才像我的儿子，比给我买酒孝顺多了，真要醒不了那就好了。这爷俩一唱一合配合默契。

看他们态度这么坚决，最后医院还是给他做了全麻。实际上这全麻的技术已经很成熟了，只是医院过于小心，这年头医患关系紧张谁也不愿冒风险。护士给苟远山注射了一针麻醉剂，没两分钟他就睡着了，然后这边插管检查切片，20分钟后检查结束，再过2分钟，老爷子慢悠悠醒过来，他什么都不知道，但检查已经做完了。

图像显示出来的情况很不好，食管上肿块清晰可见，切片送去病理室，第二天才能出结果，但对经验丰富的医生来说，这把年纪这样的肿块再加上这样的生活习惯，食道癌已经算是确诊了，只是一切皆有可能，任何事情都会有例外，最后还是要以检验结果为准，医生让回去等。每个人都心事重重，每个人都没再提起这个话题，每个人内心深处都在期盼着化验结果能出现奇迹。

见多了人间悲剧的医生专家没什么幻想，他已经叫人留好了病床。

四

在汤旺河上游岸边的一条废弃的船上发现了何首乌。

市公安局的协查通报发出后，辖区派出所在江边走访调查，这是公安机关的基本功，很多线索就是这么来的。果然，一个经常在江边钓鱼的老头反映，说上边有条搁浅的船，不知多少年了，应该是几年前汤旺河禁渔之后废弃在那里的，因为离市区远，没人注意。那条破船上前段时间住了一个人，钓鱼的老头常年骑自行车来钓鱼，这里很荒僻，出现个人很显眼，至少让老头觉得很显眼。更显眼的是那人的水性特别好，一个猛子下去好几分钟不露头，刚开始把老头吓坏了，以为上不来了呢。那人更大的本事是抓鱼，徒手抓，常常是他站在船头盯着水面看，半天一动不动，突然一下子扎入水中，等他再钻出水面的时候，手里会拿着一条大大的鱼，这让老头很羡慕也很嫉妒，因为老头有时蹲一上午也钓不上一条来。

派出所民警把何首乌的照片拿给老头看，老头一眼就认出来说就是他，虽然照片穿着西服打着领带，船头上只穿一个短裤，但这人给老头的印象太深了，保证不会错。但这时老头马上醒悟过来：这人是不是有案底？要不，你们公安局怎么找上来了？还有他的照片？不是杀人犯吧，明天我可不敢过去钓鱼了。民警一听急了，说你该干吗干吗，你每天都去明天突然不去他会警觉的。老头说那可不行，我胆小，我不敢去了，不但明天不去以后也不去了，我钓鱼就图一玩儿，在哪儿不能玩儿，干吗冒那险，我还没活够呢。民警做工作希望他配合一下，老头说那你派俩警察在我后面蹲着，再说了，我干吗要配合你们，上次我在公园钓鱼还被你们罚了款，这口气还没出呢。民警说两码事儿，公园不准钓鱼你违反规定没拘你已经照顾你了。

这边还在做工作，情况已经到了苟大海那里，苟大海说还磨叽什么，马上抄家伙出发。兄弟们去领枪，苟大海利用这个时间去毕其功的办公室。中国的警察很奇怪，他们不是随身带枪的，平时集中锁在枪库的枪柜里，有行动的时候才去领，领还得自己填表领导审批，是要用点儿时间的。曲啸正好在毕其功办公室，苟大海给毕其功汇报了这个行动，曲啸一听很激动表示要参加，毕其功和苟大海相视一笑当然就同意了。

两辆喷有"渔政执法"的公务车慢慢悠悠开过来，里面的人全穿着渔政制服，这是苟大海刑警队的民警，曲啸当然也在里面。苟大海这身刚借来的制服显然不合身，特别是领口太紧，他脖子很不舒服，苟大海边拧脖子边骂刘智云："借的什么破衣服，搞得老子喘不上气儿来。"

刘智云不买账，说："这衣服是从人家渔政局队员身上现扒下来的，又不是给你量身定做的，哪有那么合身，就这，要不是我大舅子在那当后勤科长管食堂，人家还不愿脱给你呢。"

李德接了一句："我觉得不是衣服的问题，你看人家曲助理穿着怎么这么合适？"

苟大海眼睛一瞪："那是什么问题？"他觉得李德话里有话。

果然，李德说："是你长得不对，你上身太长，脖子又短，严重的比例失调，属于有的地方没长开有的地方又长荒了的那种，除非裁缝量着你做，要不还真找不到合适的。"

大家哄堂大笑，苟大海干脆把上面那颗纽扣解开说："错怪老刘了，责任在中方不在英方。还有谁觉得衣服不合身？"

车里的人恶作剧般齐声说："我们都合身。"

苟大海挠挠头很自卑地说："敢情就老子长错了。"

曲啸感受着这个轻松的过程，这哪像去抓捕简直就是去春游。他突然意识到，这也许是他们有意为之，就是想让大家别绷得太紧。但这种有意又这么随意，每个人心里有数每个人又好像浑然不觉。苟大海他们不知道曲啸正在想什么，他们表面上嘻嘻哈哈，内心却一直在盘算着马上的这场行动，但行动前需要放松，这已经是例牌。

到了目的地，队员们下车，朝江边走去，那艘船就在离岸边

100米左右的地方。苟大海对曲啸说："这人不简单，看这个点选得多好，我们无论从哪个方向来，他都能发现，而我们看不到他。"

曲啸点点头："他占了主动，他在暗处我们在明处，这种人不好对付吧？"

苟大海说："这才有意思，我最讨厌的是，老子调集了千军万马，还没较量呢，他举手跑出来了。"

队员们从车上卸下两艘冲锋舟，放进水，队员们坐进去，冲锋舟向那船开过去。有民警进入紧张状态，手紧紧压在腰上，枪在里面哪，苟大海轻轻朝他摇摇手指，示意他放松。

船舱里的何首乌从窗户里发现了这支队伍，他很犹豫，一时拿不定主意，是在这里等还是溜？

冲锋舟速度很慢，上面的人有说有笑，不像是来抓人的，冲锋舟快到的时候，何首乌决定还是先溜吧，万一是警察呢，他们可狡猾了。他悄悄爬到靠江心这边的船帮，一个优美的弧线，连水花都没激起，已经潜进江水，真是好身手。

苟大海耳边的对讲机响了，对面观察哨报告："目标跳水逃走。"

似乎在预料之中，苟大海一点儿也没惊讶只淡淡地回了句："注意观察水面。"

曲啸很吃惊，一是这乔装打扮没能骗过何首乌，接下来戏该怎么演？二是没想到苟大海在对面还安排了观察哨，什么时候安排的自己都不知道，苟大海心够细的。另外，这抓个人还真不是简单事儿。

苟大海率大家登船，这是一艘早年的渔船，外面虽然破败不堪，但里面还很不错。船舱里有一股霉味，里面锅碗瓢盆都有，睡觉的床铺还挺干净，早年渔民就是这样生活的，一家子吃喝拉撒都在这船上。

苟大海仔细搜查，但除了日常的生活用品没发现其他异样的东西，床铺的枕头旁边有一瓶药，但没标签，苟大海端详了半天，拧开闻了一下，有刺鼻的味道，苟大海犹豫了一下又给拧回去了。柜子上面有一个没有封皮的小学生的数学作业本，旁边扔着半截铅笔头。苟大海拿起作业本，凑到有光线的地方看，看到上面有一串阿拉伯数字的压痕，苟大海对凑上来的李德和曲啸说，这是一个手机号，然后把上面这页纸撕下来小心折好放进自己口袋里。"他自己的号码？"曲啸问。

"谁会写自己的号码，肯定是联系人的。"苟大海一说完，曲啸就觉得自己很弱智，恨不得抽自己一耳光。

搜查完，苟大海说："何首乌还没确定我们是谁，我们先撤，李德，你拿毛笔在船帮上写个大字，'拆'，学学城管，能写多大写多大。他还会回来的，我们这里留俩人，守株待兔。"

"他要不回来呢？"曲啸忍不住问。

"第一，至少到现在我们装得都很像，他没确定我们是来抓他的。第二，他光溜溜走的，没地儿去。第三，他不回来也跑不了，上游我布了巡逻艇，下游是拦河大坝。两岸我上了巡逻哨，见光身子的就拿下。"苟大海胸有成竹，"刘智云和李德留下。"

"我也留下。"曲啸自告奋勇。

"你……"苟大海有些犹豫，因为曲啸不是他能管的人。

"我第一次参加抓人，让我有个完整的过程，也是长个见识。"

"别这么说，你这是身先士卒，但你要跟毕其功局长请示，您是局领导，我没这权力，我都得听您的。"

"将在外君命有所不受，不用啥事都请示，既然我说了算就这么定了。"曲啸倒也干脆。

苟大海朝刘智云和李德努努嘴，那意思他们一看就明白，就是要照顾好曲啸。两人认真地幅度夸张地点点头，意思是你就别操心了。

苟大海对着对讲机下达指令："观察哨继续注意观察，眼睛给我睁圆了，这条船周围有条鱼过，都要给我分出公母来。"

对讲机那边说："收到，我们眼珠子都快瞪出来了，放心吧，咱这火眼金睛，别说公母了，结过扎戴过环的我都能给你分出来。"这声音一听就是马多多。

苟大海："巡逻分队注意，别偷偷摸摸的了，把警服穿上，把警灯打开，两头的拦几部车查查，把动静弄大点儿，叫狗日的不敢打上岸的主意。"

对讲机那边："收到，刚才是便衣巡逻，不是偷偷摸摸，请队长注意用词。太伤自尊了。"回话的是商凯乐。

苟大海："巡逻艇请注意，你们就原地不动，在上面打打扑克喝喝茶，给女朋友打打电话聊聊天，昨晚没睡好的补个觉也行，算加班。"

对讲机那边是潘小小："收到，队长，兄弟们说先把去年的加班费发了行吗？"

曲啸听着直乐，这刑警队耍贫嘴的功夫一听就是训练有素。

李德站在冲锋舟上对着船头写了个大大的"拆"字，还在外边画了个大大的圆圈，然后歪头欣赏好像意犹未尽。

苟大海点点头："挺专业，这圈画得真圆，太有才了。"

李德："谢队长夸奖，这船晃，要不写得更好，我干正事去了。"说完登船执行蹲守任务去了，这李德进步神速，学生味没几天就脱干净了，越来越像个老兵油子了。

苟大海率队撤出。

太阳西坠，从船舱的窗户望去，像一个通红的火球，整个天边都被烧红了。当太阳刚刚隐去自己的最后一丝身影，对讲机里传来急促的声音："蹲守组注意，目标出现，目标出现，请做好接货准备。"

刘智云压低嗓音："收到。"随后把对讲机的旋钮关闭，他是怕对讲机再有声音传过来惊了目标，这些细节就是经验。

刘智云安排李德躲在后舱，目的是守住那里的后门，不让目标逃跑；自己守在前门的门后，目标一进来便把门关上；曲啸躲在中间夹板后，到时配合两人。突然之间，空气就紧张起来，曲啸觉得自己的腿有些发抖，呼吸也急促起来。看看两人特别是年轻的李德镇定沉着的脸色，曲啸觉得自己很没用。

何首乌在水里踩着水，看了半天那个油漆未干的红红的"拆"字，好像琢磨出了它的含义。然后双手攀住船帮，一跃上了甲板，他谨慎地探头看了一眼船舱，里面没有动静，前门半开着。他抖抖身子，甲板上积下一摊水，他又朝江面的四周看了一圈，冲锋舟已经走了，只有落日的余晖把江水映射得火红一片。何首乌放下心来，轻松地低头钻进船舱。

何首乌猛然一惊，停住了脚步。他听到后面的门有响动，一回头，发现刘智云已经将门关上。这时前面的李德也闪出来，后背靠住了后舱门。惊诧间，曲啸从夹板后冲出来，用手枪指着何首乌："缴枪不杀，我们是公安局的，我们是警察！"声音夹带些微的颤音，但黑洞洞的枪口很真实。

呆若木鸡的何首乌瞬间便明白了，他掉进了绝望的深渊。

何首乌一个箭步扑向床头柜，曲啸本能地后退一步："你，你站住，不准动！"

刘智云对着曲啸大叫："快按住他！"

曲啸愣怔了一下，没反应过来。这时刘智云几乎和李德同时扑向何首乌。

但就晚了不到一秒钟，何首乌已经把那个药瓶拧开将药丸倒进了嘴里。将何首乌压在身下的刘智云马上扭住扒开他在嘴里的手，自己把手指伸进他的嘴里，想掏出药丸，这是很冒险的一种行为，很有可能自己的手指会被咬。但已经晚了，何首乌的身子在刘智云、李德的身体下剧烈而恐怖地扭动，没几下，便一动不动了。

何首乌死了。

出人意料的突如其来的猝不及防的变故让三个人一下子呆住了。

这种瞬息万变简直让曲啸不敢相信自己的眼睛，他一下子跌坐在床铺上，呼哧呼哧直喘粗气。

毕其功办公室。

曲啸、苟大海、刘智云、李德围坐在沙发上，中间给毕其功空着，毕其功没坐，抱着双臂在屋里转来转去，气氛有些沉闷。

"我说，陛下，您老能不能坐下消停会儿，您这转得我眼晕。"苟大海忍不住对毕其功说。

"坐半天了，走两步活活血。"毕其功说着还是坐下了。

"责任全在我，我要是扑上去把他按倒就好了。当时是这么想来着，我要扑上去枪怎么办，把枪放一边还是拎着上，拎着上要是走火怎么办，一犹豫就晚了。你说，我怎么恁没用，真是丢人！"曲啸懊丧地自责。

"这怎么怪你，您已经够生猛了，我第一次抓的人是个小偷，当时被人反过来给摁下面了，要不是大海赶过来一脚把那小子踹翻，我可就被小偷抓了。这次您是领导是现场指挥员，不用亲自动手的，怪我大意了，以为门都关上了，狗还往哪儿跑？关门打狗咱门儿清着呢……"突然他看了一眼苟大海，他忘了说狗特别是贬狗在刑警队可是一个不成文的禁忌。

"说啊。"苟大海瞪了一眼刘智云。

"一进门我把他绊倒捆了就结了,自信万无一失他跑不了,想叫他乖乖就范过把调戏的瘾,结果弄巧成拙,把戏演砸了。论责任我是第一位。"刘智云很诚恳地说。

"我在船舱看见了那药,还拧开闻了,没往那上面想,还以为这小子有什么病呢,或者是抓鱼用的诱饵什么的,要不他怎能空手抓到鱼呢,我该提取走的。我拿走就没后面的事了。"苟大海说。

"我……"

"你不用说了。"李德刚张嘴,毕其功止住了他,"你们跑我这儿比检讨来了?我不听这些。多行不义必自毙,何首乌死有余辜。采用这种决绝的方式,这说明什么问题?可见他们自己都知道自己罪孽深重,也说明我们原来的估计没错,他们在拿命打赌,你们想想干什么事才会给自己准备好这种后路?所以说,这是一个大案,后面有大鱼,只是鱼有多大,水有多深,我们心中还没底。"

"凡是以命相搏的都清楚自己的下场,自己来个痛快的倒也彼此省事,没人可惜他,只是,刚要接上的线头又断了。"苟大海说。

"那就再接。"毕其功很有信心。

"谈何容易?!"苟大海有顾虑。

"要容易就不找你了,山穷水尽之后就是柳暗花明,多少案子都是这么过来的。我有个直觉,我现在经常是跟着感觉走,你苟大海,你们刑警队,会把这个案子办得水落石出。这么多年了,我想破的案想抓的人还没有失过手呢。你苟大海想办的案想收的网也没有演砸过,这个案子是咱们都想办的,没理由办不成办不好。"毕其功顿了顿,"我的感觉一向很准,就没出过错!"

"陛下,您这是唯心主义。"曲啸说。

"爱卿，我这是乐观主义，从实践中来再到实践中去。好了，大家都去忙吧。"毕其功胸有成竹。

毕其功叫住也要离开的苟大海："黑桃皇后有什么消息吗？"

苟大海摇头："网都撒下去了，没捞着东西，有零星的传闻，但落不了地。"

毕其功："再查。这条线，我们这个线头说不定就和黑桃皇后有关系。"

苟大海："是你的感觉吧？"

毕其功点头："要能捋到黑桃皇后身上我们就赚了。"

苟大海："现在看不到两者有什么必然联系。"

毕其功："都是玩毒品勾当，这就是最大的联系，伊秋能有多大？"

苟大海若有所思："你说得有道理。"

第四章　陷阱

一

苟大海安排父亲苟远山住进医院。

这是干部病房区，单间，只有市领导和离休老干部才能享受这个待遇，苟远山当然有这种资格。苟远山身体一向硬朗，有点儿头疼脑热的扛一扛就过去了，扛不住就找几片儿药吃，一辈子没打过吊瓶没住过院，所以对医院很陌生。这种身体很少见，但也有人说，平时经常有些小病小灾的也不是坏事，有利于培养身体的抵抗力，常年不得病的往往一得就是大病。

住院是件大事，老爷子住院更是件大事，局长毕其功专门赶过来，楚鹤村和大嫂听说也来了，全家人也都过来了，李侠、小暖还有元帅，元帅在走廊上跑来跑去，还跑去护士站跟护士姐姐聊天，他很纠结一个问题："吃肯德基为什么会喉咙痛？"

护士姐姐告诉他："肯德基的东西都是油炸的，热气大会上火，所以最好不要吃，这些都是垃圾食品。"

元帅又问："为什么好吃的东西都是垃圾食品，像炸薯条、方便面什么的。"

护士姐姐一下子答不上来，就说："你想吃也可以，叫姐姐先给你打一针。"护士正好要出去打针，端着托盘就过来了，元帅一看怎么来真的，一溜烟跑到院子里，见一棵树，"唰唰"几下就爬上去了，护士都惊呆了。

元帅很得意，在树上对护士说："来呀，来呀，你上来打吧。"李侠赶过来："快下来，快下来，不许调皮。"

护士："这小家伙儿太厉害了，现在哪还有小孩会爬树啊！"

李侠："不学好，裤子都磨坏好几条了。"

在夜里陪护问题上苟大海和老爷子有分歧，苟大海坚持要自己陪，李侠也说大家可以轮流，在病房里加个行军床就行。大嫂说她在家没事，轮班的时候算她一个。

而老爷子坚决不要，说自己手脚灵便，旁边就有护士，有事我叫她们，你们还得上班，夜里回家去，真要严重了，到最后那几天你们再来陪。

李侠说："瞧您说的，这种小毛病。看好了我们就回家。"

楚鹤村说："我那还有几瓶早年放在床底的茅台，工厂给劳模发的，那时的劳模很有地位，几十年了，当年四块八一瓶，现在都卖天价了，我还等你出院一起喝了它呢。"

毕其功说:"这可是个稀罕物,喝的时候可得叫上我啊。"

然后大嫂说:"折中的办法是请个护工。"所谓护工,就是在医院里从事陪护工作的农民工,有男有女,还有很多是夫妻。他们服务的对象大都是危重病人,家里抽不出人来全天陪护的,就请护工,这是这些年才出现的新工种,一般医院对此采取默认的态度,其实医院内心是支持的,首先他们减轻了护士的工作量,再者他们常年在医院,病房、化验室、B超室、CT室等包括开水房、饭堂、小卖部他们都熟,时间长了他们也有一定的护理经验和护理技术,有他们在护士也放心。由于常年在一起,医生特别是护士对这些护工都很了解,哪个好哪个差她们心里都跟明镜似的。大嫂叫来一个黑龙江伊春的,中年人,叫王攀,爱人也在这里做护工,两口子的口碑很好,工钱按天结算,每天100块。毕其功说行,这钱挣得也很不容易,大家没一个人还价就都认可了。

苟大海很奇怪,问大嫂怎么还会认识这里的护工,大嫂说她不认识王攀,但认识王攀的爱人,王攀的爱人是自己娘家一个村里的,上过几天卫校,前些年托人找工作,大嫂问了楚红,就推荐在医院当了护工,护工这个活儿很辛苦,但用心干,钱也不少挣。这是个良心活儿,时间长了病人和家属心里都有数,钱给少了心里过意不去,很多护工病人出院就带回家当保姆去了。王攀的爱人在这医院干得不错,后来王攀也跟来了,这里很多两口子,图的是互相有个照应,自己吃个饭打个盹另一个能帮着照望一下。说起这事儿,楚红反倒忘了,依稀有一点儿印象。

苟大海见了王攀,人长得个头很匀称,棱角很直的平头,但两只眼睛有点儿不一样大,很细微的差距,可能只有刑警才能看出来,这是刑警的职业习惯,看人先找特征。每一类人都有自己的习惯,当年刽子手经常看人家的脖子,护士跟人握手时会不自觉地看一眼人家手背上的血管。王攀皮肤黝黑，没有笑容。反倒是他爱人一直堆着笑，像是为了弥补丈夫似的。苟大海说了一些客气话，意思是请王攀多用心，王攀认真地点头，意思是请放心。

专家医生叫苟大海去他办公室。毕其功也跟去了，他想了解一下老领导的病到底到了哪种程度。

等他们坐下，医生说："你们要有个思想准备。"苟大海和毕其功互相看了一眼，这话听起来很瘆得慌。医生拿出一张透视胸片指着对他们说，现在已经确诊是食管癌，而且是晚期。

毕其功问："怎么刚发现就到晚期了呢？"

医生说："这种情况很常见，比比皆是，癌就是肿瘤，恶性肿瘤，没注意我们这个科叫肿瘤内科吗？肿瘤刚开始生长的时候大都没有痛觉，所以很多病人没有感觉，等觉察到了，要么是肿瘤长大了，有异物感，要么是肿瘤压迫到神经开始疼痛，或者癌细胞扩散了，所以等有了感觉这就是晚期了。"

毕其功听着感觉很可怕，就问医生："有没有办法早期发现？"

医生说："想早期发现癌，只有一个办法，就是定时体检，体检能发现身体各个部位的异常，能及时做进一步的检查。另外，体检里还有一项是癌细胞筛查，如果发现身体里癌细胞异常，就会马上做其他检查找到病灶，真正做到早发现早治疗。很多癌症早期发现是能治好的。"

医生接着问："老领导是不是很久没有体检了？"

苟大海说："不是很久，他就从来没有体检过，这么说吧，他连血压都没量过。市里对老干部还算关心，每年都组织体检，但老爷子从来不去，用他的话说体检就是没病找病。"

医生摇头："这就不对了，当时你也没劝？"

苟大海点头："没。当时我认为老爷子的说法有道理。我也从来不去体检,局里倒是每年都组织,我没参加过。"

毕其功说:"你非但不体检,还在体检单上写'生死由命,富贵在天',然后退回,每年都是这八个字。多少年了?"

苟大海说:"自打局里开始组织体检,这是受老爷子的影响。"

医生说:"这是非常错误的,你要相信科学听医生的,不能自以为是,特别是人到中年以后,不但每年都要体检,有条件的最好半年一次。"

毕其功说:"这次也给我提了个醒儿,我们都不能拿自己的健康和生命当儿戏。那老领导这种情况应该怎么办?"

医生接着说:"食管癌最常见的办法是手术,把肿瘤切掉,然后化疗,把癌细胞杀死。但老人家年纪太大了,手术风险太大。再就是他肿瘤的部位不适合手术,手术这个选项可以排除了,这是我的意见,也是我们全科会诊的一致意见。现在只能是保守治疗。"

毕其功问:"民间有一些中草药的偏方,传得神乎其神,是不是可以试一下?"

医生说:"可以试,偏方这个东西没经过专业验证带有偶然性,对这个人有效,但换个人可能就不灵,我们医院一般不提倡不允许,但对于这种绝症我们基本也是不反对,只要不是太匪夷所思的,睁只眼闭只眼吧。"

苟大海问:"这病情会怎么发展?"

医生说:"会慢慢堵塞食道,这时可采取插管技术,就是把一根医用软管放进去,通俗地说,就是在肿瘤中间用管子挤出一个通道。肿瘤会继续生长,再严重食管会完全堵住,管子就不管用了,这时就要在腹部开个口,插根胃管进到胃里,把食物主要是流质食物像牛奶、小米汤等,定时灌进胃里来维持生命。肿瘤继续生长癌细胞扩散,周边其他脏器会被侵蚀,生命慢慢走向终点。"

医生娓娓道来，苟大海听得毛骨悚然："这还活个什么劲儿，这不是活受罪吗?!"

医生说："作为医生，作为治疗措施，只能是这种选择，几乎所有来住院的食管癌的病人都是这个程序走到生命的尽头的。"

苟大海摇摇头："我不干，老爷子更不会干。"

停了一下，医生觉得苟大海好像还有话要说，就问："还有什么不明白的吗？尽管问。"

苟大海心存一丝侥幸，犹豫了一下说："你们，你们有没有弄错了的情况，比如，比如不是癌症你们误诊当成癌症了？"

医生丝毫不在意地说："有错的，误诊哪个医院都避免不了。容易出错的是直肠癌、肺癌这类，没切片检验之前光凭 X 光片，不好判断这阴影是不是癌，有弄错过的，把人吓个半死。但像肝癌之类，还有老领导这食道癌，一般不会错，主要是这指征太明显了，想错都难。去年我们皮肤科主任查出肝癌晚期，他怎么都不信，非要去省里再查，到了省里，人家医生一看片子，直接就叫人回去了，连人都没正眼看一下，不到三个月人就完了。"

毕其功："医生为什么也发现这么晚？"

医生苦笑："医生也有二杆子。他就不体检。"

医生说得很自信，苟大海听得很绝望。

回到病房，苟远山就催大家回家，说都回都回吧，我也要休息了，说着就躺病床上了。

元帅刚发现这个床是可以升降的，觉得好玩，便一会儿摇起来一会儿摇下去，见爷爷躺下了，元帅也爬上去，非要留下来和爷爷一起挤着睡，谁劝都不听。这时护士进来送药，元帅一见立马跳下来：我不要打针，我不要打针，拽着妈妈的手就往外跑。

老爷子把苟大海留下,其他人都走了。老爷子说:"给你说几件事儿。"

苟大海:"说吧,别整得像遗嘱似的,早着呢。"

老爷子:"别蒙我了,我心里跟明镜儿似的。"

苟大海一愣。

老爷子接着说:"你爷爷就是食道癌死的,死的时候才58岁,我给他送的终。这种病早年叫喉咙病,民间的说法是紧七慢八,意思是赶紧了7个月,慢一点的8个月,不治之症。我这都扛好几个月了,剩下的时间更不多了。"

苟大海:"敢情您早知道啊。"

苟远山:"自己是最好的医生,病在谁身上谁清楚。我伺候了你爷爷半年多,我心里清楚得很。这病很痛苦,最后吃不进东西,等于是活活饿死,我今天给你说,反正都是个死,不这样死也得那样死,我想死得舒服一些、有尊严一些、体面一些,不要让我最后人不人鬼不鬼的,你要理解我,然后是支持我帮助我。咒人最恶毒的就是让人不得好死,我可不想那样死。"

苟远山说得很坚决,苟大海定定地盯着父亲看了半天:"既然您把话说开了,我也不遮着盖着了,您在我的心里一直顶天立地,从来不知道怕字怎么写。我向您保证,我没本事救您,但我绝不会让您痛苦,我保证您的生命质量,活一天舒服一天。为了这个保证,我能做到不追求、不考虑时间的长短。"

苟远山:"不怕别人说闲话?"

苟大海:"我什么时候听过别人的闲话?"

苟远山:"是我的儿子!"

苟大海接了一句:"那可不,亲生的!"

苟远山有些感慨:"咱爷儿俩,也是前世的缘分。"

"那我说第二件事,"苟远山说,"你和李侠的事。"

"你怎么知道?"

"这两年你们都闹三次了,你们在家都忍着,但我看得出来。"

"没闹啊!"

"面儿上风平浪静,底下波涛汹涌,这是你俩的方式,元帅看不出来,我也看不出来?第一次你们三个月没说话,去离婚她没带身份证,没办成。下午再去,你半路被案件叫走了,好像是个灭门的大案,三条人命,你一出差就是半个月,回来胡子都可以做鸟窝了,你俩就没再提这事儿;第二次半年不到你们又去民政局了,要不是人家政治学习不办公,你俩就把离婚证领回来了。约好第二天再去,结果第二天刮台风,抗风救灾弄了一星期,又放下了。我说得对不对?"

苟大海:"啥都瞒不过您的眼睛。天要下雨,娘要嫁人,随便吧,是她要离的,不是我提的,她看我不顺眼,跟我尿不到一个壶里去,我呢,随便,爱离不离,这辈子除了我儿子我从没稀罕过谁!我是对看我不顺眼的都看不顺眼,她要走我绝不说半个留字,但儿子我得留,元帅得跟我,这是我的命根子。"

"李侠是个好孩子,我总觉得你俩缘分没绝,不知隔着啥了,兴许就是一张纸,哪天捅破就好了,但是你俩性子都傲,谁也低不下头来。这点你像我,李侠又像你,真是应了那句老话,不是一家人不进一家门。至于元帅,我没你这么小气,跟谁都一样,谁能照顾好他就跟谁。包括不叫元帅不姓苟都无所谓,跟妈姓也好,免得上学后小朋友取笑他。姓苟是要有些勇气的,要不改回祖宗姓也好,老家人都改了。"

老爷子说的祖宗是指五代十国国王石敬塘时期有个大臣姓敬,因犯了上要避讳被罚姓苟并发配,苟姓就是这么来的,一代一代这么传下来。苟远山的老家人觉得苟姓不好听,这几年都改回了姓敬,派出所对这改姓的事很配合,一般都给改,所以村里很多人特别是年轻人小孩子都改了。

苟大海不以为然:"不改,大丈夫站行不更名坐不改姓。姓苟咋了,姓朱的不改,姓毛的不改,姓杨的也没人改,苟本身没问题,是我们心里有问题,一个苟字都担待不了还能担待什么?元帅就是苟元帅,不是李元帅,也不是敬元帅。"苟大海很坚决。

苟远山叹口气:"要说也是,那就随你了,一代人不管两代人的事,我只是一说,你和李侠都是我的亲人,是分是合看你们的缘分,只是不要弄得鸡飞狗跳的,也不能伤了我的元帅。"

苟大海:"这个您放心,李侠是个有分寸的人,即便分也是和和气气,甚至都不会让元帅知道。"

苟远山:"那就好。另外,我还有一个心病。"

"白佛老祖?"

"可能要跟我进棺材了。"

"我还是那个观点,白佛老祖是您的一个幻觉,但我说不服您。即便有,这佛祖也应该比您早进棺材了。很可能是这种结果:您没找到他,但他没有活过您。"

"这是可以接受的,活输我也是输,但就怕他还活着,我没活过他,让他看我的笑话,我会死不瞑目。这事儿纠结了一辈子,看似无影无踪但又总觉得在我眼前晃荡,我就想亲手揭开这个谜底死而无憾。"

"真服了您,现在是一代不如一代,现在的小年轻,一个个聪明绝顶,但是急功近利,不肯下笨功夫,您在这件事上的执着,有一段时间我觉得是迂腐,是迷了心窍,现在我是佩服,佩服您是一个真正的职业警察,真想给您敬个礼。"

"要真能找到他，你叫毕其功把它写成小说，多有意思。"

"我来写。"

"你没那文笔。"

"咱当年也是写诗的人哪。"

"倒也是，我还记得你当年写过的诗，给李侠还写过情诗，当年李侠恐怕就是被这首诗给迷住了，这都是当年的事了，这时间过得真快，还都像昨天的事似的，这诗呀散文的你荒多少年了，现在就会舞枪弄棒了，还真是有些可惜。行了，说完了，你也回吧。去向医生要两片安眠药。"

"你不是一向倒头就睡？"

"换床睡不着。"

苟大海找了护士，护士拿着药就送来了。

王攀进来要打开行军床，苟大海说："不用了，今晚你休息，第一夜我陪。"

二

小暖领着元帅去早教中心学围棋了，最近元帅对围棋很感兴趣，经常拉着小暖和爸爸、妈妈下两盘，一旦把人围住吃了，便高兴得手舞足蹈，但有个不好的习惯就是爱悔棋，不让悔就耍赖，耍赖的最高表现形式是哭，也不是真哭，目的达到马上阳光灿烂。元帅跟爸爸下不敢悔棋，想悔的时候会偷偷看爸爸一眼，但爸爸绷着脸不作任何表示，元帅也就不敢了，最大的反应只是噘噘嘴。李侠觉得元帅喜欢围棋，想叫他正规学一下，就给他报了个培训班。

李侠叫住要去上班的苟大海说："跟你谈件事。"

苟大海皱皱眉头有些不情愿："不去咖啡馆？"

李侠马上拉下脸："你这人怎么这样,给鼻子上脸胡搅蛮缠,我要跟你谈的是重要的事。"

苟大海："我还有正事儿。那事儿我想了,元帅跟你我也同意,但我不赞成这么小就把他带走,我希望能在中国完成他的教育,外国人现在都赶着学中文,至少高中以后也好。我不希望以后见了面,他给我满嘴鸟语。再就是,我想他,他是我的开心果,几天见不到他,我就像丢了魂似的,你把他带走我怎么办?还有,元帅要跟我姓苟,我儿子不准姓别人的姓,老子没那么大度。其他我没意见,财产就不用提了,你看上的都是你的,包括这套房子,让我把牙刷带走就行。至于手续,就是那张破纸,你说什么时候办就什么时候办,今天都行,现在也行,你要现在去我就把正事儿放一放。怎么样?"

李侠的眼泪哗地流了个满脸。

苟大海有些慌,他没想到李侠有这么大反应。

李侠把眼泪擦干,恨恨地说:"苟大海,你这人智商低,情商更低,是零,我不知道哪个女人能受得了你。"

苟大海很不屑:"委屈你了。"

李侠说:"算我倒霉,我上辈子欠你的!你还有没有良心,老爷子都到这份儿上了,我们的事往后放一放,不要再给他添堵,叫他老人家安心走完这一程,咱俩的事儿以后再说。不过你要不想让老爷子心静也行,我随你,老爷子可是你亲爹!"

苟大海有些意外:"那你跟我谈什么?"

"小暖的事。"

"小暖什么事?"

李侠犹豫了一下,本想不再搭理他,但想了一下,还是说:"那天我在办公室,进来一个人找我,那人叫晰川,晰川博士,是香港绿原慈善基金会的负责人，他们有个分部，专门负责吸毒人员的康复治疗和生活技能培训，这是慈善机构，免费的。我在想，搞慈善的都有爱心，香港的也正规，很人性化，他们也有经验有药物，总比这样硬耗要强，每次看到小暖发作，我的心里就难受，老喝那个美什么酮也不是事儿，我听说那玩意儿本身就是毒品。"

"那个什么晰川怎么知道小暖的？"

"她说他们和市里的强制戒毒所是合作单位，强戒所有人告诉了她关于小暖的事，她说她很感动，但又认为这样不专业，想过来帮我们也是帮小暖。她说他们有专业的技术力量可以让小暖减轻痛苦，逐步解除毒瘾。更重要的是，他们可以培训一些技能，比如可以培训小暖绘画、木雕、刺绣，我觉得刺绣比较适合小暖，这是个细活儿，一幅刺绣没几个月拿不下来，小暖性子躁，正好磨磨性子。"

"这个机构你了解吗？他们都是什么人？"

"你就是职业病，看谁都像坏人，我最看不惯你这副嘴脸。人家跟强戒所合作了那么多年，捐了那么多东西，连做慈善你都疑神疑鬼真让人寒心。退一步讲，人家能把小暖怎么样？还能卖到香港去不成？"

苟大海点点头："我也就问一下，你急什么急？你这副嘴脸就好看？！"苟大海顿了一下，觉得李侠的话也有些道理，遂刻意压低了嗓门儿："这事儿你去办吧，我没意见。这段时间老爷子一住院，确实也没时间管小暖的事了。联系好了我去送她，也拜见一下人家认认地儿。"

"你能去送当然好了。"

"另外，你去医院给老爷子带瓶酒去。"苟大海对李侠说。

"酒？医院怎么能带酒？现在还喝？"

"叫你带你就带,把茅台倒进矿泉水瓶,当水带进去,放床头柜上,别说话,老爷子一看就明白了,昨天就是这么干的。"

"这行吗?这是医院啊。"

"老爷子喜欢,没多长时间了,叫他高兴。"

"这合适吗?"

"怎么不合适?叫他清汤寡水的等死就合适了?给老爷子停酒你知道有多严重吗?比停药还严重。"

"你……"

"你们理解不到,这是亲生父子才能做的事。这种事可做不可说,只有亲爷儿俩,或者说,只有老爷子这种胸怀,只有老子这种境界……"

"苟大海,你是不是有点儿过分?"

"不是谁都可以过分的。过分需要勇气,也需要资格,这两样老子都有。"

李侠瞥了苟大海一眼,没再说话。是觉得不对,还是觉得对?李侠说不清楚,只是觉得挺别扭的。

绿原生命康复部在居民小区住宅楼里,实际上是一套复式住宅房,这里的负责人叫晰川,一个身材高挑瘦削的中年女性,脸上总是带着职业性的微笑,看上去很干练。

苟大海突然接到通知去省里开会,只好让李侠带小暧来。晰川带她们先看了一遍这个康复部的布局,这里面有三个卧室,一个治疗室,里面摆满了各种仪器和药品,晰川介绍说:"我们的这项事业在大陆刚起步,目前这个房子是租来的,简陋了些,以后事业发展了再扩大,初步计划是买一块地,请台湾著名设计师来规划,建成一座现代化的人性化的园林化的休养康复基地。"

晰川说:"小暖,你是我们大陆事业的第一人,项目刚上马,条件上要受点委屈,这里面的房间你随便挑,你喜欢哪间哪间就是你的。我们对你有一个系统的康复治疗计划,目的就是让你完全脱瘾,不仅是脱毒瘾,还要脱心瘾,我们希望从这里走出去,你就脱胎换骨成为一个崭新的人,一个健康阳光的人,一个自食其力对社会对国家有用的人。我们还有一个设想,我们康复基地就要启动,那边规模很大人手也要很多,像小暖这样聪明伶俐的姑娘,又是从我们这里走出来的,熟悉我们的管理,我们有意留下她,成为我们基地的工作人员管理人员,我们是在做慈善,但我们对工作人员管理人员的薪酬是一点儿也不含糊的,完全参照香港和台湾的标准,到那时,你买房买车都是小菜一碟。"晰川说话带点儿港台口音,李侠一下子分不清楚是香港音还是台湾音。

李侠和小暖听得很兴奋,小暖的眼神都不一样了:"我不在乎钱,不给钱都行。"

晰川微微一笑:"这段时间是你的治疗和康复时间,你要配合。我们分两个阶段:一是治疗阶段,就是要通过药物脱掉你身体内的毒瘾;二是康复阶段,巩固治疗的成效,修补毒品对你身体造成的损害,提高身体机能和活力。所以你要按时服用我们医学专家给你专门配制的药物,治疗期间不许外出,这种要求有点苛刻,但为了对你负责,为了你尽快康复,不遭苦中苦,哪得甜上甜,希望你能理解和执行。为了保证好的效果,我们希望你们亲人这段时间也不要来打扰她,让她安心专心治疗和康复。"

"大概需要多长时间?"李侠问,"我还要跟你妈说一声,免得她惦记。"

"她才不管我呢。"小暖鼻子囔囔地小声回了一句。

"第一个阶段一个月,在这里你放心,我们这是专业机构。你们家老父亲又摊上这个事儿，够你们操心的。"

"你们工作可够细的，连我们家里的事儿都考虑到了。"

可能是涉及了人家的家庭隐私，晰川突然觉得这样说有些不对，话说多了。意识到这一点，晰川赶紧闭嘴打住。

三

何首乌的死让案件陷入僵局。

但刑警队是闲不住的，昨天苟大海带领刑警队又破了一个贩卖婴儿案，令人意外的是，这是一个贩卖自己亲生孩子的案件。案犯是河南籍，同村的几对夫妇租了几套房，专职工作就是生孩子，生了孩子卖，从中获利。昨晚收网，卖的买的抓了十几个，从6个月到4岁的解救了8个小孩儿。

这案子办得很纠结，让苟大海和队员们心里很难受，这些解救出来的孩子往哪儿放？自己的父母本身就是犯罪嫌疑人，要追究刑事责任，而且即便不追究，对这种丧尽天良的父母也不能把孩子交到他们手上，保不准一转手又给你卖掉。苟大海他们常年跟这些社会渣滓打交道，见惯了形形色色为人不齿的犯罪，但这种匪夷所思的事情还是第一次碰到。有一对夫妇，男的在税务局工作，女的是中学老师，通过中间人买了一个男孩儿，养到4岁了，昨天突然警察到了，天都塌下来了。大人孩子一家人哭成一团，而亲生父母却冷漠得无动于衷。特别是那个长毛父亲，叫他辨认他还拒不配合，李德年轻气盛，用手推了他一把："你他妈还是人吗？"长毛嗷嗷大叫："警察打人了，警察打人了，我要找你们领导投诉！"刘智云赶紧过来，瞪了李德一眼："最近查这么紧，你还敢动手？当心督察队找你麻烦。"李德说就他妈推了他一下。刘智云说你还有理了。

说完又给长毛道歉，长毛得理不让，赖在地上不起来，嚷嚷受伤了，要找领导说理。苟大海听见这边乱糟糟的，便过来了，长毛看苟大海阴着脸像是大领导，闹得更欢了。苟大海过来问怎么回事，长毛一头朝苟大海撞过来，苟大海闪过，脸色马上变了，勾勾手指叫长毛过来，然后一个耳光打过去，一声脆响把所有人都惊呆了："跟你这种人渣说什么理？打你都脏了老子的手！"长毛捂着半边脸惊恐地看着苟大海，大气都不敢出。

苟大海心里清楚，接下来他很可能面临督察队的调查，本来他过来是想批评李德的，但看长毛那嚣张的样子，苟大海气不打一处来，见过不要脸的，没见过这么不要脸的。自从有了元帅做了父亲，苟大海对涉及孩子的案件特别敏感，刑警队把侵害儿童的案件放在第一优先的位置。苟大海说，连孩子我们都保护不了，公安局就该改成粮食局了。有一次他亲自跟踪了一群街边卖花的小女孩儿，跟了好几天，终于找到了他们收工后的落脚点，把幕后指使的大人抓获，把整个情况调查完非常令人生气，这些孩子并不是拐卖来的，有的是自己的孩子，有的是亲戚和邻居出租的，按每天多少钱算租金。所谓父爱母爱在这里看不到一点儿影子，孩子成了商品，这人的良心都让狗吃了。特别是拐卖儿童的案件，苟大海听到就红眼。苟大海经常讲，这生离死别四个字，死别虽然残忍，但是一下子一阵子的事，人死不能复生，过了就过了。而这生离就不一样了，让人无法承受其重，孩子丢了，毕生都有希望，但又渺茫，时时刻刻揪着父母的心。税务局那对夫妇就是自己的孩子丢了，失魂落魄找了好几年，也没找到，又过了生育年龄，这才花钱买了一个，刚养到4岁，又要面临生离的折磨。很多人来求情，但绕不过法律，不管什么情况，买和卖都是犯法的。看着这对父母哭天抢地，苟大海心里很难受，眼泪都快出来了，恰值这时长毛跳出来，苟大海哪还忍得住？

屋漏偏逢连夜雨，苟大海这倒霉的事一桩接一桩。

周五上午苟大海去参加市里的纪律教育月动员大会，听着市长在上面长篇大论，自己在座位上睡着了。电视台觉得这是个好素材，纪律教育大会还敢睡觉？当时便给了个特写，晚上就给播出去了。听说领导发话要严肃处理。这类新闻常在报纸上看到，很多因此被摘了乌纱帽，有的是就地免职，以显示领导雷厉风行的铁腕和魄力。

曲啸陪着纪委工作人员找到苟大海了解情况，苟大海刚从医院回来，老爷子的病情明显加重，心情很郁闷。本来可以好好解释一下的，没想到两句话就崩了，苟大海说："10分钟能讲明白的事情，你们开了3个小时，通篇空话套话，满嘴跑火车，找不到一句有用的，还不让人睡觉，你们还讲不讲理？"

曲啸赶紧打断苟大海，拉着纪委的同志说："这人脑袋进水了，先去我办公室坐坐。"

纪委的同志倒没生气："老虎屁股摸不得，刑警队长就是不一样，要是别的人，我们一去早吓哆嗦了，有个性，有点儿刑警队长的样子。"另一个说："这苟大海说了我不敢说的话，我昨天都差点睡着，幸亏有手机能上网。"

曲啸拿不准，看看这个看看那个，不知道他们葫芦里卖的什么药："你们他妈说真的还是说假的？"

一人笑笑说："我说的是他妈真的，作家当了警察也变粗鲁了，这个刺头全市闻名我们早知道他，我们是例行公事，你们局整个材料报上来，我们照葫芦画瓢报上去，至于怎么处理得看上面的意思了，我们也爱莫能助。这电视都播了，又是纪律作风整顿的会，这叫顶风犯忌，我看没什么好果子吃，争取个好态度吧。"

"上面？哪儿才是上面？"曲啸还不明白。

"主席台就是上面，越往中间就越上面。"

曲啸听明白了，送走纪委的同志，他转身去找毕其功。

李德过来："队长，我在电视新闻上看见你了。"

苟大海白了他一眼："我一直觉得你硕士毕业是个有品位的人，你怎么也看伊秋新闻？这伊秋新闻除了领导开会就是领导视察，没有领导参与的人把狗咬了都不是新闻，你竟然如此堕落，真令我痛心疾首。"

李德："听说有您的光辉形象，才看的，这不也是追星么。"

苟大海："追你个头，看到啥了？"

李德："幸好您穿着便服，要不这伊秋人民警察流血流汗换来的高大形象全毁您手里了。我得给您提个意见。"

苟大海："说吧。"

李德："您那睡姿太不雅观了，大庭广众之下您打呼噜，那是打呼噜的时候吗？不光打呼噜，您还流口水，那是流口水的地方吗？是可忍孰不可忍的是，您把头靠到了左边，为什么不往右边靠呢，左边是谁？是一个优雅美貌的少妇，听说是团委的，都靠人家肩上了，我怀疑您是不是装睡？您是领导干部，要时时刻刻注意自己的影响。"

大伙儿全哄起来。

苟大海："去，去，都给我干活儿去。以后我开会，你们不爱听的，完全可以睡觉打呼噜。"

潘小小说："你的会没法睡，没有一次超过10分钟的，我倒想睡，可还没开始呢你那儿讲完了。啥时你也捧个稿子念念，让我们也睡会儿，我最近老失眠。"

商凯乐:"你这个年纪失眠,不是病,是生理现象。"

马多多:"这个年纪的通病,李德也睡不着吧?"

李德:"我?嘿,我不会,我是看见床就犯困,沾枕头就能睡,一觉就到天亮,中间不带醒的。"

潘小小:"你属于没心没肺那一类。"

刘智云有些担心:"市里会不会处理你?你要去解释一下,你明明加了一夜的班,市里不能这么不讲理。"

苟大海:"讲理?哪有领导讲理的,有本事把老子免了。"

中午,苟大海一个人躲在值班室,静静地等昨天晚上的伊秋新闻重播,他嘴硬,心里还是很关心自己的睡姿,别真像李德那张嘴形容的那样,那可有点儿丢人。一会儿画面出来了,是有个特写,自己睡得很香,但不像李德说的那么邪乎,李德这张破嘴越来越损了。苟大海心里踏实了很多。

李德和潘小小从窗户里瞧着,捂着嘴直乐。

四

晚上,苟大海去看小暖。

晰川博士叫小暖下到会客室,上面的康复治疗室谢绝探视。小暖满面红光地下楼来,苟大海看小暖这么精神很出乎自己的意料。

苟大海问:"在这里感觉怎么样?看你脸色不错啊。"

小暖说:"太无聊了,连个说话的人都没有。"

苟大海:"就你一个人?"

小暖:"是啊,一直没有新人进来,刚开始还觉得这样清静,这样好,怕来个比我严重的,但这种清静时间一长就难受了,这样下去会活活把人憋死。"

苟大海："你都进行了哪些康复治疗？"

小暖："我也不知道，他们每天给我吃药，一种黄色胶囊，上面没字，每天一次，吃了三天，换成了绿色胶囊，三天一次，再然后是红色的，说七天一次，我还没开始呢。再就是每天验尿。其他就是看电视、睡觉。"

苟大海："不是要学刺绣吗？"

小暖："学个鬼，整天连个人影都见不到，要学可能也是基地建成以后吧。"

苟大海："你身体有什么感觉？"

小暖："他们的药真是很厉害，一点儿都不难受，吃完之后浑身暖洋洋的，在家里我最怕吃药了，但他们这药都盼着吃，你看我都长胖了，我来这里还没犯过呢。比强戒所强多了，那边戒毒真是痛苦。"

苟大海："戒毒会这么舒服？"

小暖："这就是人家的本事了，博士说他们是台湾的配方，绝密。"

苟大海："你能不能给我留点儿？"

小暖摇摇头："他们就给我一粒，看着我吃完。你想人家这么好的秘方，哪能随便给人呢。"

苟大海点点头："也是，也是。"

小暖问："我爸还好吧？"

苟大海支吾了一句："还好。"

这段时间忙得晕头转向，好久没去看哈雷了。

苟大海："你想办法给我弄一粒药，我想看看这是什么神药，我们戒毒所关了那么多人，戒毒又那么痛苦，要是能用他们这种药，多好啊，是吧小暖？"

小暖："我拿不到的，这里也没有，我每次吃都是外边送来的，一个骑摩托车的送来，按门铃，博士下去拿上来。看着我吃掉，怎么？你……"

"没什么，没什么，我就是觉得好奇。"苟大海没再说什么，"他们为什么每天都要验尿？"

"我不知道。"小暖摇摇头。

苟大海站起来，抬头认真打量这个康复治疗中心，不经意间和正从楼上往下看的晰川博士目光碰上，晰川博士赶紧躲开。

苟大海离开小暖去了医院。

李侠带着元帅在病房，大嫂陪着楚鹤村也来看老爷子，两位老爷子正在床上下象棋，两人一起下了一辈子棋喝了一辈子酒，即便现在也不知道谁的酒量更大谁的棋艺更高。两人还有一个绝招，就是下盲棋，都闭着眼，只用声音，没有棋盘也没有棋子，两人你来我往，杀得昏天黑地不亦乐乎。他们说这是当年两人"文革"一起蹲牛棚时练就的本事，那时没有象棋，晚上也没灯没电，漫漫长夜，两个人往床上一躺，冬天的时候就在被窝里，面对面但都闭上双眼：炮二平五，马八进七，马二进三，车九平八……两股意念在看不见的地方厮杀，待感觉不妙，猛地睁眼，却发现对方的眼睛已经睁得老大，但迎着对方的眼神：炮三进三，将！另一方一定是痛苦地再闭上眼睛。整盘棋就这么下下来。

苟大海跟大家打了招呼，屁股挨床边坐下，对李侠说："我去看小暖了。"

没等李侠接话，元帅不干了："我也要去看小暖姐姐，你为啥不带我去？'愤怒的小鸟'我好几关打不过去，我还要小暖姐姐帮我呢。"

"小暖还好吧？这阵子几头忙，没顾上她。"李侠说。

"听说是香港的康复中心，应该挺专业的。"大嫂给苟大海用一次性的杯子倒了杯水，顺口说了一句。

"小暖的精神状态不错，但这戒毒戒得精神抖擞，我……我觉得有些奇怪。"

"你这人有病啊，人精神了还不好，非戒得半死不活才算正常？"李侠很不高兴。

"他们用什么药我不知道，每天还要验尿，戒毒所也不用每天验啊，神神秘秘的，我放心不下。这样，你这两天去一下，带上这个，"苟大海递给李侠一个小瓶子，"这是我刚跟护士要的，封闭式尿杯，我叫我们刑科所也化验一下。"

"我也要去，我也要去。"元帅很想小暖姐姐。

"在你们眼里全世界没一个好人，你这是把人家的好心当成驴肝肺。"李侠很不服气。

"你悄悄地，别叫人知道。"

"我不干，要去你自己去。"李侠说。

"我一个大男人怎么办？就这点儿破事儿，至于吗？李侠！"苟大海的脸阴了下来，口气也冷冷的，特别是把李侠的名字喊出来，说明这事儿苟大海较真了，这是苟大海较真的特点。

苟远山抬眼皮看了一眼苟大海和李侠，猛地把棋子落下："将！"

楚鹤村一惊，推盘认输："输了，输了，再来一盘。"

李侠没再说什么，不情愿地把那尿杯接过来，放进自己包里。她知道，再争论下去，苟大海那倔脾气就上来了，这是医院，这么多人，可不是吵架的地方。

大嫂说："天不早了，下次再来吧，老爷子也该休息了。"

苟远山兴致正浓："再来，再来。"

楚鹤村摆摆手:"今天让你赢一次,下次再来。"显然他也感到了苟大海和李侠对话里隐隐的火气。

大嫂和楚鹤村告辞走了。

老爷子从床头柜里摸出一瓶矿泉水,美美地抿了一口,然后冲苟大海竖竖大拇指。

苟大海很得意。

元帅看出什么来了:"爷爷,你喝的是什么?"

老爷子哈哈大笑:"王母娘娘的花露水。"

"王母娘娘是谁?我也要喝。"元帅伸手向爷爷要。

"王母娘娘是爷爷以后的领导。"苟远山笑眯眯地对元帅说。

李侠赶紧拦下元帅的手:"这可不是你喝的,妈妈给你买加多宝去。"

五

晰川博士和康复治疗中心突然间不翼而飞没了踪影。

他们晚上突然告诉小暖要搬家,搬去新的地方。搬家的车在半路,晰川叫小暖去路边店买瓶水,等小暖拿着水出来,车已经不知去向。

苟大海带人赶去康复中心,这里人去楼空,一片狼藉。

李侠也过来了,茫然无措。

苟大海的脸阴得像是能拧出水来,看着李侠问:"你的晰川博士呢?"

李侠搂着不知所措的小暖,拿出手机拨号码,里面传来的是:"你拨的用户已关机,请稍后再拨。"

会议室里烟雾腾腾,气氛很压抑。

毕其功不抽烟,他把李德卡在烟灰缸边上的烟屁股摁灭,然后起身打开窗户换一下空气。全局的会议室都贴有"禁止吸烟"的标识,唯独刑警队的会议室没有,是苟大海不让贴,他说公安局有两个部门离不开烟,一是办公室写材料的,满纸荒唐言,一把辛酸泪,没有香烟提神,哪能写出那么多废话?再就是刑警队,老侦探几乎个个都是夜猫子,而夜猫子几乎个个都是烟枪,离开烟心里没着没落的,用毕其功的话说案情分析会每次都开得乌烟瘴气的。因为毕其功不抽烟,市局各部门的会议只要局长参加会场都是不抽烟的,只有刑警队例外,因为苟大海带头其他人也就有恃无恐了。苟大海还有一个理由,很多会议室都贴有禁止吸烟的牌子,但在牌子下面仍然有很多人吞云吐雾,更让苟大海愤愤不平的是,桌上还摆有烟灰缸。问服务员,服务员说不摆烟灰缸,烟灰就会弹到地上,或弹到茶杯里,有些资深烟鬼宁可不喝茶也得抽烟。所以苟大海说这种牌子不要贴不要挂,不是令行禁止么,管不住就干脆放开不管。他管不了其他部门,他只能管刑警队,所以刑警队的墙上没有禁止吸烟的牌子。

这个会是研究小暖的案子。

苟大海先发言:"我当警察这么多年,第一次遇见如此胆大妄为的,敢从我家里堂而皇之地把人带走。这么多年了,跟我打交道的都是绕着我走,没见过敢迎着我来的。"

曲啸:"他们冒这种险是图什么?做什么事都讲究成本讲究性价比。"

刘智云:"刑科所的化验已经出来了,小暖的所谓治疗实际上是在吸毒,吸的仍然是冰毒,化验结果表明她身体里的毒素成分不含麻黄素,和此前的毒品是同一品种。但奇怪的是,都过去两天了，她身体里的毒素含量仍然维持在同一个水平线上。按常理，24小时内的新陈代谢会把毒素排光的。这两天小暖在我们的严密监护下，是不可能接触到任何毒品的。这种情况从没遇到过，刑科所的专家都觉得不可思议。"

李德："已知的毒品里没有一种会持续两天还能维持一个高浓度的，这应该是一个新型的毒品，问题是它新在什么地方？是配方新还是工艺新？我们没有样品，光靠抽血和尿检化验不出来。"

马多多说："会不会是我们化验出了问题？比如把检材弄混了，把前天的检材今天又化验了一次。或者把别人的当成小暖的了？"

潘小小："当心刑科所的大老刘揍你，他们不可能犯这么低级的错误。明天可以再检验一次，看什么结果。"

商凯乐："不要怀疑鉴定结论，这么多年了，刑科所从来没出过什么差池，大老刘是全省的专家。我们弄不明白，说明我们的功夫还没到。"

苟大海："我同意这个观点。我突然觉得这个案子很可怕，"苟大海环顾一遍大家，"这后面一定有一只黑手，在操纵这一切，化验说毒品和原来是同一品种，这说明什么呢？从谭光头到何首乌，再到这个所谓的晰川博士，现在我基本可以断定，他们是一条线，这条线的最后就是那只黑手。我们这段时间所遇到的只是一个个线头，而且遇到一个断一个。"

李德："前两个线头掉线我们清楚，是我们主动出击弄断的，晰川这个线头怎么忽然断了我就想不明白了，你交代我查绿原公司，我还没开始呢，说打草惊蛇，我这还没见草地呐哪，他们就跑路了，也太神了吧？是不是你那次探望小暖把人给惊了？"

苟大海："他们主动找的李侠，说明他们知道我和小暖的关系，我去探望应该在他们的意料和计划之内，不去反而怪了。不过，干他们这行的，等于拿生命作赌注，天天就像惊弓之鸟，稍微有个风吹草动就溜之大吉也是常见的。"

毕其功："这个案子比我预期的复杂，性质也越来越恶劣，后面是什么人，他们要干什么，我们还不清楚。但这是一桩大案，从重金收买谭光继续诱引小暖吸毒，到何首乌走投无路服毒自杀，再到晰川打着康复中心的名义骗出小暖，这都是多大的代价，要冒多大的风险？曲啸助理说得对，犯罪分子更讲成本，更会换算投入和产出。他们敢这么做，一定有更大的目的和企图，等水落石出谜底揭开，一定是一个惊天大案。但现在我们很被动，我们在明，他们在暗，我们还没有接近到他们的内部，这几件事儿都是在外围。现在我们手上只有一个谭光，其他所有的线索都断了，而谭光不过是最末梢的一个卒子，何首乌一死，他就没什么用了。从现在的情况看，他们全是单线联系，一个断了，全案就陷入僵局。既然不能毕其功于一役，我们就要打持久战，我看今天就定下来，这场战役的代号就叫'断手'行动，意思就是要揪出那只黑手斩断那只黑手。"

苟大海："这种仗不对称，斗狠斗勇都没有逞能的地方。我们要和他们比耐心，比意志，还要跟他们比运气，他们荼毒生灵残害百姓，我们惩恶扬善替天行道，老天爷都会站在我们这一边，运气当然会在我们这里。这不是迷信，我就经常碰到这种好事。接下来马上干这么几件事：一、李德继续调查绿原公司，特别要查清绿原和这个晰川的关系，这个公司有香港和台湾的背景，如果有必要，通过省厅请求国际刑警组织的支持。二、刘智云组织点儿兄弟把伊秋市范围内所有的制药公司都摸一遍，特别是经营中药药材的企业，凡是生产的药品中含有麻黄素成分的要重点查，另外一定要找到何首乌的何首乌是哪里来的。三、商凯乐最近加大娱乐场所的检查，来明的来暗的你自己定，扫他几个歌厅舞厅，多抓几个白粉仔，抓获的所有吸毒人员一律验尿验血，目的是看能不能查到毒品成分和小暖的一致的。四、马多多把你的秘密力量都调动起来，主要是钓出一批在重点场所物色贩卖小包毒品的，有多少抓多少。五、请毕其功同志负责协调财务科的那些老爷和姑奶奶们，把我们上个月的办案费给报了，都快就没钱买烟了。"

李德、刘智云、商凯乐、马多多："保证完成任务。"

然后大家都看着毕其功："请陛下指示。"

毕其功："我是啥陛下，任务都派老子头上了，这才是皇上。"毕其功指指苟大海，"我也保证完成任务。"

潘小小："没我啥事儿，我是不是可以休假去旅游了？"

苟大海："想得美，你的统计报表还没做呢。还有，政治处说你那射击训练又打了个光头，五发子弹就没一发上靶的，也真是能耐，抽空你得再练练，刑警队没有这样的成绩，你别给我填补空白。另外，你负责督办，督促陛下赶紧给钱，账报不了，你给我一天去一趟局长办公室。"

潘小小："这枪太重了，老端不稳。"

李德："有轻巧的，那是玩具枪。你得多练，枪不离手，慢慢就能找着感觉。"

潘小小："明白，从今儿起，我去陛下办公室要钱也拎着枪去。"

李德由衷地赞叹："悟性真好！"

曲啸饶有兴致地看着大家。

毕其功瞪一眼苟大海："欠你点儿钱跟催命似的！散会。"

曲啸说："其他人都走吧，陛下和皇上留一下，还有点儿事。"

大家都乐了，李德说："您一大作家，掉进我们刑警队这个大染缸，以后回去可洗不干净了。"

曲啸："我本来就不干净，终于找到组织了。"

苟大海点点头："我们要'同流合污'。"

大家都走了。曲啸说："苟大海在会场上睡觉的事有些麻烦，全市正在整顿作风，这个镜头又在电视上播了，算是撞枪口上了，初步意见是先停职。"

毕其功很吃惊："这么严重？"

苟大海也一愣。

曲啸："新来的市长很看不惯我们的机关作风，前几天去明察暗访，迟到早退，上班炒股票、串门扎堆聊天的比比皆是，暗访组还查到了好几伙上班在办公室打麻将的，市长很生气，这才有了整顿作风的大会。严肃会风也是其中一项内容。你苟大海在哪里睡不行，非在会场睡，这记者也他妈跟着添乱，又给了你个特写。"

毕其功沉吟了一会儿："整顿衙门作风太有必要了，我拍手叫好举双手赞成。但不能在我们这开第一刀啊，以后公安局还有什么面子？！我要去找一下市长，跟他解释苟大海打瞌睡的原因，苟大海睡觉不对但是有原因的。"毕其功又说："苟大海，你跟我一起去，见见市长认个错道个歉，争取个好态度，我可跟你说，这市长是个博士后，14岁考北大，少年班，留美回来的，见过世面，应该听得进去道理。"

苟大海："这么聪明，来当市长太浪费了。我不去为好。"

曲啸："去一下好。"

毕其功："你是陪我去，你不用多说话。"

苟大海："你们都知道，我一见领导就浑身不自在。再说了，我这嘴没有把门的，万一哪句话说不好，岂不更不好收场。"

毕其功和曲啸对视一下，觉得也有道理。

曲啸："还有一件事，也是关于苟大海的。看守所那边转来一个在押人员的举报，说你办案的时候打人了。"

毕其功："怎么回事？"

苟大海把经过讲了一遍。

毕其功："该打也不能打，尤其是不能这样打。你就不会避避人，把人拎一角落里，还老警察呢，打个人都不会！"

曲啸听着觉得哪里不太对味："那，这投诉怎么处理？"

毕其功："怎么处理？严肃处理。你找被投诉人诫勉谈话严肃批评。"

曲啸："我？"

毕其功："当然是你。你现在代行纪委书记的职责。"

说完，毕其功走了。

苟大海："把老子停职吧，我现在前院刮风后院起火，正好休息一下。"

曲啸嘴一撇："你想得倒挺美。苟大海同志，我还要找你谈话呢。"

医院。

苟大海进来，老爷子不在病房，护工王攀陪老爷子去做心电图检查去了。楚红从护士室给苟大海端来一杯茶。

楚红："状况不太好。"

苟大海："还有什么办法吗？"

楚红："现在是维持治疗，就是打一些营养针。肿瘤发展很快，大伯现在吃面条都很困难了。"

苟大海没有说话。病情正无情地不可逆转地发展，虽然这在预料之中，但苟大海的心里还是非常难受。

楚红理解苟大海的感受，谁都没说话。

良久，苟大海对楚红说："辛苦你了。"

楚红："你也学会客气了。"

苟大海："你哥还好吧？好久没见他了。"

楚红："他现在忙，一天到晚不在家，在家也是趴进电脑里，要不就是捣鼓他的瓶瓶罐罐。他答应我今年过生日送我一辆车，随我挑。海哥，你说什么车好？"

苟大海："这要看什么价位了？"

楚红："我哥说，只要我喜欢，不提钱。他的公司发展很快，全是出口业务，说明年就能上市了。"

苟大海："真替他高兴，他本来就聪明。车么，看各人喜好，我喜欢吉普，力量大越野性能好。女孩子还是小车会好一些。"

"颜色呢？你喜欢什么颜色？"

"我喜欢黑色。"

"黑色？多难看。"

"没有难看的颜色，只有搭配不好的颜色。我喜欢黑色的原因是脏了不怎么看得出来。老洗车多麻烦啊。"

"其实黑色车脏了很容易看出来，灰色车还耐脏些。"

"那就灰色。"

"你太懒了。"

楚红突然发现苟大海脖领子上有两块没洗干净的墨渍："哎，瞧你这领子，咋弄成这样了？"

苟大海有些不好意思："那天喝多了和元帅闹着玩儿，我们互相画鬼脸，不小心弄到领子上了。"

"往脸上画啊？"

"对啊。我先画了他，在他额头上画了个王，他一定要画回我，就在我脸上画了个愤怒的小鸟；我又在他左脸蛋上画了个O，在右脸蛋上画了个 K，合起来是 OK，这小子不干，非在我两边脸上各画了一道伤疤，说灰太狼脸上就是这样。结果两个人画了两个大花脸，有的沾到领子上了，当时没注意。"

楚红："当时为什么不叫侠姐马上给你洗了，时间长了可就洗不掉了。告诉侠姐，往上边挤点儿萝卜汁，一洗就掉。"

苟大海："我回去试一下。"

"你自己洗？"

"扔洗衣机么。"

楚红看着苟大海，想问什么但终究没有开口。

王攀扶着老爷子回来了，老爷子一脸疲惫。

医院真是一个可怕的地方，才住进来没多少天，苟远山的状态明显萎顿下来，疾病的发展是一个方面，更主要的是精神上的消磨，举目看见的都是医生、护士、病人、药物、医疗器械和各种仪器，不断有病人的呻吟和家属的号啕。这种氛围坚强如苟远山都无法抗拒。苟大海很佩服这些医生护士，每天面对这些疾病折磨和生死别离，怎么能做到心静如水，下班后还能和家人朋友谈笑风生。

苟远山说："今天是周五，你们都回去，晚上谁也不要来了。我今天做了几个检查也有些累，我想早点睡，王攀，你去跟医生要几粒安眠药，多要几粒，少了不管用，我要睡个好觉。明天你要来就晚来会儿，都睡个懒觉。记住，别带元帅来了，医院传染病多，不是小孩儿来的地方。"

苟大海："想吃点儿啥？我明天给你带来。"

"不带了，我也吃不下了。"苟远山摆摆手叫大家都走。

苟远山对留在屋里的王攀说："晚上你也不要进来，我睡觉轻，你每次进来我都会醒，今天睡个踏实的。"

王攀当然巴不得:"好的,好的,听您的,有事您叫我。"

六

谁也没有想到,这天夜里,苟远山老爷子会吞下积攒多日的安眠药,他想悄悄地和这个世界说再见。

苟远山沉沉地睡过去,没有任何动静,护士查房都没有发现。要不是楚红真不知道会怎么样。楚红周六当班,她从家里带来了自己磨自己煮的豆浆,老爷子现在只能吃流食。她刻意磨蹭了一会儿才进来,因为老爷子昨天说要睡个懒觉。

病房的门都是不锁的,楚红进来觉得不对,老爷子一贯有早起的习惯,即便睡懒觉也不会睡到现在。她想叫醒他,一走近,凭着护士的职业敏感度,楚红马上发现了问题。

紧接着就是抢救。

苟远山积攒的安定片还不够,在这方面,苟远山显然是外行,安眠药分很多种,药效各不相同,因为苟远山自述自己原来没有失眠过,所以医生给的药是效力最轻的安定。晚上,苟远山把矿泉水瓶里的酒一口一口品完,然后将藏在枕头下的几十片安定吞下,安静地躺在床上,很快他就听到了自己沉重而急促的呼吸,他觉得自己正在和这个世界做最后的道别,他很镇定,甚至有些许的期待和兴奋。

苟大海赶来的时候,老爷子正在急救室,鼻子上有氧气罩,胸膛上连了心电图,胳膊上打着点滴,老爷子躺在那里脸色惨白,一动不动,只有裸露的胸脯微微起伏。见苟大海进来,楚红一把抓住他的胳膊,眼泪唰地流了下来。

苟大海内心岩浆汹涌,但他紧咬着嘴唇,死死看着老爷子,没说一句话，老爷子这一举动太令人意外了。

抢救持续了两个多小时，毕其功、楚鹤村、大嫂都赶来了，大嫂说楚歇武不愿来，因为自己帮不上忙，他在接待一位外国客人，这是一位富豪，他准备在全世界捐献十万个轮椅给残疾人，他要在中国找个代理人做这件事，楚歇武不知道怎么和他联系上了，两人今天见面。苟大海内心不愿太多人知道老爷子这件事更不想他们来，但不知道怎么就传出去了，他们都感到震惊，刚强如铁的苟远山怎么会选择这种方式？

苟远山眼睛动了一下，慢慢地睁开了。他困难地看了一遍围在身边的大家，脸上艰难地挤出一丝笑容，他有些吃力地说："刚要敲马克思的门，又被你们给拽回来了。你们……你们让我悄悄地走不好吗？"

苟大海突然号啕大哭，把所有人吓了一跳，苟大海的哭声让人毛骨悚然，这种哭声从胸腔中发出，浑厚凄厉，哭声中，苟大海说了两句话："您怎么能这么个走法？""走就走了，您怎么又回来了？！"

老爷子也被苟大海吓着了，他怔怔地看着他那涕泪横流的儿子，多少年没见过苟大海掉过一滴眼泪，突然这么放肆地大哭，让苟远山百感交集，他想糗他一下："你，你也会哭？"但两行热泪滚落腮边。

病房里苟远山对大家说："我斗不过病魔，但我想把握自己的命运，我不想让癌细胞一点点把我蚕食掉，这样会浪费很多医疗资源，也让我平添很多痛苦，既然生命和病情不可逆转，我为什么不能平静地走？这种方式不是怯懦。徒劳地所谓跟病魔作斗争，明知不可为而勉强，斗到最后一刻，钱花完了罪受够了，这不叫勇敢，这才是怯懦。你们不知道，一百多年前，马克思的女婿拉法格，也算是共产党的鼻祖了，就是这样走的，还带了太太一起。"

毕其功："理儿是这个理儿，但还是接受不了，这不是主流做法，我们讲究寿终正寝，生命就是一个过程，每一步都要走，人不应该自行终止。"

大嫂："好死不如赖活着，您这想法不好，病我们慢慢治，咱又不差钱，再说您还是公费。说不定有奇迹呢，谁知道呢？"

楚鹤村："你倒是一走了之，解脱了，但会给大海带来什么影响？不解真相的还以为儿子不孝呢？但又会有几个人知道真相呢？你不想想用这种方式的都是些什么人？我们这把年纪，还要坚持苟延残喘，有时候就是为孩子们坚持的啊！"

苟远山："今天是批斗会。苟大海，你当时哭什么呢？你知道吗在我的印象里你小子从小就没哭过，5岁的时候上房檐掏麻雀，掉下来腿摔断了，疼得你直冒汗，但就是咬着牙不哭。上小学时跟高年级的混混儿打架，脑袋都开瓢了，满脸是血，缝了8针，你愣是一声不吭。你今天一哭，可是吓了我一跳，胆小的会被你吓死。"

苟大海："吓死也比吃药好，你怎么会吃药？这种方式不靠谱，要是我就跳楼，干脆，还壮观壮烈。"

苟远山："你以为我没想过？这窗上全装了防盗网，楼顶设了防护墙，我爬不过去呀。"

大嫂："苟大海，你这是说的什么疯话？"

楚鹤村："大海说的是风凉话，让老爷子清醒清醒。"

苟大海："我说的是实话。"

大家很吃惊。苟大海说："没事儿了，老爷子试过一回，不会来第二回了，明天我就是拿氰化物，老爷子也不会吃。"

苟远山点点头："死不成那我就活下去，活到死为止，既然你们都想我寿终正寝，我配合。还是大海了解我，这才是我儿子。"

苟大海："亲生的。"

苟远山直勾勾地盯着苟大海："幸亏没死成，我还欠你一件事。你抽时间陪我回趟老家。"

苟大海："是不是祖屋下面还埋有金条要挖出来？"

苟远山："有金条就不舍得死了。哎哟，又要去洗手间了，哪来这么多尿？"

楚红："您吃了那么多安眠药，要给你的身体排毒，点滴里放了利尿剂。"

苟大海扶老爷子艰难地坐起来："就您现在这身子骨，怎么去得了老家？有金条我也不要了。"

七

苟大海停职乐得逍遥，整天在医院陪着父亲。

苟远山吃安眠药让苟大海很受刺激，这让他强烈地感到，父亲和自己在一起的时间真的不多了，几乎可以算得出来还有多少天，这让苟大海突然有了一种依恋，这是从来没有过的感觉，他还没想清楚，家里没了老爷子会怎么样。这时候他会很沮丧，老爷子留给自己的时间不多了，和李侠已经走到这一步，元帅嘴硬可以说不让走，但这现实吗？真要分开孩子还是要跟妈妈的，很快自己就成孤家寡人了，想想自己每天回到家，要自己开门自己开灯，一点儿声息都没有，还是觉得有些凄凉。

更让苟大海揪心的是苟远山的状况很不乐观，每天只能喝点儿米汤，营养全靠输液。苟远山现在很配合治疗，他不会一而再再而三，他认为既然没走成，也就认命了。

苟远山说："我不会再自己了结了，我要熬到最后，免得别人说我懦弱。但这是多么没意义的一件事啊。"

苟大海对他说："现在的医学很发达，不能做到把人从阎王那里拉回来，但不让人痛苦让人安详地走完最后一段路是没问题的。我问了医生，联合国有要求，绝症病人都要无痛治疗，中国签了字的。"

苟远山："这联合国管得可够宽的。"

苟大海："这事儿管对了。我跟您说过，我绝不会让您痛苦的，医生做不到，我都会想办法。"

苟远山："看把你能的！"

苟大海："您不信？"

苟远山："除非让我吸毒。"

苟大海："您太神了。"

苟远山："啊？你真这样想过？这可是犯法的呀。"

苟大海："犯就犯吧。吸毒能给人带来虚幻的满足和美妙的享受，那么多人不要命地去尝试是有道理的，我觉得每个人的最后时光都可以用毒品陪伴，这是最人道的。只是国家没有开明到这种程度。我们仓库里成吨成吨的冰毒海洛因，早晚都要销毁的，得空我给您抓一把来。"

苟远山："你脑子里总是有些古灵精怪的想法，全世界有这想法的估计再也找不出第二个人来。说真的，我还很期待，这肚里长时间没东西，空落落的，胃酸在胃里快淤出来了，身上心里说不出的难受，它又不是痛，痛就好办了。"

道孚公司捐赠轮椅的仪式在市政府的会议中心举行。

这是楚歇武的公司办的，苟大海这才知道，楚歇武的公司名字叫道孚。苟大海接到楚歇武的电话，要求他过来捧捧场，要不是苟远山身体不好，楚歇武也想把老爷子请来，这是一项慈善活动，楚歇武要求苟大海把毕其功邀来，苟大海没同意，说自己正好在家闲着，来就来了，毕其功他们还忙着呢，慈善是好事，但不是公安局长的正事儿。

　　主席台上有苟大海的位置，姓名牌已经摆好了，这让苟大海很不习惯，一时不知道该怎么办好，两个迎宾簇拥着苟大海上去了。市里一个副秘书长做会议主持，先介绍了一下道孚公司的善举，捐赠轮椅是美国富豪的委托，楚歇武和他的公司负责找符合条件的人并培训使用技巧。但楚歇武在此基础上又增加了一项内容，就是对每个需要轮椅的进行检查，有条件的进行康复治疗训练，楚歇武发现，很多人因为家庭困难或者医疗技术等原因，没有及时得到治疗，大约三成坐轮椅的人双腿是有可能重新站起来的，这是一个惊人的数字，他要免费给大家做这项检查和治疗，这也是美国慈善家欣赏楚歇武的原因。

　　苟大海这才知道，楚歇武收购了一家民营医院——伊康医院，伊康医院苟大海知道，这是比较早的一家民营医院，它最出名的是骨科，当年伊康医院主动找交警，要求承担交通事故伤员的救治，后来和交警合作得很好。因为伊康医院承诺，对交通事故伤员的救治一律先抢救再收费，即便伤员没钱也不耽误治疗，特别是不需要交警担保，真没钱就算了，这种态度很让交警感动。交警担保治疗费用是多年来的惯例，这让交警很头疼，一些事故车辆没有保险，伤者没钱，肇事者有的逃逸有的也经济困难，这些钱医院就算到交警头上，交警常年背着医院的很多债务。伊康的出现解决了交警的难题，双方一拍即合。伊康也借势挖了几个好医生过来，没多长时间，伊康就火了。后来傲慢的公立医院回过味来了，终于知道急救是个美味的蛋糕，也要分一块，它们财大气粗，上面又有靠山，不像民营医院这种后妈抱养的，一下子把蛋糕抢没了，伊康慢慢风光不再，经营上勉为其难。这个时候，楚歇武和大嫂接了过来，大嫂把医务所直接并进了伊康医院。大嫂印了名片，上面赫然写着：伊康医院院长。

台下坐了20多个下肢残疾的人，他们都很激动，表达激动的方式就是鼓掌，人虽然不多，但气氛很热烈，苟大海也很感动，当年的楚歇武又回来了，那个聪明、自负的楚歇武再次让他刮目相看。

苟大海清闲了，暂时代行队长职权的刘智云却忙得焦头烂额。最头大的是北京要开会了，不能让那些上访户去北京，市里的原则是谁家的孩子谁家抱，也就是说，哪个部门惹下的信访哪个部门包，公安局照葫芦画瓢，把这个责任再分到各个科室队。毕其功在大会上说："没事就是本事，搞定就是稳定，摆平就是水平，怎么没事怎么搞定怎么摆平你们自己想办法，谁包的案人进了京，谁就提头来见。说我不讲理，我跟你们讲理，上边的领导可不跟我讲理，我不看过程只要结果。"虽然觉得这事儿别扭，但大家也都理解，老毕也是没办法，形势严峻。

刑警队包案的有个老上访户，叫金疏远，是个老太婆了，前几年儿子喝酒和同村兄弟俩吵架，吵着吵着打起来了，被哥俩打死了。案子破了，人也抓了，但致人死亡的是弟弟，弟弟一板砖拍脑袋上，当时就没气儿了。吵架的是哥哥，但哥哥打架没动手，负不了什么责任。弟弟十七岁，判不了死刑，最后是无期，哥哥没事，回家了，还结婚生了儿子。金疏远不服，一直上访，缠着刑警队好多年了，怎么解释都不行，一定要把哥哥抓起来，把弟弟判死刑才行。只要北京省里有什么大会，她都要去凑热闹。现在上访人员可知道这些政府部门怕什么了。

　　这是个死任务，由刑警队包案，任务只有一条，不管采取什么办法就是要确保其不去北京。刑警队刘智云亲自出马，提着礼品去金疏远家，承诺再给她重新复查她儿子那个案子，有漏必补，有错必纠，态度很诚恳，但这种话金疏远不信，这么多年她听得耳朵都起茧子了，知道是北京那边开会才这样应付她的。刘智云自己说的自己也不会信，这个案子上上下下翻了几十遍了，政法委组织公检法三家也核查过很多次了，确实找不到什么毛病，按检察院的说法，这已经是铁案了。按苟大海的说法，这案要有错，把我脑袋割下来当尿壶。说一说，是例行程序，看能不能把老太婆稳几天，北京开完会就算交差了。下一次就是苟大海的事了，这年头他妈的一把手真不好干，刘智云很郁闷：这苟大海早不停职晚不停职偏偏在这个节骨眼上，这小子一贯自诩自己运气好，还真得服，连停职人家停得都是时候。

　　金疏远当然还是不依不饶，喋喋不休又讲了一遍她的冤案，唾沫星子喷得刘智云满脸都是，刘智云也不敢擦，更不敢接话，怕哪句话讲不妥被金疏远抓住，只能洗耳恭听。几年前，商凯乐接待金疏远，受不了她的纠缠，发火说了一句"这事你找公安部长也没用"。结果第二天金疏远就去北京了，到了北京说伊秋市公安局叫我来的，当天省里就叫伊秋市公安局去带人，毕其功叫苟大海去带，苟大海派商凯乐去，还特别要求商凯乐"要满面春风，像接你姨妈一样热情"。商凯乐有个姨妈在北京，是顶尖大珠宝商，每次来伊秋商凯乐都是满面春风，因为每次姨妈都会顺手丢给他几颗挺大个儿的珠宝玉石。所以商凯乐一听说去机场接姨妈就心花怒放。

　　金疏远收下了刘智云带来的大米和花生油，嘴里应承着不去北京了。刘智云还不放心，又转去找了辖区派出所的刘所长，请他帮忙照应着点儿。刘所长支支吾吾，说："这盯人的活儿可不好干，她有腿有脚的，哪能盯得住？"转口又说，"这派出所电脑不够用，三个人才一台，如今所有案件都得在电脑上走程序，刑警队家大业大，能不能支持两台？"

刘智云说："叫你们帮个忙就提条件，苟大海来你怎么不提？"

所长说："苟大海眼珠子一瞪，谁敢开口啊？不是您刘队平易近人和蔼可亲嘛，这天底下好人不多您算一个。"

刘智云："刑警队电脑也不够，再说了，我只是这两天代理一下，我把电脑要给你了，苟大海回来找我算账怎么办？你又不是不知道，这苟大海拿装备比他老婆还亲，这样吧，匀给你们一台好了，但你得把这事给我办好，这可是要命的事。"

所长赚了一台电脑上心多了，当场打电话叫金疏远住的小区物业的保安队长过来，把金疏远的相片拿给他，交代他安排所有门口的保安，这几天把金疏远看紧点，一有情况马上报告。保安根本不用看照片，都认识金疏远，她是小区里的知名人物。

刘智云觉得万无一失了。便回去向毕其功汇报，说："对重点人员金疏远已经落实了严密的管控措施，谁那里出问题金疏远也出不了问题，请陛下放心。"

毕其功说："苟大海不在，你多用心，我还是那句话，我不看过程只看结果。"

刘智云信口开河："走了张屠户，照样不吃带毛的猪，在我们刑警队，过程就是结果。"

毕其功抬起眼皮看了一眼刘智云："刑警队跟着苟大海都学会吹牛了。"

刘智云："在您面前没把握谁敢吹牛？这叫自信！"

毕其功："那就好。"

第四天一大早,派出所所长慌慌张张跑来找刘智云,说:"金疏远不见了。"

刘智云吓得张开的嘴都合不回去了,急赤白脸地问:"怎么回事?"

所长说:"保安们很尽心,每天都盯着她。昨天傍晚,金疏远提着菜篮子出门,保安问她干什么去,金疏远说去买点菜,还说这两天甜玉米上市了,要买几个回来,还站在大门口跟保安聊了半天,说原来最好吃的甜玉米是咱们汤旺河里钓鱼岛上的,这几年不知为什么再也买不着了。看金疏远的打扮装束就是去买菜的,一点儿都不像出远门的样子,这出门特别是要去北京怎么也得带个行李呀。"

"下面呢?"刘智云问。

"下面,下面没有了,一整夜就没见她回来。今天一大早保安去敲她家的门,铁将军把门,昨儿一夜没回家。保安赶紧报告派出所,保安还是很负责任的。"

"负责任?人都跑了,负个屁责任!"刘智云气不打一处来,"我刚给局长吹了牛皮,这,这可怎么办?上哪儿去找?我说你赶紧安排人去找,挖地三尺也要把她找出来,你给我找到人我再给你一台电脑。"

"上哪儿去找啊?八成进京了。那台电脑我也退给你吧。"所长说。

刘智云一屁股坐在椅子上。

市长从省里开会回来,刚进办公室毕其功就跟进来了。市长回头:"你怎么这么快,我这里刚进屋。"

"我都盯你好几天了,你们开什么会啊一开一个星期?"毕其功自己在沙发上坐下。

"经济工作会议，上半年总结下半年部署，又去渤海湾考察，对照找差距，这一星期还很紧张呢。"市长说。

"我没别的事儿，就是想找您汇报一下近期的工作和队伍情况。"毕其功说。

"别拐弯抹角绕圈子了，你一天一个电话问啥时回来，是不是你那个刑警队长的事？"市长点破了毕其功。

"您怎么知道？"

我收到一条短信，你那个队长发给我的，我给你念念。

"苟大海给你发了短信？念念，念念。"

"尊敬的市长您好，本人苟大海，刑警队长，因不慎在您朗读讲话稿期间睡着，给社会造成恶劣影响，痛定思痛，百感交集，在此向您道歉。你说老毕，这是道歉吗？我越看越不对味。"

真是狗嘴里吐不出象牙来，毕其功心里暗骂，但嘴上赶紧解释："这是个粗人，没文化。我本来想带他来当面向您道歉的，他没空忙案件去了，所以才发的短信。那天他办案熬了一个通宵，上午接着开您的会，顶不住，不小心给睡着了。刑警队这种没文化的多了去了，有话不会说，您别往心里去。"毕其功赔着小心。

"没文化？警官大学的高才生还没文化，那什么人才有文化？"市长问。

"您怎么知道？"

"我觉得这个家伙挺有意思，就了解了一下，帮他求情说好话的可真不少啊，连纪委都向着他。既然头晚加班，会议请假就是了，不能在会场上睡啊。"市长说。

"您这会议都是报名单定座位的，正科以上，一个萝卜一个坑，哪个坑空着都不行，这不硬着头皮就去了。"

"这就是会议组织的问题了,我看,整顿会风不仅要整顿参会者的会风,也要整顿会议组织工作,要严格控制人数;另外,也要整顿讲话的风气,长篇大论,洋洋洒洒,都是空话套话,几十页纸拧干了没几个小标题有用。这一点先从我做起。以后我讲话,尽量不念稿,朗读讲话稿是挺丢人的,还有,时间上尽量不超过半小时。"

"我也觉得没有半小时还讲不清楚的问题。"毕其功很有同感,附和着说了一句。

"半小时讲不清楚就45分钟,不能再长了,45分钟再讲不清楚就是自己的表达能力有问题了。"市长说。

"那苟大海……"毕其功犹豫着问。

"叫他该干吗干吗去,这短信一发,再处理他,就显得我小气了。不过你回去告诉他,我这讲话稿朗读得好不好,都不是他会场睡觉的理由,这次放他一马,下不为例。"市长说。

"死罪虽免,活罪难除,我回去收拾他。谢市长大度。"

毕其功乐滋滋地告退。

还没出门,就掏出电话:"苟大海,你歇够了吧,马上回来上班。什么?市长不跟你一般见识。这几天你可把金疏远给我看好了,我对刘智云还是不太放心。金疏远要去了北京,可比你会场上睡觉严重。"

"怎么个严重法?"电话那头问。

"那惹的是市长,这,可是惹我!"毕其功说完便挂断了电话。

八

苟大海拎着一件警服回到刑警队,见刘智云哭丧着脸在椅子上坐着,所长搓着双手不知所措。苟大海有些奇怪:"怎么?天要塌了?"

"金疏远去北京了。"刘智云说。

"什么?"苟大海吃了一惊,"还不如天塌了呢,得!得!我还是回家停职反省去吧。"说着就往回走。

所长一把拉住:"你不能见死不救啊。"

"他死好过我死。"苟大海看着刘智云说。

"我死也得拉你垫背。"刘智云一把把苟大海摁在沙发上。

"说说咋回事。"

所长和刘智云把事情的前前后后都说了一遍。

苟大海也很头痛,寻思了半天,问所长:"能找到金太阳演舞台的老板金大钟吗?"

"能,我昨天还见到他。"

"他是金疏远的亲弟弟,他一定和他姐姐有联系,把他抓来。"

"抓?凭什么抓啊?"刘智云问。

"上次李德和商凯乐在金太阳演舞台抓了几个吸粉的,其中有一个是部长,他是老板,当然有责任,抓狗日的!"

"好。"刘智云说。

"我这就去安排。"所长起身就走。

"要不要我派几个兄弟给你。"刘智云说。

"不用,不用。别追着我还电脑就行了。"所长已经走出去了。

金大钟蹲在刑警队的审讯室里。

刘智云问:"你说,金……"苟大海摇摇手指制止了刘智云,意思让他不要这样问话。刘智云着急,马上就想问金疏远在哪里。

刘智云马上明白了,自己犯了大忌,抓金大钟是因为他的演舞台里有零散的毒品交易,刘智云赶紧闭嘴。

都不说话,气氛很压抑。

苟大海点燃一支烟，用眼角斜了一下金大钟，金大钟看了一眼苟大海，赶紧低下头。

"知道这是什么地方吧？"苟大海突然问了一句。

"知道，知道。"

"知道我是谁吗？"苟大海接着问了一句。

"知道，知道，您是……"

苟大海打断他："说说吧，说说为什么抓你到这里来。"苟大海吐一口烟，一根烟柱袅袅升起。

"我该死，我该死，我不该窝藏王晰川。"金大钟说。

所有人都惊住了。

金大钟被派出所的警察找到的时候，他就觉得自己最终还是栽在女人手里。

金大钟好色，他睡过的女人他自己都没数了。王晰川是他半年前勾搭上的，她原来是一家五星级酒店歌舞厅的部长，被金大钟看上，眉来眼去的没几个回合就到床上了。金大钟对王晰川有些爱不释手，他有个癖好，就是喜欢女人的腰，王晰川算不上漂亮，但她的腰细，腰一细，屁股就显得大，腰和屁股的那两个弧线令金大钟着迷，特别是王晰川趴在床上屁股上面有两个腰窝，王晰川很得意地告诉她这在医学上叫"麦凯斯菱"，这是理想的人体的标志，据统计只有千分之三的女人有这种腰窝。很少有女人能和他保持3个月的热乎劲，而王晰川这都半年多了，金大钟还很黏糊。后来王晰川去了一家什么康复中心，把打扮装束全换了，暴露的衣服不穿了，换成合身得体的时装，还戴上了一副眼镜，猛一看像个淑女教授，看得金大钟很好笑。至于在康复中心干什么，金大钟也没怎么过问，只要他想欣赏弧线的时候，她能随时过来就行，而金大钟当然也时不时地要甩给她一些零花钱，在这一点上，金大钟像所有好色之徒一样，是从来不会吝啬的，很多人羡慕别人身边总是美女如云，但往往忽视了别人一掷千金的豪爽，男人和女人的关系，除了感情就是金钱，有时候，感情里面有金钱，金钱里面也有感情，但金钱永远是感情的润滑剂，他俩就是这种关系。

有一天，王晰川突然慌慌张张跑回来，说被警察盯上了，刑警队长苟大海要找她麻烦，得赶紧跑。

金大钟这才问她最近打扮得人模狗样到底在干什么，你怎么惹上了苟大海，这可是个要命不打收条的阎王爷，道上混的哪个不见到他绕着走?!

王晰川说当时也觉得害怕，但对方开的价很高，钱是王八蛋不赚白不赚，谁知道会这么快就出事，要赶快走，先把这风头避过去。

金大钟便拿了5万块钱给她做路费。临出门的时候，金大钟想再欣赏一下她那两条迷人的弧线，王晰川说来不及了，你忍忍吧，风头过了以后时间长着呢。出了门又折回来反复叮嘱，对谁也不要提起自己，警察的鼻子比狗都灵。

今天警察一来，金大钟就知道栽进去了。你别说，金大钟还真服气，自己和王晰川的苟且没有第二个人知道，他们颠鸾倒凤都是在市郊的一个别墅里，各人有一把钥匙，电话里约好时间分头过去，两个人从来没有出双入对地招摇过，够谨慎了，连给自己开车的司机他都瞒着，这警察，这苟大海是怎么闻出来的？看来以后做人做事是要小心着点儿，这是个惹不起也躲不起的爷。

金大钟愿赌服输很痛快，他是问啥说啥交代了三件事，王晰川、金疏远还有演舞台里的毒品。金疏远果然去了北京，她假装买菜跑到了金大钟家，拿了钱和行李走的，现住在北京大兴团河农场的一个远房亲戚家。这事到了这里就是小菜了，为捞个好态度，金大钟当场打电话给他姐姐，叫她马上回来，因为自己落在了刑警队手里，你回来我就可以从宽。这个世界上金疏远只信一人，这人就是自己的弟弟。金疏远保证明天就回来，今晚就去排队买火车票。刘智云长长地吐了一口气，一整天他都盘算着见了毕其功上哪儿找地缝儿去。

金大钟说他知道他的演舞台里有零星毒品交易，但都是摇头丸，和啤酒掺着吃的，是为了更疯更嗨，这是他的一个副经理干的，他说他可以马上把副经理交出来。

王晰川现在在她老家避着呢，她老家是河南省驻马店市的一个镇上，昨天晚上还通过电话。苟大海马上叫李德开拘留证电传河南警方，叫当地先把王晰川给抓了，这边也马上出发去带人。

这一切办完，苟大海说："这叫搂草打兔子。"

刘智云说："这是天上掉馅饼，还正赶上你打哈欠，直接掉你嘴里了。"

苟大海得意扬扬："不服是吧？"

刘智云是有些嫉妒："这么大个儿的馅饼，当心噎着。"

九

小暖在家又犯了两次毒瘾，有一次自己撞墙把头都磕破了，把李侠吓坏了。后来小暖自己提出来，把自己送强制戒毒所去。正好强戒所刚开了自愿戒毒区，条件比强制区要好很多，但要收费，对小暖只收成本费，苟大海犹豫半天最后把小暖送过去了，他主要觉得对小暖没照顾好，很愧疚，更对不起哈雷，哈雷救过自己的命，自己却没有照顾好小暖。但眼下没有更好的办法了，老爷子在医院，自己也脱不开身。

　　李侠呢，虽然还是一家人，但苟大海不想求她办任何事了，特别是送小暖去康复中心这件事，让苟大海特别窝火，这件事既害了小暖，也让自己无地自容脸没地儿搁。但苟大海没有发火，连一句过头话都没说。生分产生客气，指责有时候反而是一种情分，这是一方面的原因。另一方面不能怪李侠，这种事谁能想得到？

　　李侠也经常出差，一走好几天，元帅都得送姥姥家去带。李侠坚持要陪着去强戒所，她心里对小暖有歉疚，苟大海黑着脸不吱声，李侠心里很难受，内心深处巴不得苟大海来一场暴风骤雨呢，这样自己心里也好受一些。费用是李侠抢着去交的，先收了1000块，给了个收据。

　　第二天，强戒所的内勤专门跑来找苟大海，把那1000块退还，苟大海问什么意思，内勤说，潘所长叫退的，潘所长说收谁的钱也不能收苟大海的，这钱拿着烫手。苟大海说情意心领，那就到时请你们喝酒吧，不过喝酒的钱更贵，人情还欠下潘所长了，够会算的啊。内勤笑笑，再会算也算不过您。

　　小暖的身体检查发现，在所谓的康复中心治疗期间，实际上一直在吸食冰毒，苟大海觉得自己心里有一股怒火，快把自己烧焦了，但又找不到地方发泄。

　　王晰川从河南押解回来的时候，苟大海亲自到了火车站，这本来是完全没必要的，他坚持要去，谁也不知道他心里想什么。他就站在月台上，看着李德、商凯乐和潘小小把王晰川从车厢里押出来，一言不发，民警们看见苟大海停下来，王晰川也看到了苟大海，她看见苟大海冰霜一样的眼神，两腿一软差点儿瘫下去，一句河南话脱口而出："队、队长，对不起您。"

苟大海转了下眼珠，商凯乐和潘小小明白意思，径自把王晰川带走了。

李德留下来，对苟大海说："马上问话。"李德的意思是问苟大海对问话还有什么交代和提醒。

苟大海说："你去问就行，该问什么你就问什么。"

李德点点头，离开。苟大海在背后喊："等一下。"

李德停下，苟大海说："审讯的时候不许讲河南话，听不懂，叫她讲普通话，要带港台音的那种。"李德点点头，边走边琢磨这是为什么。

审讯开始很不顺利，主要是李德的要求让王晰川很难堪，李德不许她讲河南话，说自己听不懂，没法做笔录；王晰川改讲普通话，李德说你讲得很不标准，要求她讲自己当博士时那种港台音的普通话，王晰川试着讲了两句，可能是心理因素，更因为地方不对，自己都觉得别扭，再也讲不下去了，李德又一再要求，王晰川脸红得火辣辣的，感觉挺丢人，怎么都讲不下去。折腾了几个回合，最后李德放了她一马，可以不带港台音，但必须是普通话，王晰川的心理防线全垮了。

李德也终于悟出了苟大海的用意，审讯是门艺术，这里面学问大着呢。公安局里原来专门有一个预审科，警校里也有一个预审专业，这些年不知为什么取消了，是上面定的，那帮坐办公室喝普洱看报纸的人定的，真是可惜。中国的事坏就坏在这帮人身上，要命的是，不管什么事儿都这帮人说了算。

王晰川说："在歌舞厅当部长的时候，有一个台湾的熟客，名片印的是叫林风，开一家贸易公司，我们都称他为林总，有一间装饰豪华中间带舞池的房间几乎是他们公司的常包房，他们公司的客人晚饭后都要来这间房唱歌喝酒，林总也经常来。和别的台湾客人不同，林总不好色，一般不叫小姐陪，为了陪客人，偶尔叫了也都是规规矩矩的，对小姐也非常客气，给小费很大方。林总来了一般就是喝酒，从不唱歌，喝皇家礼炮，就是那种不好喝但很贵的洋酒，他喜欢摇色子喝酒，他摇色子的功夫不得了，算得上出神入化，没有人能玩得过他，我在歌舞厅算是玩得好的了，也是他手下败将，一来二去就熟了。有一天他突然问我，想不想跟他合伙做生意，帮他打理一个公司，报酬给得吓我一跳，当时我就以为这种大公司的薪酬标准都这样。我很痛快就答应了，歌舞厅这种地方见不得光，像是一个人肉市场，这里只有大腿、胸脯和金钱，没有尊严，没有人格，整天周旋于三教九流之间，见谁都得赔着小心赔着笑脸，每天都提心吊胆怕不小心把谁给得罪了，每天都喝得烂醉，胃都喝坏了。小姐们也不好管，来软的不行来硬的也不行，光哄不行光靠吓唬也不行，她投靠你为的是你有客源，能每天让她上钟，最好是能安排那种出手大方小费给得多的客人。如果觉得你没市场，她转身就换歌舞厅投靠别人了，你手上没小姐，提成就没有，客人也不会找你，在歌舞厅你就没地位了，这是歌舞厅的江湖。歌舞厅的部长们也是一把辛酸泪，如果有好去处谁都想走。林总让我做的公司就是一个康复中心，先是培训我，从衣着打扮开始，还专门派人教我那种港台音的普通话，要求我以一个女知识分子的形象出现，还配了眼镜，我眼睛一点儿都不近视，戴的是平光镜。后来租了房，购置了一些设备，然后让我去接近华茂集团的副总经理李侠，目的就是要把哈小暖弄到康复中心来。这个时候，我开始有些警觉，觉得这不是一单正当生意，但拿人家钱就要替人家做事。只要不是杀人，先把钱赚到手再说。后来的情况您都知道了。"

"知道李侠是什么人吗？"

"刚开始就知道她是公司的副总，后来才知道她是大队长的爱人。那天苟大海大队长去看小暖，我都不敢见他，腿直哆嗦。"

"继续讲吧。"

"把小暖骗进来，就是给她服药，然后每天验血验尿，我怀疑他们在拿小暖当实验品。这时候林风已经不见踪影了，说是回台湾去了。小暖吃的什么药我不知道，每天那个叫唐松的人骑摩托送来，化验结果也带走。这唐松长一脸横肉，平头，留两撇小胡子，看人阴阴的，一看就知道不是好人。来无踪去无影的，一句话也不多说，我怕被他们卖了还不知找谁要钱去，有一天，唐松走了，我就悄悄跟在他后面，我要知道他们更多的东西，姑奶奶也不是好惹的。我找到了唐松的住处。"说到这里，王晰川有些得意。

"住在哪里？"李德追问。

"我要告诉你们了，这算不算立功？这可是我冒着生命危险跟到的。当时要是被唐松发现了，这王八蛋会要我的命。"

"当然算。"李德回答得一点儿都不含糊。

"他住在碧水蓝天别墅奥林匹克大道27号101栋。"

"准吗？"

"准。我是看着他用钥匙开门进去才走的。这肯定是他的家，要是去别人家串门，能有钥匙？"王晰川说到这里有点儿为自己的小聪明而得意。

"你们为什么突然跑了？是不是苟大海去探小暖惊了你们？"

"才不是呢，大队长来看小暖是我们预料到的，当时林风说不怕，我们是帮他做好事，表现得越正常越好，这话更让我怀疑，做好事还用强调？但我已经蹚了这趟浑水上了这条船，下不来了，只能硬着头皮往前走。我们搬家很突然，事前连我都不知道，林风突然来电话让搬家，一分钟都不能等。"

"林风的电话？"

"不知他从哪儿打来的,很急的口气。中间又来电话,叫我们在路上甩掉哈小暖。"

"把她带下去吧。"不知什么时候苟大海进来了,也不知他来了多长时间,他抱着手靠在门框上对李德说。

"还没问完呢?"

"下次再问。"

王晰川被带下去了,苟大海说:"马上安排个机灵点儿的去碧水蓝天别墅摸一下,就是掌握那个叫唐松的情况,人要在就先把他收进来。"

"机灵点儿的?那只好我去了。"李德说。

"你小子倒是不谦虚,留点儿神,别砸了。"

"我这么机灵……"

第五章 卧底

一

曲啸正和苟大海谈话。

曲啸说:"长毛的律师给公安局来了一份律师函,投诉刑警队队长苟大海刑讯逼供。我们纪委经过认真调查,刑讯逼供不存在,你没有参与案件的审讯,当然不存在刑讯逼供。但有打人行为,你曾经当众打了犯罪嫌疑人一个耳光,有证人证言。对这个调查结果你同意吗?"

苟大海:"同意。"

曲啸接着说:"我们初步意见,打人是不对的,你要写出深刻的书面检讨，并向当事人赔礼道歉。"

苟大海："道歉不可能，这种人渣，见了我要再不老实我还想揍他。检讨我倒是写多了，但写不深刻，这次就免了吧。"

曲啸换了一个口气："咱这不是做给律师看的嘛。"

苟大海丝毫不通融："士可杀不可辱。"

曲啸："那可要给你处分了。"

苟大海："悉听尊便。给一个我提着，给两个我挑着。没事儿我就走了，我还有正事儿呢。"说着，苟大海起身离开，"我本懒得表白，自辩一句，是那王八蛋先攻击我的，拿头撞我。您可以再调查一下。"

曲啸："苟大海，你要理解，我这是就事论事，对事不对人。有酒喝你还得叫我。"

苟大海嘴一咧："当然落不下你，但你那酒量也太差了点儿。"

曲啸："但我酒风好啊，酒量那是天赋，酒风才是作风。那案子怎么样了？"

苟大海："有进展，李德去摸情况了。"

碧水蓝天别墅。

天色已经暗了下来，李德和马多多一身电工打扮悄悄来到第101栋斜对面的路灯杆下，看上去两个人是在检查路灯。

李德努努嘴："101，就是这栋。挺漂亮的，什么时候咱也弄一套住住，跻身高富帅，骗女朋友也方便。上星期去相亲，一听没房，人家起身就走了。"

马多多："这栋有300多平吧？你一月的工资刚够买半平，需要600个月，600除以12，也就50年，挺乐观的，你75岁就可以住进来了，到时只能找个老太太了，咱有别墅，挑个气质好的，算你活到 80 吧,还能享受长达 5 年的美好生活。哎,你看,这房子每个窗户都拉着窗帘,一点儿缝儿都没留。"

李德:"这才可疑。我怎么也得活 85,住这别墅谁舍得死啊!里面有人。"

马多多:"你怎么看出来的?"

李德:"空调开着呢,你看,那机器不还转着么。"

马多多:"也是。这天不开空调还不热死。"

李德:"我刚毕业那会儿买不起空调,就一把摇头晃脑的电扇,也没见热死。咱们要弄清楚里面是什么人。"

马多多:"怎么弄?敲开门说查电表的?你还住南坛四巷老宿舍区?那地儿带女朋友可不方便,周边全是同事,一不留神就能给撞上。"

李德:"不怕你笑话,老子现在还是处男呢,挺丢人的吧。不能敲门,这些人睡觉都竖着耳朵,不能惊了他们,可能还有后门。"

马多多:"处男?稀世珍品呃,你就吹吧,大学四年你干吗去了?虚度光阴耶。也好,留着吧,物以稀为贵,等咱住上别墅献给老太太。要不,叫物业去催管理费?要不我扮成送外卖的说敲错门了?太阳眼看落山了,正好是吃饭的点儿。"

李德:"狗日的警大管得太严,下不了手,生生憋了四年,都快憋出病来了。喏,你看垃圾桶上面,那是配电箱,等一下天黑下来,你去把电闸给拉下来。"

马多多:"这是个好主意,你小子够聪明。"

李德:"这叫机灵。"

马多多:"说你胖你就喘,有本事机灵个女朋友出来。"

李德:"没遇到让我心动的,一个比一个俗。"

马多多:"咱们队潘小小怎么样?你俩都闲着呢,你要有意我给你帮忙。"

李德:"兔子不吃窝边草。"

唐松已经憋在别墅里好几天了，百无聊赖，靠喝酒看韩剧打发时间，也没下酒菜，能吃的只有方便面，方便面都快吃一箱了，地上全是酒瓶子和方便面的盒子，现在一看到方便面的盒子就吐酸水。但他不敢出门。老板说了，未经同意敢迈出别墅大门一步就废掉他一条腿，他知道事情的严重性，更知道老板的脾气，所以不敢造次。

唐松接受指示的途径就是这部电话，但这电话已经好几天没响过了，有几次他都怀疑电话是不是没电了，看看还是满格呢。唐松的老板是林风，常常是神龙见首不见尾，这段时间形势比较紧张，说是警察闻到味儿了，凡事都得多加小心。

唐松用电水壶接满一壶水烧，他想泡壶茶喝，中午把剩下的半瓶威士忌喝了，口干得很。电水壶"咝咝"作响，唐松看着电视里的广告发呆，这时突然啪的一声停电了，唐松一激灵，马上警觉起来，他悄悄地扒开窗帘的一条缝儿往外看，院子里其他各栋都亮着灯呢，应该是跳闸了，他心里判断。

这条缝儿被李德看在眼里，他心里一沉：对手太警觉了。他用余光瞄了一下马多多，还好，这小子够利索，早躲到绿化带的灌木丛里面去了。

唐松犹豫半天，一直没动。大约过了半个小时，唐松才走下一楼，把耳朵贴在门上听了半天，见没动静，才开门探头往四周看。配电箱就在门口，果然是跳闸，他把闸合上，屋里马上亮了，电视的声音马上也出来了。

唐松闩好门，上了二楼，把灯闭了，然后又打开窗帘的一条缝儿，向四周看。

李德和马多多走到外面的广场上，打电话向苟大海报告："货在仓库里。"

苟大海："叫兄弟们准备好，天快亮时出货。"

李德："五点？"

苟大海："五点半到位。"

李德："我发通知了？"

苟大海："ok！"

李德："你英语不错啊。"

苟大海："yes！"

李德："佩服。"

苟大海："byebye。"

李德和马多多在回去的路上，李德突然说："我怎么觉得不踏实呢。"

马多多："怎么了？"

李德："这家伙现在是惊弓之鸟，对任何风吹草动都很敏感，他从窗帘缝儿里观察了两遍，等了半个小时才出门，他是怕跳闸有诈。你回去安排，我留下来盯着吧，我怕中间有什么变故，这是我们的线头，不能再断了。"

马多多："也对。那我先回去安排，等会儿我多带几个弟兄过来陪你。早上五点就得集合，也睡不踏实，还不如在这里耗着等呢。"

李德："说得对。"

二

苟大海正在病房里。护工王攀在给老爷子擦身子，楚红给老爷子剪指甲。一会儿，大嫂也来了，给老爷子提来一罐汤，大嫂说：

这是在康帝酒店炖的金钱龟，有营养且抗癌。苟大海心里清楚，这种汤很贵。楚红把汤打出来，准备喂老爷子喝，苟远山不让，自己坐起来端着喝。

苟大海问伊康医院经营得怎么样？大嫂很不以为然，说楚歇武经营思路有问题，照他这样下去，医院肯定是个无底洞。苟大海没听明白，大嫂气咻咻地解释说，上次你也参加了，本来是捐赠轮椅的慈善代理，出点力费点工夫也认了，做好事行善么，但他又要给人家治病，结果好几个住进来了，从省里请的专家说还有救，治一个就得好几万，他眼睛都不眨。

苟大海说："要是有这个实力，这也是好事。"

大嫂："他还要请全国最好的专家，我们这种小地方，哪能留得住专家？"

苟大海："那怎么着？"

大嫂："怎么着，靠钱，一个专家，给套房，给部车，年薪还得50万。"

苟大海："这楚歇武是想大干一场啊！"

大嫂："他心可大了，把医院旁边的地都买下了，说准备建个标准医院，嫌现在的伊康太小气。"

这时，马多多的电话来了："我们人都齐了，我把现场图也画好了，刘智云队长刚做了安排，你还过来吗？"

苟大海："你们等我。"

刘智云拿过电话："不放心我们？"

苟大海："哪里话，这人对我们很重要，刚捋出个线头，我怕再断了，多个人就多份保险。"

大嫂关切地问："还有事？"

苟大海点点头："晚上有个行动。"转过来对苟远山说："我去队里，晚上王攀陪你，我不回来了。"

苟远山朝他摆摆手："这里不用你管，去忙你的。"

大嫂望着苟大海急匆匆的背影很感慨："这警察真不容易啊！"

楚红很不放心，面带忧虑："这么晚了，可得小心点。"

苟远山笑笑："这是警察的家常便饭。"

大嫂说："我也不陪您了，家里还有事。"

苟远山："都走吧，快回去休息，我也该睡了。"

苟远山知道，大嫂也是个劳碌命，忙里忙外不清闲，里里外外一大摊子事都是她出面打理。大嫂边走边打电话，急匆匆的脚步声越来越远。

苟远山说："都忙，就我清闲。"

楚红甜甜一笑："我也闲。"

"你不值班？"

"我明天的班。"

"你也走吧，回去休息，护士也辛苦。"

"我再陪您会儿。好久没见李侠嫂子了。"

"大海在她就不来，这俩冤家。"

"他俩……"

"不管了，也管不了喽。"

电话突然响了，唐松吓了一跳，赶紧接了，里面一个低沉的声音："事情不妙，今晚条子动手，赶紧跑路，越快越好，越远越好！"说完就挂了。

唐松脸色"唰"地变了，他联想到了傍晚莫名其妙的跳闸断电。他赶紧收拾了一下东西，拎一小包就出去了。

正在监控的李德也吃了一惊,来不及多想,马上跟了上去,这个节骨眼要是人丢了可是全盘计划都要泡汤。

唐松感觉到了李德的跟踪,他故意绕了几圈,但始终甩不掉李德,这样也确认了李德确是跟踪自己的警察。眼看就到大门口了,唐松迟疑了一下,他知道一旦跨出这个大门,可能就要短兵相接。唐松现在要逃命,他认为大门口肯定有埋伏,警察抓人从来都是靠人多势众的。他在门口折了一个圈,然后又径直回到了别墅。

这时,马多多带着几个弟兄过来了。

李德:"你来得正好,我们要提前动手。"

马多多:"可队长说凌晨五点。"

李德:"目标要跑。刚被我堵回去了。"

马多多:"请示一下队里吧。"

李德:"随机应变,当机立断。来不及了,你带两个弟兄守住后面,我在前面,这时候了不怕暴露,敢露头就抓丫的。不露头就守着,我马上请队长带队过来增援。"

唐松从窗户里看到这个阵势,知道自己被包围了。他站在后面靠湖的窗户边,脱下外衣,猛地打开窗户,直接扎进了湖里。刚刚来到后面的马多多还没看清楚,只看见了一个黑影从眼前掠过。

马多多大喊:"他跑了。"

夜色里,水面的波纹渐渐看不见了,李德手中的枪举了几次终于放下了。李德说:"去,赶紧把小区的出口全封了,叫保安全部集合出来协助我们,加班费我们给。叫物业把所有的灯都打开,要像过年一样,他狗日的跑不了。"

民警分头散去。

商凯乐边跑边对马多多说:"李德什么时候成总指挥了?小子毛都没长全呢就对我们发号施令。"

马多多说:"还没开处呢。"

商凯乐:"你还别说,李德刚才这安排还是挺有一套的。要是酒量再大点儿,是个当领导的料。"

马多多:"得苟大海真传了,你看他那说一不二的口气,简直和队长一模一样,现在就是领导坯子,赶明儿先帮他把处开了,不能让一个童男子当我们领导啊。"

马多多:"这事儿交给我。我上那个山包,居高临下。对讲机几频啊?"

商凯乐:"16频。我去守靠路那湖边,别从那爬上来,可就直接上大路了。你看,应该是苟队长来了。"

大门口,一溜十几辆警车拉着警笛闪着警灯疾驰而来。

李德迎上去,把刚才的情况和应急部署向苟大海和刘智云报告,苟大海赞许地点点头,转过头告诉刘智云:"把警犬队调上来,放在靠路的湖边。"刘智云点点头。

苟大海爬上山包,向四周看了下地形:"你们看,对面是高尔夫球场,里面亮得像白天一样,他不敢过去;右边是高层的居民楼,进去也跑不出去,也不会进;咱们后面是小区大门,出一个查一个,他不会来。只有这左边,湖边靠着大路,翻过围墙就到路,这是重点,重兵把守。"

刘智云:"我们现在是搜还是守?"

苟大海:"守。他暗我明,晚上搜不划算,我们吃亏,吃亏的事儿不干。只要我们守好了,他跑不了,天亮了我们再搜,瓮中捉鳖。你带队去各个点巡查一遍,不要有缝隙,要像铁桶一样。"

刘智云:"好,我马上去。"

人都下去了,就剩苟大海和李德,苟大海拉下脸来很不悦:"怎么惊了他?你不是挺机灵的吗?"

李德挠挠头："不会啊，很小心了。再说，要是当时惊了他早跑了，哪至于等到现在？你们那边开会，这边脱身逃跑，这时间点儿赶的，不是有内鬼吧？"李德的话半开玩笑半是当真。

苟大海沉思很久："那倒不至于，但这事儿很蹊跷。"

三

天蒙蒙亮，那部挂着0001的三菱吉普开进来，全市都知道，这是毕其功的座驾。

毕其功的司机叫巫龙，著名的马大哈，在他和毕其功身上有很多故事，其中流传了好几年的代表作是去年的一件事：那天毕其功去省厅开会，到半路巫龙去服务区加油，毕其功正好顺便去了洗手间。谁知巫龙没看见毕其功下车，加好油上车就开走了，从洗手间出来的毕其功连忙大喊，但哪听得见啊，车一溜烟走远了。毕其功想打电话，发现电话在车上没拿下来，只好找别人借，好不容易打通了但没人接，巫龙守规矩啊，开车不接电话。毕其功气急败坏又无可奈何。这巫龙一路狂奔，到了省厅才发现，局长没在车上。

毕其功和曲啸下车，苟大海迎上前："怎么把你们也惊动了？我这就收网了，你说这大清早的不在被窝里睡觉上这掺和啥？"

李德："首长莅临一线，身先士卒，和我们一起战斗，会极大地鼓舞我们广大指战员的士气。"

曲啸："我是来学习的。"

毕其功："我是闲得慌，来看看热闹。"

巫龙凑上来："嗯，好像不太受欢迎，我们又不给你们添乱。"

毕其功嫌他多嘴："老子是来视察前线，过来，把工作安排给我汇报一下。"

苟大海赶紧满脸堆笑:"我是这样安排的,如果不妥,请您批评指正。小区的四面都封死了,我把小区里面分成四块,组织警力一块一块清,清一块封一块,从南到北地毯式全覆盖,一个窟窿眼儿都不留,除非他有翅膀会飞。最后是那片小树林,我刻意留的,要是能把他挤到那里,就省事了,那里有我们刚引进的两只德国黑贝,还没试过它们的身手呢,今天想试一下,要是连个人都扑不倒,我就把它们炖了。现在是五点钟,用两个小时,抓到人希望能和陛下共进早餐。汇报完毕,请首长指示。"

"你们安排得很细致很周到啊。"曲啸当场表扬。

苟大海习惯顺杆爬:"咱别的不会,就会抓个人破个案什么的。今天这都是小菜。"

毕其功斜了他一眼:"给点儿阳光你就灿烂,有些话放到吃早餐的时候再讲可能会踏实点儿。走,我们到小树林去看看。"

"开车吗?"

"不太远,走过去吧,当散步了。"

唐松这一夜苦不堪言。他先是躲在水下,只把鼻孔露出水面呼吸,躲了半天见没有动静才悄悄爬出来躲在水草里,这个时候蚊子特别多,他又不敢拍打,一夜下来被咬得鼻青脸肿。他想趁夜色跑出去,但哪个通道都有人,后来警犬也来了,高大威猛的警犬来回巡逻,唐松更是动都不敢动。

但他一个晚上都在寻找脱身之计,他知道天一亮,警察就开始动手了,那时候就更难了,虽然半夜还有寒意,但唐松却急得一阵一阵直出汗。他的手机进水了,不能用了,要是有手机他想给林风打个电话,叫他派个弟兄开车来接应,只要车能到湖边的路上,他唐松怎么都能冲出去,他算了一下距离,十几秒的时间就够了,即便有警犬他也不怕，因为等人和狗反应过来，他应该已经冲出去了。现在看这阵势，没有车想逃命可真比登天还难。

天已经蒙蒙亮了，时间不多了，困兽犹斗，他要做最后一搏。他悄悄地从湖里爬上来，猫着腰想去停车场，看能不能搞到一部车。早年，他干过两年的偷车生涯，这方面的业务很是精通，但今天苦于手上没有工具，先过去看看吧。

巫龙看见毕其功去了那边的小树林，便想开车绕到小树林去，车跟着领导走，确保领导随时用车，这是规矩，巫龙作为老司机当然懂得这个道理。

前面探出一个头，猫着腰东张西望，身上还湿漉漉的，这不就是要抓的案犯吗？巫龙一下子兴奋起来，老子不光会开车也会抓人，一脚油门车"呼"的一声冲过去，然后来个急刹，这巫龙的车技真是没得说，唐松没来得及反应，被突如其来的警车惊了个趔趄。巫龙打开车门，得意扬扬地喊："警察，不许动，把手举起来！"

唐松的第一反应是逃跑，但他看到只有巫龙一个人，用眼角瞄瞄周边，确是一个人，突然恶胆萌生，他装着很害怕的样子，把手举了起来。

"今天活该老子立功了！"巫龙从车上取出一副手铐朝唐松走过去。巫龙没有实战经验，原来在治安科待过，他认为只要一喊"警察"，所有人都会乖乖把手举起来，束手就擒。治安科要抓的人确实是这样，那都是嫖娼的。但刑警队不一样，他们面对的往往是穷凶极恶的亡命徒，刑警的操作规范是：持枪在手，要求嫌疑人双手抱头，趴在地上，然后才过去上铐。这些都是鲜血和生命换来的教训形成的规范。

巫龙显然太过自负了，他抓住唐松的一只手要上铐。唐松突然反转身，右手卡住巫龙的脖子，左腿使一个绊儿，猝不及防的巫龙仰面摔倒，脑袋重重地磕在坚硬的水泥路面上，一下子昏了过去。唐松把巫龙的双手铐住，然后飞身上了车门还开着的警车，唐松紧打方向猛踩油门，车从大门口飞一般地冲了出去。

一切都在瞬间逆转。

门口的警察不明就里，见是局长的车想敬礼，胳膊还没抬起来，车已经飞出去了。

一个警察说："这车开得太生猛了。"

另一个接话说："巫龙家里着火了吧！"

转眼间，毕其功局长的座驾和犯罪嫌疑人唐松都没了踪影。

毕其功、曲啸、苟大海正在小树林里研究收捕方案，巫龙戴着手铐跟跟跄跄地跑过来，声音里面带着哭腔："他把我的车抢走了。"

"什么？"毕其功有点儿不相信自己的眼睛和耳朵。

"怎么回事？"苟大海急眼了。

"我我……我开车过来，碰见了他，想下去抓个活的，没想到……"巫龙眼泪都要掉下来了。

一听就明白了。毕其功怒不可遏："丢人！"对着巫龙的屁股就是一脚飞踹，巫龙瘫在地上，羞愧得无地自容，恨不得找个地缝儿钻进去。

"赶紧追！"毕其功失态地大叫。

"集合！"苟大海从牙缝儿里挤出两个字，然后自顾向外边走去。

毕其功赶紧跟上："通知人把出城的路口全封了。"

"来不及了，等人和装备上去，他早出去了。"苟大海回答。

"那怎么办？"一向淡定的毕其功有些无措。

"通知交警全体上路，首先要弄清他在哪条路上。通知全市所有的收费站,注意发现您老人家的座驾,还好,陛下的车特征明显,容易发现。"苟大海语带讥讽。

毕其功喉结打了一个滚,生生把到嘴边的话又咽了回去,他感觉自己在苟大海面前矮了三分,他低声回了一句:"就照你说的办吧。"

曲啸没有跟他们,他边扶起巫龙边朝旁边的人问:"谁有手铐的钥匙,快打开快打开,成何体统!"

李德摇摇头:"没有。"

商凯乐说:"钥匙应该在车上吧。"

马多多摊开双手:"没办法。"

潘小小很不满地跳脚:"你们,你们就不会想想办法?"

"你想办法,我们先去抓人,人抓到了就有办法了。"边说,几个人边追毕其功和苟大海去了。

"我也是好心哪!"巫龙铐着双手蹲在地上,眼泪流个满面,满肚子委屈,曲啸和潘小小留也不是走也不是。

毕其功和苟大海赶到市局指挥中心。

交警对讲机报告:"车上了广汕公路,往汕头方向。"

苟大海拿着对讲机:"离伊秋的边界还有多远?"

"边界处有个伊宁收费站,有45千米。"对讲机回答。

"收费站几条车道?"

"三条。"

"车快到的时候,你们用三台大货车把三条车道全占了,堵死他。"

"老大,我们交警没有配大货车啊。"

"榆木脑袋啊,路上征用,撞坏赔钱。"

"是，坚决完成任务。"

毕其功问指挥中心："最近是哪个派出所？"

"伊利派出所。"

"给我接通。"

指挥中心把话筒递给局长。

"我是毕其功，把你们所里所有的警车全开出来，沿广汕公路去追一部车。"顿了一下："我的车。"

"您，您的车？不开玩笑吧，局长？"

"开什么玩笑？这是命令！要人车俱获，车要给我扣下，人要给我抓住，要活的。"毕其功厉声说。

"是，明白！"

曲啸听明白了："前后夹击，插翅难逃。"

"部署完了，走，我们去现场。"苟大海提议。

"走。"毕其功点点头。

"坐我车吧。"苟大海说。

毕其功阴着脸没吭声，自顾往前走。

曲啸在后面用手指指苟大海，凑近低声说："你嘴上积点儿德吧，别哪壶不开提哪壶。"

唐松驾着警车一路狂奔，这条路他熟，再有十几千米过一个收费站就出伊秋边界了，而那边是他的老家。到了那里他就如鱼得水了，那里的大街小巷他都了如指掌。

收费站就到了，但三条车道都有一部大货车，唐松拼命按喇叭，大货车纹丝不动，唐松明白了，这是专门堵他的，事情远没有他想象的那么简单，这帮警察精着呢。他紧急掉头往回开，但远远看见好几部警车冲过来，眨眼间就到了跟前，他铤而走险想鱼死网破，直对着警车就撞了过去，警车在两车相撞的一刹那，右打方向盘避了过去，但随后而至的第二部警车对着他的车撞了过去，车翻倒在路肩上，前挡风玻璃碎了一地，唐松满脸是血，刚爬出来，就被派出所的民警抓了个正着。

毕其功、曲啸、苟大海赶到，人已经押走了，现场乱哄哄的，路过的车都停了下来。毕其功的车素面朝天，里面有个声音不停地叫唤："您的车门没关好，您的车门没关好。"

苟大海一拍脑袋："您这车装了GPS？"

毕其功："去年装的，市纪委统一装的，不是防止公车私用么。"

苟大海："您早说呀，费这劲干吗，GPS可以远程断油锁车。"

毕其功："是呀，邪火攻心，心火攻头，一下子整糊涂了，把这茬儿给忘了。还好，人到手了，也没伤亡，要是有个三长两短，我就该脱警服回家了。"

苟大海："陛下要淡定。"

毕其功："淡定你个头，我现在还一肚子火呢，这个巫龙，我回去才跟他算账呢。"

苟大海："早餐还吃吗？"

毕其功："自己去吃吧，我还有正事儿呢。你在这里打扫战场，赶快恢复交通，车我先征用了。"说完，拉开车门，坐进苟大海的车，又摇下车窗对曲啸说："你还在这干什么？一起走。"曲啸赶紧上了车。

潘小小："局长开车技术不错啊。"

苟大海："我估计，陛下以后再也不带司机了。"苟大海突然想起什么，"你还不赶快送手铐钥匙去？！"

潘小小："我忘这茬儿了，巫大哥还哭着呢。"

四

苟远山的病发展得很快。

苟远山已经咽不下去固体食物了，到嗓子眼儿那里就卡住，只能喝点儿流食，长时间不吃食物，胃里空荡荡的，心里百爪胡挠烦躁不安，最明显的表现是坐不住躺不下，安稳不了几分钟就得站起来在走廊走几圈。特别是晚上睡不着，一夜不知要从床上爬起来多少次，一遍一遍地看走廊上的挂钟，感觉夜太长了，王攀都快顶不住了，所以这几天，苟大海尽可能地过来陪夜，两个人有个替换会好一些。

那天楚红给苟大海带来了饺子当晚饭，说是她们同事在东北饺子馆聚餐，顺便带来的，还热着呢。苟大海刚掀开盖，苟远山突然说给他一个吃，十几天没尝过肉味，嘴里淡出个鸟来。苟大海没多想，把碗端给老爷子，苟远山伸手捏起一个塞到嘴里，但紧接着就是一阵令人窒息的咳和呕，脸都憋得通红，楚红赶紧把饺子从他嘴里抠出来，老爷子躺在床上好半天喘不过气来。苟大海心里难受，端着饺子就出去了，楚红两眼含着泪花跟出去。苟大海把饺子直接倒进楼梯旁的垃圾桶，楚红哭了，一把抱住苟大海："大海哥，对不起，我不该……"

电梯门开，李侠走出来，一扭头发现楼梯那边的苟大海和楚红，她一下子怔住了。苟大海抬起头，和李侠四目相对，手中饭盒"啪"地掉在地上。楚红感觉异样，手还在苟大海的腰上，留也不是抽也不是。

为了让苟远山睡觉，催眠的药量越来越大，冬眠灵都用上了，直接静脉推进去，医生都有点儿害怕了。苟大海一直在鼓励医生："用吧，用吧，真有什么后果，我承担，我是他儿子。我宁可他一觉不醒，也不想看他这样遭罪。早知这么惨，上次你们不抢救还好。"

医生说："这哪是你儿子该说的话？"

苟大海："只有亲儿子才敢这样讲啊。"

医生想想说："理儿是这个理儿，但于情不忍啊。我们干这行，生离死别见多了，最绕不过去的就是情和理两个字。"

苟大海："还有什么办法吗？合情合理的。"

医生："插管吧，到时候了。"

苟大海："插管？"

医生："从口腔插根管子进食道，在肿瘤中间挤出一个通道，确保食物通过。物理做法，权宜之计，治标不治本，但能保证一段时间的生命质量。"

苟大海："插管之后能吃饭吗？"

医生："能。"

苟大海："能吃肉吗？"

医生："能。"

苟大海："能喝酒吗？"

医生："能。他不一直在偷着喝吗？"

苟大海："敢情你知道啊？"

医生："看不见还闻不到，酱香，一准是茅台。这也是亲儿子干的吧？"

苟大海有点儿不好意思："谢您理解，老爷子就好这一口儿。插管之后，像您说的这状态能保持多久？"

医生："这不好说，因人而异。看肿瘤生长和扩散的情况，时间长的有三五个月的，短的有十天半个月就又塞住了的。两三个月的占多数。"

苟大海："一星期都干，让老爷子吃顿饺子喝顿酒。做！"

苟远山的大女儿、苟大海的姐姐敬意回来了。

敬意定居南非好多年了，也已经好多年没有回国回家了。这次回来是苟大海打了电话给她，告诉她老爷子时日不多，已经走到了生命的尽头。敬意和苟远山早些年闹翻了，从此敬意一走了之。闹翻这件事情和原因只有毕其功几个人知道，敬意出国留学，本来是在英国，但她在学校里认识了一个南非的同学，后来两个人坠入爱河，毕业后两人决定去南非结婚定居。敬意向父亲苟远山报告，苟远山非但不同意，而且勃然大怒。原因是敬意的这个同学不仅仅是个外国人，还是个非洲人。苟远山说我可以接受个外国人，但让我接受个非洲人我受不了，在伊秋你让我怎么抬头见人？敬意也不让步说你这是种族歧视，我结婚是为了爱情，不是结给别人看的，我不考虑别人的眼色。苟远山说你要跟这个非洲人结婚就别进我这个家门。敬意说不进就不进，摔门而去。苟家的人个个都是宁折不弯绝不服软的火爆脾气。

敬意带着行李直接来到病房，一眼看到父亲穿着病号服闭着眼睛躺在床上输液，瘦削的脸颊上颧骨突出眼窝深陷，一下子控制不住情绪，行李还来不及扔到地上，就咕咚跪在地上抱住父亲，哭着说："爸！"

苟远山吓了一跳，睁眼一看是女儿敬意，咧嘴乐了："咦，你咋来了？"

"爸，我来晚了。对不起。"

"不晚，不晚，没那么快，阎王爷门口人多，我还排着队呢，一时半会儿还轮不到我。"老爷子看见行李："你还没回家呢？"

"您在哪儿，哪儿就是家。我就住这陪您了。"

"欧文几岁了？"老爷子问的是敬意的儿子。

"三岁，调皮死了。"

"我还没见过呢。"

"叫他来？可，可他是混血儿。"

"什么血也是我外孙。叫他爸一起吧，总归我要见见，要不，就见不着了。"

敬意的眼泪夺眶而出："谢谢爸爸，我这就打电话，叫他们明天，不，今天就去订飞机票。"

在做插管的时候，敬意和苟大海发生了争执。

苟大海坚持要给父亲实施全麻，麻醉医生认为病人年纪太大，不符合全麻的要求，不同意。苟大海说愿意写个保证书，真的在麻醉过程中出了问题，家人承担全部责任，绝不追究医院的责任。看苟大海这么坚决，医生有些犹豫。

这时敬意讲话了，她说：我们应该听医生的，他们有专业标准，不能冒这个风险。敬意在国外待久了，忘记了中国凡事都可变通。她还有一个内心深处的想法，她刚回来，才陪了父亲不到一天，丈夫儿子还在路上，她可不想父亲上了手术台下不来。

苟大海说："医院都是过于小心谨慎，安全系数很高的，上次胃管检查也说不行，后来打了麻醉，不是啥事儿没有？他们是怕万一。"

敬意："我也怕万一。"

见家属意见都不一致，医生更坚定了不打麻醉的意见，他说："这次和上次有所不同，上次病人的体质还很好，现在由于很长时间靠流食和输液维持，体质下降了很多，全麻的风险当然也大了很多。我们是有规定的，上了80岁的病人，我们原则上不实施全麻。再说了，这种插管手术无创伤，技术很成熟，给你父亲做这个手术的是国内第一高手，中国第一例的插管手术就是他做的，十几年做了成千上万例了，从没出现过问题。所谓痛苦，只是一小会儿，忍忍就过去了。老爷子意志像钢铁般坚强，这点儿考验小意思了，你们就放心吧。"

苟大海还想坚持："我们听一下老爷子的意见吧。"他认为父亲一定坚持全麻醉的。

医生说："这是规定，我们不征求病人的意见。是因为和你们熟，有私人方面的情谊，才和你们沟通一下的。"

敬意扶住弟弟的肩膀说："我们听医生的。"

苟大海很不满，回头瞪了姐姐一眼，一抖肩膀把敬意的手抖掉，动作很不友好。

敬意不以为然，她太了解苟大海了，知道他就这臭脾气。

楚红把苟远山推进手术室。临关门时说："我在里面，你们放心。"楚红不在这个科，她是专门要求过来协助的。苟大海很感动，但心里也很纠结，那天那尴尬一幕发生后，李侠再也没有和他说过一句话，苟大海想解释，但又不知从何说起，而且怕解释不清楚反而越描越黑。

手术进行了半个多小时，手术室门打开了，楚红推着老爷子出来，笑着向苟大海示意，意思是很成功很顺利。戴着口罩和手套的医生也向苟大海竖起大拇指，苟大海没弄清楚，这大拇指是表示手术效果很好还是老爷子很坚强。苟大海心里一直很难受，一根管子活生生地从嘴里插进去，该是一种怎么样的折磨。

老爷子脸上全是汗，眼睛闭着，一直被推进病房。中间苟大海想接过来推,被楚红轻轻挤开,挤得很温柔也很自然,好像没什么,又好像隐隐约约传递出一种亲切和娇羞,苟大海好像感觉到了什么但又说不清是什么。那天偶然的一个细节,一下子在三个人心里泛起一圈又一圈的涟漪。

在病房,苟远山睁开眼睛,长出一口气:"像受刑一样。"看见苟大海:"你小子说话不算数,你不是说过不让我遭罪吗?"

苟大海的心像被针扎了一样,他对老爷子说:"仅此一次,下不为例,再有这种治疗,一定全麻,天王老子说也没用,我替你做主。"这话带着三分气,明显是说给姐姐敬意听的。

敬意微微一笑,对她来说,结果比什么都重要。

医生说:"下午就可以喝粥,明天您想吃啥就吃啥吧。"

医生的话一下子让大家都兴奋起来,楚红火热的眼神和苟大海短兵相接,苟大海不知所措赶紧闪开了。

五

刑警队的政治学习日。

苟大海正襟危坐,清了清喉咙,扬扬手中的文件,严肃地说:"都把手机给我关了,现在学习局里的最新文件。你来念。"他把文件塞给刘智云。

刘智云看一眼题目,乐了。

苟大海:"政治学习,你给我严肃点儿。"

刘智云:"我开始严肃了,大家认真听。关于苟大海同志打人错误的通报。"

刑警队会议室的人全乐了。

苟大海没绷住,也乐了。

刘智云："2010年5月2日，刑警队队长苟大海在办案过程中，发生打人错误行为，现将情况通报如下……"

苟大海打断他："行了，过程省去吧，当时大家都看到了，直接念后面的。"

马多多："当时没看清，我想再复习一遍。"

商凯乐："我也想。"

潘小小："当时我送材料去了，没在现场。"

李德："听说声音十分清脆。"

苟大海把眼一瞪："起哄是不？一会儿省出时间还得谈正事儿呢，直接念后面的教训。"

刘智云："苟大海同志的错误是严重的，教训是深刻的，作为一名中层领导，一名共产党员，一名人民警察，不能从严要求自己，不能以严格的纪律约束自己，不能以身作则率先垂范，特权思想严重，在一定范围内造成了不良影响。希望各级公安机关广大公安民警切实从这起错误事件中吸取教训，举一反三，防微杜渐，坚决杜绝此类事件再次发生。传达完毕。下面根据惯例，请同志们分别谈谈感受和想法。"

苟大海："其他人不用了，我来谈，谈完你们给我干活儿去。这个文件收到后我想锁到抽屉里，或者直接扔垃圾桶里，这种事我干多了，但仔细想了下，还是要组织大家学习。一是大老爷儿们要敢做敢当。事儿是我做的，丑也应该我出，当众出出丑，有利于长记性；二是借此提醒一下大家，时代不同了，很多坏毛病要改。这警察打人就是坏毛病，我们常给自己解脱，说打的不是好人，坏人也不能打，不是说人格平等么，我带头改，在刑警队我都不做的事就是高压线，谁也不许碰。州官都不点灯了，你们还敢放火？三是平常心办案。警察是一种职业，是干活儿挣钱的职业，不要看得太神圣，尤其是不要成天满腔怒火疾恶如仇，对那些人渣你要看不过眼你要忿不过气，你就从案件上下功夫，挖地三尺在证据上做死他，让他受到应有的惩罚，让法院多判两年比打他两拳踹他两脚更能解气。我讲完了，讲对了的要认真执行，你认为不对的是你理解能力有问题，理解的执行，不理解的也要执行，在执行中加深理解。政治学习到此结束，专案组留下，其他人解散。"

潘小小有些意犹未尽："这就完了？"

马多多问："不让谈感想了？我这还有很多话要说呢。"

商凯乐："我这也憋着呢。"

苟大海："让你们说话就成老子的批斗会了，我还看不出你们那点儿小心思？这都是当年我玩剩下的，该干吗干吗去。"

其他人散去。

苟大海："对唐松的审讯要加大力度。这小子不是个善茬儿，软硬不吃，是块难啃的骨头，但我们全案的线索都在他嘴里，他的嘴撬不开，我们就没办法往前走。这是个节骨眼，很对不起大家，我要请个假，陪老爷子回趟东北，我家老爷子的情况你们都知道，这时候他有这个心愿，我一定要满足，刑警队队长谁都能替，给人当儿子只有我自己来，三五天就回了。唐松的事就拜托大家了。"

刘智云："你放心去吧，这里有我呢。"

李德说："放心，放心，不就一个唐松嘛，您就擎好儿吧。"

能吃东西真是一种享受，苟远山体会太深了，虽然有根管子不舒服，但相比食物的美味苟远山已经不在乎了。在医院观察了一天，医生就说可以出院回家了，大家都很高兴。

苟远山心里清楚，这只是权宜之计，不知道能坚持多久，这是生命中最后一段属于自己的时间了，他要抓紧把未了的事情做完。

他说回家收拾一下，马上去趟东北，去他当年出生成长的地方再看看。苟大海很理解，他认为这是老爷子在跟这个世界告别，同时也很伤感。

出发这天很多人来送行，楚鹤村一家都来了。

大嫂拿来一件皮衣："那边天凉，带上它，早晚的时间穿，这是歇武的朋友从香港带来的，你看这质量，就是不一样，又软又轻。"

敬意说："衣服带够了。"

大嫂坚持："这件穿着舒服，来，您先试试，看合不合身。"说着就给苟远山往身上套："看看，看看，多合适，就像比着买的，像量身定做的一样。"

楚歇武熟练地低下头，在断臂的协助下，用嘴从上衣兜里叼出一沓钱，旁边的妹妹用手接过来，递给老爷子。楚歇武说："一点儿心意，路上买点儿吃的。"

苟远山说："路上哪吃这么多？"

楚歇武："那就到那请老朋友们吃个饭。"

苟远山："我哪能要你的钱？"

楚歇武："您这就见外了。嫌少是吧？"

大嫂也劝："拿着吧，拿着吧，这是歇武的一片心意。"

苟远山觉得有些为难。

楚鹤村想岔开话："你出这趟门也提醒了我，我们这把年纪，是要回去看看了。我打算这两天也回老家看看。"

苟远山有些意外："不是老家没人了吗？"苟远山知道，楚鹤村的老家是江苏徐州郊外的一个村，当年台儿庄战役的时候，整个村都被日本人毁了，说毁得那个惨啊，连一个会喘气儿的都没留。

楚鹤村说："天不是那片天了，地还是那块地，故土难舍，越老越想家，原来只是梦里想想，你这一走，把我的心也给搅动了，这一动就收不回来坐不住了，村口那棵老槐树，院子里那两棵老枣树不知还在不在，我们楚家的祖坟上草也不知有多高了，我们这离家的游子像没根的浮萍随波逐流，探不到底也靠不到岸，眼看快灯黑灰灭了，看一眼心安。"

苟远山有些诧异："你今天怎么了？我刺激你了？"

楚鹤村："年纪越大，心越沉不住了。"

苟大海顺手把钱拿过来："这钱给您做路费，这样就不用你来我往的了。要不，我还得再给您，来而不往非礼也，咱们把程序省了。"说着塞进楚鹤村的衣兜里。

楚歇武很无奈："咱们这么多年的关系，你还是太客气了。你们都是挣工资的，那俩钱儿不经花。我手头宽裕，算劫富济贫了。"

苟大海："你富到什么程度我不知道，我还没贫到连个路费都为难的地步，真穷到那份上再劫你。听说，你刚盘下来的那医院动作很大？"

楚歇武看了一眼大嫂："大嫂肚里存不住话，刚有些想法。"

苟大海："想法很好啊，像个做大事的。"

楚歇武："民营医院是个方向，国家也鼓励，就是资金投入大，这是好事，我的想法是真回不了本就当做慈善了，像这次，我可能让十几个人能重新站起来，我自己就是残疾人，感受比别人更深。"楚歇武接着说，"医院我都能做，给伯父拿点路费不过是九牛一毛，一点儿心意而已。"

楚红说："算了，你还不知道他的性格！"

苟大海怕尴尬接着说："你要钱多，就等我们回来接风吃饭，吃好的吃贵的。"

楚歇武："一言为定。九连山酒店的野味很不错，有些稀罕玩意儿，你们回来就在那里摆酒，我提前叫他们留点儿好东西。哪天回来？"

苟远山："你都把我说馋了，好了，不送了。"他又握住楚鹤村的手："你也保重，一路顺风。"

苟大海："回来前给你打电话，你现在用哪个号码？听说你有好几个号？"

楚歇武："谁说的？又是小红说的？还是老号，用了多少年了没换过。那天一个朋友送我一个电话，说是电信的，里面带卡，我试着拨了一个小红的电话。"楚歇武转过来问小红："你就当成我的新号了？"

楚红："我跟大海哥聊天时也就那么一说。"

苟大海："我就这么一问。好，还打你老号。"

这时，李侠带着元帅匆匆赶过来："我公司有点事儿，来晚了。"

元帅一把抱住苟大海的腿："爸爸，你怎么不带我去？"

苟大海俯下身摸着元帅的头："下次带你去，等几天我们家会来个小黑鬼，还要你带着玩呢。"

敬意："说什么呢？谁是小黑鬼，这在美国要抓你坐牢的！"

苟大海："对不起，这是在中国，中国叫小鬼是亲切的意思，黑是健康的颜色，小黑鬼是昵称，我是他亲舅，才这么亲切。"

敬意白了他一眼。

楚红看见李侠，不自然地把脸扭到一边，装着欣赏那满树的木棉花。

苟远山的老家在黑龙江省伊春市一个叫六营的地方，这是当年杨靖宇的抗联第六营驻扎和活动的区域，是小兴安岭的腹地，当年野兽出没的深山老林。解放后，政府开发小兴安岭，从山东移民过来，主要是开采红松，后来树快砍没了才觉醒过来，赶紧又保护，保护就是不让砍树了，不砍树大量的伐木工人和他们的后代就没太多生活出路，当年热闹的六营人口剧减，特别是青壮年几乎全走了，都去北京、广东、海南打工去了，青山绿水的六营只剩下萧条和安静。

苟远山当年的伙伴健在的已经不多了，陪他们的是远房的堂弟，也已经70多了。堂弟按苟远山的要求，带他们来到他们当年的家，这里已经是一片高大整齐的白桦林，淹没在一望无际的林海中，苍狗白云，哪里还有一点儿人曾经生活过的痕迹。

他们在茂密的灌木中非常吃力地走了很久，堂弟才说："就是这里了。"苟远山、苟大海、敬意喘着粗气停下来，一脸茫然，这就是一片原始森林嘛。苟远山也找不出一点儿记忆，这么陌生。

堂弟指着前面说："还记得那块大石头吗？大石头后面就是你们家，我家挨着你们家。"苟远山的记忆慢慢复苏，但只有这块大石头，再也没有别的痕迹，连脚下的土地都是这样松软肥沃。

苟远山说："那大石头旁边应该有一口井，当年我养的一条小狗曾经不小心掉进去，打捞了半天才把它救上来。"

堂弟说："快别提你那狗了，你走之后它一天到晚找你，偶尔回趟家，一看你不在，连东西也不吃，扭头又跑了，最后再也没见过它。打猎的老孙头说在小火车道旁看到它的尸体，皮包骨头就剩一副架子，在旁边挖坑给埋了。"

苟远山："我也经常想起它，一想心里就难受，怕难受我从来不敢打听它的情况，也从此不再养狗。狗是通人性的东西。"

苟大海说："跟人打交道越多，就越喜欢狗。"

堂弟扶着老哥走到大石头旁，用手指着一个长满一人多高蒿子的圆坑说："这就是你说的那井。"

苟远山感慨万千。

白云飘飘，松涛阵阵，这一切真实得有些虚幻。

苟大海对旁边这棵千年的红松很感兴趣，笔直地耸入云天，堂弟撇撇嘴不以为然："这算啥，当年这漫山遍野全是红松，砍了几十年，就剩这一片了，要不是这里是山坡，到处是乱石，修不了路，拖拉机开不上来，连这片都剩不下。"

苟远山对敬意说："我死了你们就把我埋在这儿。"

敬意说："瞎说，多不吉利呀。"

苟大海说："您真会选地方。山清水秀，林海雪原，以后我也来，来陪您。这里负氧离子多，在这里酒量都会变大，以后叫元帅每年要多送几瓶茅台来，要不不够咱爷俩喝。"

敬意嗔怪说："你这张破嘴到现在还是没个把门儿的，一天到晚胡嘞嘞。"

苟远山说："行了，我们走吧，看了老家还选了墓地，这趟值了。还有一件事，我也要把它了了，走，带我去孙二娘家，听说这老太太身子骨还硬着呢。"

苟大海："孙二娘？梁山卖人肉包子的？"

苟远山："别胡说，当年是我家的邻居，年轻时人长得漂亮着呢，细高个儿，身材又好。"

苟大海："哦，我明白，谁没年轻过？人不风流枉少年哪。"

苟远山瞪了他一眼："一会儿该你哭了。"

堂弟："这大侄子一块儿去？"

苟远山："当然，就是因为他才来的。"

苟大海："关我啥事儿，我是陪您来的。"

这是近几年才修的水泥路，在森林里依山就势蜿蜒曲折，路面平坦，也没有车辆，偶尔会遇到几个骑自行车采蘑菇或木耳的，车的后面驮着鼓鼓的蛇皮袋子。还有的自行车就歪靠在路边，旁边是一堆刚采下来的蘑菇和山野菜。

孙二娘家在平原林场，当年采伐木材的时候形成的聚居点，慢慢成了一个村落，由于这些年天然林保护，停止了采伐，这村落也悄悄败落，有门路的都搬走了，空了的院子长满了蒿子等野草，这片黑土地是成千上万年来树叶腐殖而来的，土壤非常肥沃，只要有片空地，马上就有野草生机勃勃，挡都挡不住。现在只剩下为数不多的几户了，孙二娘家在最后面。

推开木栅门，堂弟喊："老孙婆子，在家吗？"

堂屋的门打开，一个胖老太太走出来："三狗子啊，这么稀罕，我这门你可是有段时间没来过了，今天这是刮的什么风把你吹过来了？"

"啥风都没刮，我是抽风。你看，我给你带谁来了？"

老太太看见后面这三个人，眯着眼打量这个瘦高瘦高的老头，然后再瞅瞅后面的苟大海和敬意："上门追债的？我孙老太太没借人家钱啊。"

东北人都有天生的幽默细胞，苟大海一下子喜欢上这老太太了，看着老太太喜庆得满面春风打心眼里觉得亲切，他趴在敬意的耳朵边说："这老太太好玩儿，我喜欢。"

"看看他是谁？仔细看看。"堂弟指着苟远山对老太太说。

老太太再细细端详，突然眉梢一挑："哎呀妈呀，这不是远山大哥嘛，我还以为见不着活的了呢，你咋来了？快快，屋里坐。"

一行人屋里坐下，孙二娘手脚麻利地沏茶倒水，然后问："这两位是……"声音有些异样。

苟远山指着敬意说："这是女儿，叫敬意，嫌姓苟难听，把祖上的姓找了回来，姓敬了。"然后又指着苟大海说："这个就是就是……现在叫苟大海。"

老太太声音有些发抖："大哥，当年咱不是说好了嘛，这就是您亲儿子，永远不提这茬儿，您怎么……"

苟大海和敬意觉得不对劲儿，面面相觑。

苟远山："我快活到头了，食道癌，晚期，我不能把这个秘密带进棺材里去。趁活着，带他过来认认门儿。大海，这是你妈，你亲妈。"

苟大海嘴张得老大，简直不相信自己的耳朵："这玩笑整得可有点儿大啊，你们在编电视剧啊，这情节太离奇了吧。"

老太太眼泪出来了，直勾勾盯着苟大海看，看得苟大海心里直发毛。

堂弟的眼睛也湿润了，他咳了一声，清了清嗓子："这是真的，我来说吧。"

苟远山和老太太都朝堂弟点头，觉得由他来说这件事比较合适。

堂弟说："大哥家和孙家是邻居，两家处得好，就像一家似的。大哥当年年轻气盛，看不惯小日本在中国胡作非为，要当兵打小日本，当年日本往咱们这嘎达移民，好像这是他们家似的。他们来了很多人，拖家带口的，正经过起日子来了，每家都分了地，还任命了村长，整天呜哩哇啦地开会，特别气人。可大哥家里就这一根独苗，全靠他传宗接代呢，家里不许大哥去。有一天夜里，大哥气不过就把村长家给点火烧了，日本人挨家搜人，孙家把大哥给藏了起来，躲过风头，又备了盘缠和行李送大哥出去了。大哥从此走上革命的道路。没过多少年，老孙头在林子里打猎，被黑瞎子，就是黑狗熊舔了脸，那个惨啊，半边脸都没了，疼得直叫唤，叫唤了一星期，还是咽了气儿，活活疼死的。顶梁柱倒了，孙家生活揭不开锅，那时你才5个月，你妈没奶，也没吃的，饿得天天哭，你上面还有三个哥哥，挨肩的，你妈没办法养活四张嘴，一跺脚，抱上你就去了哈尔滨，去找大哥去了。那时，大哥在哈尔滨干革命，结婚没多久，敬意还不会走路。你妈把孩子送给大哥大嫂，说你们不收，孩子就会饿死。大哥大嫂收下了，你妈说送给你们了，就是你们自己的儿子，永远不会往回要了。后来，大哥大嫂随着队伍往南走了，最后在伊秋安了家，这件事再也没人知道。"

敬意也是听得目瞪口呆："爸，你们这故事太吓人了，你们还有多少我不知道的故事，我，我是您亲闺女吧？"

堂弟说："你，当然是了，这小子不是。"

苟大海问老爷子："这是真的？"

老爷子指着老太太："这是你妈。"

苟大海："您怎么也不提前透个风什么的，这太突然了。"

苟远山："叫妈。"

苟大海努力了好几次，也叫不出来："我叫不出来，我先给您磕个头吧。"说着扑通朝老太太跪下，认认真真地磕了个头。

老太太怜爱地看着苟大海，想上前又觉得有些陌生，用围裙擦着不断涌出来的泪水："既然这样了，把你几个哥哥都叫来认认吧。"

去叫人的当口，苟大海对敬意小声说："这，这就，捡一妈？"

敬意："你亲妈。"

苟大海："我还说呢，咱俩只相差11个月，那兵荒马乱的，老人家有些事没放松啊。"

敬意："怪不得，我天生丽质，你尖嘴猴腮，长得距离怎么这么大，原因在这里，终于弄明白了。"

这时，三个东北壮汉进来了，一个个爽朗地笑："嘿嘿，这就是老四吧。"有的上前紧紧抓住苟大海的手,有的搂住他的脖子,苟大海快晕过去了。

苟远山、敬意、苟大海一行回到伊秋。

李侠开车来接,他们大包小包地带了一大堆山货特产,元帅挨个包打开,很失望:"全是吃的,怎么没有玩具啊,爸爸,你不是说出差就给我带玩具的么,爸爸说话不算数。"

苟大海说:"爸爸不是出差。"

元帅:"那你们是去干吗?哼,还不带我。"

苟大海:"爸爸,爸爸给你认了一个奶奶回来。"

元帅没听明白:"奶奶?"

李侠也不解地看着苟远山和敬意。敬意说:"回家再说。"

苟大海对李侠也是对大家说:"你们先回家,我去一下队里。"

敬意:"公安局着火了?还没进家门呢,你至于嘛。"

李侠一脸漠然,敬意看看苟大海,再看看李侠,觉得这俩人见面连句话都没说,有点儿不对劲儿。苟远山说:"去吧,去吧,肯定遇到事了,这两天我看他接电话都气急败坏的,还骂人。心里装着事儿,不处理完不踏实。"

接苟大海的警车也到了,苟大海上车。元帅问:"爸爸,你去哪里?"

李德从驾驶室里探出头来:"去抓坏蛋。"然后李德拿出一包玩具:"摩尔庄园卡丁车,喜欢吗?"

元帅一下子欢呼雀跃:"是五个一套吗?是一套耶。太棒了,喜欢,喜欢。李叔叔,你帅呆了。"

李德对李侠说:"嫂子,我们就借用一会儿,晚上保证把他送回来。"

六

刑警队会议室。

刘智云："电话里都给你讲了，这唐松一个字都不吐，连续审了好几天了，也换了好几拨人，都拿不下来。我干刑警20多年了，见过油嘴滑舌的，见过铁嘴钢牙的，这种一个字都不说的滚刀肉第一次碰见。对不住了，让你休个假都不安心，是我无能。听说你连家都没回？"

李德："刑拘的期限快到了，我们手上证据有限，再挖不出别的料，恐怕检察院那边批不下来，接下来就被动了。陛下来问好几次了，那脸阴得，都能拧出水来，好像我们都借了他的钱不还似的。"

商凯乐："唐松的心理素质极好，好到病态，那天安排他和王晰川碰面，王晰川指着他的鼻子骂，他愣是一点儿反应都没有，甚至没有给她一个正眼，好像和他无关。"

马多多："他个人的情况我们一无所知，身份都没弄清楚，想来个外围突破都不知道从哪里下手。那天我和凯乐跟他耗了一个通宵，他坐在那里硬是连动都没动一下，我是说动都没动一下，小便就直接尿裤子里了，他走了之后地上流了一摊尿，整个审讯室都臊烘烘的。你说，这是人吗？"

潘小小："抗拒审讯的方式有很多种类，这种算是最极端的了吧？我听说后都觉得不可思议。"

李德有点儿奉承也有点儿将军："你可回来了，下午你来试试，正好也给我们上上课。"

苟大海："越不开口越是大鱼，要只是个送货的早撂了。他知道的东西太多太重要，才打死都不开口。"

刘智云："你说得对，这道理我们都懂，问题是现在怎么办？生生卡在这里了，像喉咙里的一根鱼刺，吞不进去吐不出来。这两天我一看到陛下的电话就害怕,你可回来了。小马,你告诉毕局,说苟大海回来了,叫他有事给队长打电话,别再找我了,每次接他电话都整出一头汗,他那故作和蔼的腔调太让人受不了:'老刘,你们辛苦了,情况的进展给我说说呀'。要有进展不早屁颠屁颠找你汇报去了?活脱脱一个和蔼可亲的周扒皮。"

苟大海:"他不开口有不开口的办法,刑诉法规定,刑拘的期限从他交代自己的真实身份开始算,老子可以合法关死他。"

刘智云:"问题是这案子就搁这了?还有老毕像追债一样,这几天我远远看见他都绕着走,生怕他再给我和蔼几句。"

苟大海:"道高一尺,魔高一丈,办法总比困难多,我们这么一群大活人不能让泡尿给憋死呀。"

李德:"我们知道您尿得好,您倒是尿一个给我们看看,我们望眼欲穿呢。"

潘小小用笔敲着笔记本:"我可原话记录了。"

苟大海:"尿得找地方,不能随地乱来。李德,你给看守所彭所打个电话说我去看守所。"

李德:"提审?"

苟大海:"不审了,你们问不出来,我也问不出来,我也不比你们多长一张嘴。"

李德:"那你去干什么?"

苟大海:"尿给你看,叫你知道还有一种尿法。"

七

看守所。

全副武装的看守打开 20 号仓门:"进去!"然后将一个穿黄号

衣的中年人推了进去:"又来一个,腾个地儿。"

里面有人大喊:"没地儿了,这都挤死了。"说话的是蒋大,这个仓的头儿,几乎每个仓都有个头儿,不是管教指定的,也不是民主选举的,是靠拳头打拼出来的,这被警方称为牢头狱霸,属于要打击的那种人,但防不胜防,打不胜打,这种地方就出这种特产。

"皮痒了是吧,蒋大,你哪来那么多废话?"管教很不客气。

"嘿嘿,政府,我说的是实话,您看,这么大地方挤了 20 个人,睡觉都轮流来,再来一个,哟,还这么大块头,杀猪的吧。"

"杀人的!"新来的大个子恶狠狠地说。

听到声音,最里面角落里突然坐起一个人来,这人是哈雷。

哈雷一看,差点儿叫了出来。

新来的竟然,竟然是苟大海。

哈雷刚要说什么,苟大海看着他皱了一下眉头,哈雷赶紧闭嘴。

"凑合着住吧,等出来去住宾馆,那里宽敞。"管教边说边"哐当"把门锁了。

蒋大见管教走了,马上凶相毕露:"凡事都有个先来后到,拜个码头吧。"

苟大海:"码头,怎么个拜法?"

"老规矩,一杯尿,或者一盆水,选一样。"蒋大指指旁边,那里放着一杯黄澄澄的液体,下面是一脸盆自来水。

"都不好喝。"苟大海摇摇头:"不选。"

"哈哈,是个有脾气的,那就老子替你选!"说着一使眼色,周边几个人"哗"全站了起来。

"想干什么?"

"叫你知道点儿这里的规矩。"说着几个人围了过来。

这时，哈雷说话了："这是我外面的大哥，谁也不许动，谁碰他一指头，我晚上把他眼珠子抠出来喂狗。"

蒋大半信半疑："你大哥？"

苟大海："哈雷，你怎么也在这里？"

见苟大海叫出哈雷的名字，蒋大信了："这么巧？警察不知道吧，要是知道肯定不会把你们关一块儿。好了，既然是自己人，那就算了。但给大伙讲讲，犯什么事进来的？"

苟大海："老子在路边盖了一栋楼，村长说是违章建筑，你他娘的当然违章了，不违章我赚谁家的钱去？村长带人来拆我楼，老子晚上把他家给点了。"

"纵火。"蒋大很明白，"死人没？"

"没死，那家伙命大，光屁股跑出来了，毛都烧光了。"

"哈哈，哈哈……"监仓里全笑了。

蒋大很行家地说："肯定没死人，要死人早给你上镣了。"

哈雷说："来，睡我这边。"说着踢了一脚他旁边一个秃头。秃头有些不情愿，磨磨叽叽的，蒋大过来劈头就是一巴掌："想死啊，不利索地滚一边去！"

本仓唯一敢跟蒋大瞪眼的就是哈雷，蒋大平时也对哈雷敬着三分，这里面的人对这个世界的丛林法则心知肚明。

苟大海靠着哈雷侧身躺下了。

早上，刚送完早饭，一碗粥，一个馒头，几根咸萝卜条。看守对着18号监仓一尺见方的窗口喊："136号，出来，调仓！"

随着"哐当"一声大铁闸门打开，136号是唐松，他穿着黄色的马甲趿拉着拖鞋走了出来。对在押人犯来讲，调仓是经常的事，有时候是因为监仓人数的增减需要平衡，有时候是为了更好地管理，待久了容易出问题。但在押人员多不愿意调仓，用他们的话说打生不如混熟，换一个新地方要重新适应，在这种地方，适应有时候是一件很可怕的事。

唐松这次被调到 20 号，大门锁上后，唐松眼前是蒋大有些狰狞的笑容："哪里过来的？"

唐松老实回答："18。"

"多长时间了？"

"10 天。"

"老人了。知道规矩吗？"

"知道。"

"那好，老子就不用废话了，选哪个？"

一个瘦高个儿黄号衣端着一塑料脸盆刚接的自来水，另一个端着一杯尿。

唐松面露难色。

"第三个选择：自己把头蒙上，让我们每个兄弟打五拳，老子手痒好几天了。"

瘦高个儿把脸盆放下，拿一个头套递给他。

唐松看一圈，20 几个人，每人五拳，要老命啊，他把头套扔一边去了。

"敬酒不吃吃罚酒，来，兄弟们，灌尿。"

周边的人一哄而上，唐松想反抗，但没几个回合，他就被死死摁住跪在地上，两个压腿，双手被反剪，一人往后揪住头发，一人扳住下巴，把他的嘴撬开。这些人分工明确配合默契业务熟练动作规范，这套功夫其实都是在自己身上练成的，每个人都被整过，被整的时候痛不欲生，然后再去整人，整人的时候心花怒放。这是一种追偿的快感，在这个地方表现得更直接而已，我们的身边，这种现象也比比皆是。

蒋大笑着逼过来，瘦高个儿把那杯尿递过来。

唐松绝望地怒吼，但他丝毫动弹不得。监仓里像过年一样，大家很兴奋，但都压抑着笑声，怕声音大了招来管教。

"等等。"角落传来苟大海的声音。

蒋大很意外，看着苟大海。

"我替他求个情。"

"你认识？"

苟大海摇摇头。

"那你求什么情？"

"看这个兄弟也是条汉子，我一眼就喜欢上了。"

"喜欢？大哥口味挺重啊。"

"我懂行情，不白求。"说着，扔过两包红中华香烟。

"我靠，还是软盒，你咋带进来的？老子好几个月没闻过这味了。但两包烟就换一个人，有点儿不公平吧？"

"给我大哥一个面子。"哈雷抱着膀子走过来，胳膊上的肌肉一坨一坨的。

"还有什么好东西？老子嘴都淡出个鸟来了。"蒋大的口气有些软了。

苟大海又扔过来一小瓶二锅头。

"啊哈，你大哥神通！放人。"蒋大指着唐松的鼻子："看到了吗？你要好好孝敬大哥。犯什么事进来的？"

"强奸。"

仓内全哄起来。

"龌龊！来这里的都是干大事的，老子就是玩粉的，老子一次就往日本运过去两吨白粉，两吨，你们知道吗？一两就砍脑袋。咱要么不干，要干就干大的，脑袋就这一颗，砍一次是砍，砍两次也是砍，都他妈一年了，这脑袋还长着呢，我都等烦了，等杀头比杀头还难受，过一天少一天，我数着日子呢，数着数着就没了。这里就你是干这种下三滥的，什么年头了，还强奸？满街都是发廊，给俩钱想干谁干谁，想咋干咋干，因为这点儿鸡巴事儿进来，太不值了。等老子喝口酒，你给大伙讲讲过程，让我们也开开心。还有，这几天你负责洗马桶，要洗干净，洗不干净就让你舔干净。"说着，拧开小酒瓶，美美地喝了一口。

苟大海在自己和哈雷中间挤了个地方，让唐松安顿下。唐松："谢谢大哥。"

苟大海："不谢，在家靠父母，出门靠朋友。"

唐松很感动："您就是我大哥，有需要兄弟跑腿伺候的，您吱一声就行。"

苟大海："江湖险恶，谁都会遇到迈不过去的坎儿，咱们互相照应。"

晚上，大家挤在一起睡觉。哈雷捅了捅唐松："到底犯了啥事儿？"

唐松："强奸。"

哈雷："奸你娘个头，还大哥？糊弄哥呢？"

苟大海也转过头来："来这间屋的除了杀人的就是贩毒的，不说实话当心蒋大收拾你，那可是个心狠手辣的主儿，我只能帮你一次，可帮不了第二次，老子就剩那点儿好东西，冒着危险带进来的，全送他了。"

唐松："大哥，不是我糊弄你，这可是要命的事儿，警察那里我都没松口，过那么多次堂了，我都扛过来了，一个字都没吐。"

哈雷："挺能扛啊！"

唐松:"就是一招,不说话,一个字都不说。"

苟大海:"看你像条汉子,我才出手帮你,你要是个窝囊废,早让你喝尿去了。来这里的每个人肚子里都有自己的小九九,就怕你藏不严实。你哪里人?好像潮汕口音。"

唐松:"福建漳州的,挨着汕头,我们那里的方言没几个能听得懂。"

苟大海:"家里还有啥人?"

唐松:"一个兄弟在家种地,一个老娘,眼睛快瞎了。出来想挣点儿钱给老娘治眼,先是在药厂开货车,撞死个人,要判刑的,老板给摆平了。然后给老板跑腿,这回把脑袋拴腰带上,准备挣一笔就撒手,没想到钱还没挣到,人就折了。这现在的警察越来越神了,你多小心都没用,不知道什么时候他就在你面前了。"

哈雷:"警察都是属狗的,鼻子尖,能闻到你味儿。"

苟大海:"哈雷,睡觉吧。"

哈雷:"睡觉,睡觉。我说,你打不打呼噜?"

唐松:"打,可响了。"

哈雷:"靠,那你去那边睡。"哈雷指了指外边。

唐松一脸惶恐:"可别,大哥,帮人帮到底。你先睡,等你睡着了,我再睡。"

苟大海已经鼾声如雷。

看守所审讯室。

刘智云和李德坐在审讯桌旁,看着对面一言不发的唐松。刘智云说:"你准备还是不配合?你当自己是什么人了?不就是个跑腿的嘛,本来不是多大个事,你非扛成个大事不可。你以为你不说话我们就查不到你的底细了,我们是干什么的?你多小心都没用,不知道什么时候我们就在你面前了。"

唐松一惊，猛地抬起头来。

李德接着说："你不仁我们不能不义。你漳州乡下老娘那眼也没多大事儿，医院检查了，就是白内障，一个小手术就能重见光明，现在政府专门有这项服务，一分钱都不要。你不读书不看报，自以为是，放着政府的福利不要，非要去跟着老板卖命，老板是拿你命赚钱的，他会给你老娘治眼吗？"

唐松目瞪口呆："你们，你们怎么……"

刘智云："行了，把你那点儿破事讲讲吧。对我们来讲，你开不开口都没用，我们知道得一清二楚，不过，还是给你个机会，给你个坦白从宽、立功赎罪的机会。"

李德："我们的耐心可是有限的，过了这个村就没这个店了，今天不说就算了，我还有正事儿，以后不来找你了。"

唐松扑通跪下："我说，我说。"

第六章　诀别

一

刑警队会议室。

毕其功、曲啸、苟大海等都坐在会议桌旁。

刘智云:"唐松这次很痛快,这种人点对穴就一溃千里,刚提到他老娘他就傻了,全撂了。他的老板是林风,和王晰川的口供全对上了。他是跑腿的,给小暖送的是一种毒品,说是他们研制的一种新型毒品,为了看效果,拿小暖做试验。林风的护康药业里面有一个车间是制毒的窝点,最早用麻黄素提炼制冰毒,后来麻黄素控制了,原料进不来,停了一段时间。后来说有高人指点,购买新康泰克，就是治感冒的那种，这药里面含麻黄碱的成分比较高，用它来提炼。"

曲啸："亏他们想得出来。"

毕其功："这些人的脑子要干正事儿，不会比电视里那些专家差多少。"

曲啸："这药我吃过，很管用，特别是对鼻塞的效果更好，但用来做原料这成本够高的。"

李德接着说："新康泰克一盒 10 块，他们 10 盒能炼出 1 克冰毒，10 盒也就 100 块钱，所以他们的利润还是挺可观的。"

苟大海："他们可不会做亏本买卖。接着说。"

刘智云："虽然有钱赚，但这成本还是高了。特别是最近对新康泰克我们也加强了控制，必须凭身份证购买，这下又断了他们的原料来源。唐松说，他们的高人又发明出一种用化学合成的方法替代麻黄素，已经在生产了，但是不是在护康药厂生产他拿不准。另外，唐松交代，林风只是负责生产，上面还有老板，且不止一个，有一个还在国外，有研发的，有销售的。但具体情况他不知道，不知是不老实，还是真不知道。"

苟大海："他一个跑腿的，也就知道这么多了。别太贪心，这已经超过我的预期了。唐松给了我们四个情况：一、和王晰川的口供互相印证，林风涉嫌制毒；二、护康药业至少有一个车间是制毒窝点；三、这是一个跨国制毒贩毒团伙；四、有一个研发冰毒的团队。这才是最可怕的，从我们目前掌握的情况看，这个研发团队不仅研究出了麻黄素的提炼方法，还掌握了从新康泰克里分离麻黄碱的方法和用化学合成替代麻黄素的方法，仅这三个方法就足以证明这个团队的实力不可小觑。更令人不安的是，小暖在被做实验的时候，她身体的反应和其他吸毒者有很大不同，直到现在我们包括省公安厅都不能解释,我怀疑他们还有更多的新型毒品,目前应该还在实验阶段,只不过他们的实验被我们打断了。一旦成型,投放社会,这种危害会更大。"

毕其功:"苟大海分析得很对,我们要马上采取行动,赶在他们的新型毒品投放社会之前端掉他们。特别要注意的是,这种团伙要连窝端,斩草除根,一个都不能跑,无数实践证明,这种团伙漏网一个,他就会重新聚集一批人重操旧业。"

苟大海:"李德和商凯乐、马多多马上去调查护康药业,把地形位置摸清楚,暂时不动它,先拆庙会惊了和尚。要等林风出来,抓人和端窝一起来。"

刘智云:"林风还敢回来吗?他要不回……"

苟大海:"把唐松放了。"

刘智云:"这有点儿太冒险了吧。"

毕其功听明白了苟大海的意思:"舍不得孩子套不住狼。"

李德:"舍不得老婆抓不住流氓!"

刘智云:"你光棍一个,知道个啥!"

苟大海:"是这意思。放,出事儿局长负责。"

毕其功躺着中枪:"好,好,出事儿我负责。"

刘智云:"大家都听明白了?分头干正事儿去。"

大家起身。李德说:"打入敌人内部的事你出主意就行了,干吗亲力亲为,这功劳都被你一人领了。"

刘智云:"那是龙潭虎穴,稍有闪失,可是要命的事。你还是童男,连个女人都没碰过,可不能出事儿。"

苟大海:"去那里身上要有匪气,眼里要有杀气,才能震得住,你这一身书生气,不成。"

曲啸:"这匪气和杀气在哪儿练的?"

毕其功哈哈大笑:"在刑警队待几年就有了。"

苟大海对李德说:"我给你介绍个女朋友怎么样?"

毕其功:"说正事儿,老爷子怎么样了?"

李德不服:"我这咋就不是正事儿了?"

毕其功:"他要能给你介绍成女朋友,母猪都会上树了。"

苟大海:"咱们打赌,我要介绍成了,"苟大海指指窗外那棵大榕树,"你爬上那棵树?"

毕其功:"赌就赌,你忘了,老子从小就会爬树,你家小崽子元帅的爬树就是我教的。"

大家全笑着起哄:"好,好,说定了,不准反悔。"

毕其功:"不就爬棵树嘛,不反悔。"

曲啸笑着对毕其功说:"那棵树到底是陛下爬还是母猪爬?"

毕其功明白过来:"呸!一不留神被这小子占了便宜。"

二

苟大海回到家。

家里很热闹,因为敬意的南非丈夫迈克和儿子欧文回来了。迈克一头亚麻色的卷发,高鼻深眼,上面架一副眼镜,身材修长,风度翩翩,小欧文也是一头小卷毛,两只大眼睛滴溜乱转,样子很可爱。

苟大海很奇怪:"不是小黑鬼吗?怎么,什么时候换的?"

敬意:"你还知道回家呀!进门就没好话,什么时候说是黑人了?"

苟大海看看苟远山,苟远山避过眼神,慈祥地看着小欧文和元帅满屋子追逐打闹。原来,他们都犯了一个常识性错误,一说非洲就以为是黑人，而敬意是犟脾气，也不提这茬儿，她还有一分担心，即便强调了白色皮肤，老爷子也未必接受，免得再次自讨没趣，这一家人的脾气真是让人服了。

敬意说："我给你介绍一下，这是你姐夫，迈克，南非开普敦大学的化学教授，来之前刚刚被任命为副校长。"话里难掩一丝得意和自豪。

苟大海笑着和姐夫握手，他觉得刚才的介绍像是说给老爷子听的。苟大海问："说鸟语还是说人话？"

迈克很奇怪："你说什么？我不明白你的意思。鸟语？"他打了个口哨，学了一声鸟叫。敢情这迈克的中文说得这么流利。

苟大海有些尴尬："我是想知道你会不会说中文，不会的话我教你。鸟语是我们这里农村的方言，是对外国人说话的尊称。"

迈克："得了吧小舅子，你就给我胡扯吧，你刚才是骂人，你以为我听不出来。"说完和敬意一起哈哈大笑。

苟大海为了掩饰自己的尴尬，皱着眉头对敬意说："女人要笑不露齿，看你这嘴张这么大，外国人就是不开化。"

敬意喊："欧文，过来叫舅舅。"

小欧文跑过来，一点儿都不认生，双手抱拳："警官舅舅，恭喜发财，红包拿来。"小家伙中文也讲得很棒。

苟大海有点哭笑不得："谁教你的？这不过年不过节的，什么红包拿来？哎呀，我把这茬儿忘了，也没给你买个礼物。明天补好不好？"

"舅舅，你这是枪吗？"小欧文指着苟大海的腰间问。

因为考虑到随时要行动，苟大海就把枪带回家了，天热衣服单薄，被眼尖的小欧文一眼就发现了。

苟远山："怎么没交回枪库？"老爷子很了解公安机关的规矩，

上班领枪，下班缴枪。

苟大海："这两天随时有任务，怕来不及。我在家也算是执勤状态，别担心，不违纪。"

"还是那个案子？"

"嗯。"

迈克很奇怪："警察不带枪？"

苟大海："嘿嘿，中国特色。"

迈克："要是有人报复……"

苟大海："敢报复我的人还没出生呢。"

李侠走过来面带不悦："怎么把这玩意儿带家里来了？"

虽然是不悦，但毕竟跟苟大海主动说话了。显然，李侠不想被外人看出太多事情来，这毕竟是隐私，能遮掩还是要遮掩一下。

"让我摸一下。"小欧文仰着头说。

苟大海弯下腰，拿着他的小手摸了一下。

"我也要，我也要。"元帅跑过来。

李侠一把拉住元帅："小孩子不摸那玩意儿！"

"我就要，我就要。"元帅不干，眼泪都快掉下来了。

苟大海有些不高兴，直接把枪拿出来："给，摸！"

李侠很生气，扭头去了阳台。

迈克很不解地看着这一幕。

苟大海注意到了迈克的不解，觉得自己唐突了些，也念及刚才李侠主动和自己说话的情分，他把枪放好，也跟到了阳台："你原来可是一见到我的枪就兴奋的。"苟大海刻意放平缓了自己的语气。

李侠："原来？年幼无知。"这话让苟大海很不舒服。李侠接着说："家不是带枪的地方，以后你带枪就别回家，回家就不要带枪。"

这时敬意跟了过来，她知道苟大海的脾气，想过来和稀泥，她才不想让丈夫看到自己家里有什么不和谐的地方。果然，敬意一过来，苟大海就把火压住了。

"小家伙长得真好，虎头虎脑的。"苟大海转了个话题。

"欧文身体好，没生过病。"敬意顺着说。

"我们元帅今年打了两次吊瓶了。"李侠说。

"吊瓶？什么是吊瓶？"敬意一下子没明白过来。

"就是输液。感冒老不好，咳嗽，肺炎。"李侠解释。

"长这么大，我家欧文连个药片都没吃过。"敬意说。

"你们国外空气好，水干净，蔬菜食品农产品加工没污染，孩子在那种环境不遭罪。"李侠说，"就冲这，也要把孩子送出去。"

"你要舍得，我给你带走吧。"敬意半开玩笑说。

"休想！"苟大海压低声音说了一句，觉得话不投机半句多，转身走了。

苟大海是说给李侠听的，敬意没弄明白："这个大头鬼，又怎么了？"

李侠望着阳台外那棵茂密的榕树不知在想什么。

晚上苟大海送老爷子去医院住，这是医生的意见，说老爷子年纪大了，身体状况不好，白天在家待一下，晚上还是住在医院踏实。又没办出院手续，医院还是要负责任的。能让你们去东北已经是违规了，真要有什么事，医院吃不了兜着走。老爷子很听话，没说二话。

楚红和王攀在病房等，他们把老爷子安顿好，楚红把苟大海叫出来，带他到了护士值班柜台。楚红拿出一件短袖 T 恤，往苟大海身上边比量边说："那天看你领子上画的，怎么也洗不干净了，衣服脏了洗第一水最重要，第一水洗不干净，这衣服就废了。我在网上给你买了一件，法国纯棉的，你试试。"

苟大海很意外，想推脱，嘴上说："这种艳红，我可不敢穿。"

"这是正红，很配你的皮肤。"

"我不喜欢红色。"

"那，那我给你换一件其他颜色。7天内无条件退换货，网上购物就这点好。"

"不用了，我有衣服。"

"有衣服？一天到晚就那两件。我给你数了一下，这两个月了，你就穿过两件衣服。一件是灰色运动上衣，再一件就是这件，没见过你穿第三件。这件洗了穿那件，那件脏了再换这件，我说得对不对？"楚红很得意。

苟大海苦笑："你闲着没事儿老盯着我穿什么衣服干吗！"还真让楚红说对了，可不是咋地，苟大海就靠着这两件穿，能一直穿到冬天去。这是苟大海多年的习惯，十几年如一日，身边的人都习惯了。

楚红说："先试试大小，我要的两个加号的，应该行。"

"我就是两个加号的，不用试。"

"试一下，外国的尺码说不定和中国的不同。"楚红拉住苟大海就往他头上套。

李侠正抱着枕头下电梯，老爷子说医院的枕头太软，还是想用家里的荞麦枕头。李侠赶紧送过来。

苟大海刚把头套进去，就看到抱着枕头的李侠，苟大海心里一哆嗦，想起上次那一幕，真是别扭得想找个地缝儿钻进去。苟大海挤出一脸笑："我把枕头这事儿给忘了，你，你送来了？打电话让我回去拿就行了，你还送过来。"话说得有些语无伦次，还好像没说完:"试衣服,试衣服,楚红说是网上买的。"

李侠没接话,好像没看见也没听见,一脸漠然,径直地走向病房。

苟大海一时有些手足无措。

楚红帮他把衣服拉下来:"呀,挺合身的,行,就这款了。"楚红的眼睛忍不住往病房瞄。然后小声说:"她从来不给你买衣服?"

"谁?"苟大海觉得楚红问这话有些意外。

"还谁,她呗。"楚红朝病房挑了下下巴。

"胡说什么?那是你嫂子!"

楚红意味深长地看了苟大海一眼,然后小心地把衣服折叠好,装进塑料袋里。

三

九连山野味馆。

楚歇武兑现自己的诺言,要给苟远山接风,只是时间往后延了几天,一是因为楚鹤村回了老家没回来,二是正好这几天苟大海也玩失踪没空。楚歇武也忙,医院很多事,今天是周末,楚鹤村刚回来,大家也正好都有时间。

这是山边的一家餐馆,从外边看很不起眼,进来之后小桥流水亭台楼阁还是很讲究,里面每天只能接待一桌客人,而且必须是熟客,走的是高端路线。

上了一桌子菜,苟远山和苟大海都叫不出名字来,楚歇武很得意,挨个儿给大家介绍:"这个汤是老鹰炖天麻,活血祛湿的,老鹰这几年不好找,主要原因是田鼠少了,老鹰是吃田鼠的,现在是用药灭鼠,药的毒性大,顺带把老鹰也灭了;这盘是果子狸,原来说是'非典'的元凶，后来证明不是，给重新恢复名誉，也让我们放心了；这盘是穿山甲，越南过来的，因为中国的都吃没了，只能从东南亚进货，有人专门干这活儿；这一盘是禾花雀，现在正是季节，又肥又香，过几天味道就完全不同了，真是奇怪；这一盘我们行内叫猪脚，您老人家刚从东北回来，应该认识它，就是熊掌。说黑瞎子冬眠一个冬天猫在山洞里不吃不喝，饿了就舔自己的手掌，所以这熊掌营养丰富；这个菜是蛇，但不是一般的蛇，是毒蛇，越是毒蛇越好吃，叫过山风，个儿大肉多，养不活，只能抓野生的。"

苟大海打断楚歇武："能不能整两个人吃的？这菜听着都吓人。"

苟远山说："中国有钱了就在吃上瞎琢磨。实际上最适合人吃的，就是鸡、鸭、鱼、猪、牛、羊，几千年来人类就这么筛选出来的，就这几种好吃，也适合人吃。"

大嫂说："总吃那些没啥味道了，换个口味。这间店可不容易订，提前好几天打招呼，才给备了这一桌。两位老人回来，这接风洗尘不能太寒酸了是吧，也是歇武的一片心意，一般餐馆表达不出这心意来。"

苟大海："这得多少钱？"苟大海心里还一直庆幸，幸亏敬意他们一家和李侠元帅去山里玩了，要是叫迈克看到会把眼珠子爆出来的。苟大海还起了个心思，准备回头悄悄跟林业公安分局说一声，找机会把它给端了。

楚歇武："钱是王八蛋，花完咱再赚。这些年我算悟透了，钱只有花了才是自己的，酒只有喝了才是自己的。来，来，倒酒。"

楚红给大家倒酒，顺便跟站在旁边的服务员说："再去加两个素菜，老人家都喜欢清淡。"苟大海抬头看了楚红一眼，意思是这丫头善解人意，知道自己心里想什么。楚红眼波里荡漾着笑意，好像是说你那点儿心思我早看出来了。

楚歇武旁边的姐姐站起来说："我去跟他们说。"这俩姐妹原来就在这家餐馆做服务员，楚歇武总来吃饭，然后熟了，再然后……苟大海就只是推测和想象了。

大嫂说："这顿饭有些晚，大家都忙，我们医院事情也多，恨不得一个人当两个用。"

苟大海："刚接手，肯定会忙。"

楚歇武："刚和上海的一个教授签了合同，下个月就来上班，做心脏移植的，国内第一高手。"

大嫂有些心痛："年薪一百多万……每台手术还要拿提成，现在这医生胃口太大了。"

楚歇武很不屑："你还是医务所的思维，这是人才，他赚再多也是小头，我几台手术就赚回来了。"

楚鹤村拿过来一个提包，打开看一眼检查一下又拉上了，说："这里面是我从老家带来的一些特产，包装都很精致，但味道差了很多，聊胜于无吧，你老哥尝两口。"

苟远山："你也算了却了一桩心事，老家还能认出来吗？"

楚鹤村很是感慨："找不着一点儿痕迹了，完全变样了，还不如不回呢，不回，故乡还在心里，这回去一看，连心里的也没了，空了，心里空落落地回来了。这一辈子像演戏一样，还没进入角色呢，就该鞠躬谢幕了。"

酒倒上了，苟远山端起酒杯，习惯性地放在鼻子下闻，原来是水，他看了楚红一眼，酒是楚红倒的，楚红赶紧说："您可不能再喝酒了，这种高度酒对食管刺激太大，您还在住着院呢，能出来吃饭已经是违规了。"

老爷子笑着说："这没有酒，啥菜都吃不出味来。喝一顿少一顿了，倒上。"说着就把杯里的水倒掉。

楚红向苟大海求助，苟大海犹豫了一下："要不给您来点儿红酒？"

苟远山很不悦，他原以为苟大海会像原来一样旗帜鲜明地支持他呢，老爷子说："红酒是女人的酒，一股泔水味，你什么时候见我喝过红酒？"老爷子这才想起，回来后病房里也没"矿泉水"了。

苟大海问楚红："行吗？"

楚红摇摇头态度鲜明："不行。"

苟大海："听医生的吧。"

苟远山把酒瓶拿过来自己倒上，中气十足："听我的！干！"

大家纷纷举杯。妹妹想帮楚歇武端起酒杯，但楚歇武已经熟练地用两只胳膊夹着酒杯一饮而尽，妹妹赶紧用手从他嘴边接下酒杯。

苟远山仰脖喝干，眯着眼咂摸半天："嗯，好酒，好酒！"

楚歇武："您老识货，这是30年的陈年茅台。"

苟远山："怪不得呢，以后悼词说我是酒精考验出来的共产主义战士谁也别有意见，咱名副其实。这酒一进喉就不一样，醇香绵软，酱味悠长，酒和舌头像久别重逢一样，一下子就黏糊上了，舒服，用我们家元帅的话说，一个字：爽！两个字：超爽！三个字：爽死了！"老爷子心满意足地靠在椅子上。

苟大海："低调，咱们两个字的就行。"

大嫂："这酒一瓶要一万八。"

苟大海皱了下眉头："这可有点儿高调了。"他觉得大嫂的话有些不合时宜，会坏了老爷子喝酒的兴致。果然，老爷子把酒杯放下："这么贵？"

楚歇武:"一分钱一分货。"

苟远山把杯伸给楚红:"算了,给我倒水吧,这酒不是咱贫下中农喝的。"

楚鹤村也觉得儿子和儿媳显摆了,赶紧打圆场:"谁家过年不吃顿饺子,管它多少钱,今朝有酒今朝醉,这瓶喝完喝我从老家带来的唐龙酒,那地瓜干味挺正宗的,人家说,故乡的记忆在你的胃里,我俗,加一句,乡愁在酒后的饱嗝里。"

楚红:"是够俗的。"

苟远山:"那就喝你的唐龙吧。"

楚歇武:"别呀,喝完这瓶,都倒出来了。"说着摆一下头,姐姐赶紧拿酒瓶给大家倒酒。

大嫂感觉出是自己的话影响了气氛,她便转了话题,问苟大海:"你最近忙得很啊,连家都不回了,李侠都该生你气了吧。"

苟大海:"我们这行当就这德行。"

大嫂:"又碰上案子了?"

苟大海:"这是我的正事儿,没案子要刑警队干什么?真没案子我就该下岗了。就和你们医院一样,没病人医院就该关门了。"

大嫂:"还是哈雷那个?还没完啊?你们真够辛苦的。"

苟大海看了大嫂一眼:"哈雷?"

楚歇武:"莫谈国事,莫谈国事,我们喝酒,我敬大家一杯。"妹妹乖巧地把酒端到他的嘴边。

四

刑警队。

刘智云把手机递给唐松:"这是你的手机,关几天了,刚给你充好电，给林风打个电话，告诉他你放出来了，约个地方跟他见个面。"

唐松拿着手机面露难色："这事儿我不能干。"

刘智云："你不想立功？"

唐松："想。"

刘智云："那就照我说的办。"

唐松："不行！"

刘智云很意外："嗯？"

唐松："他会要我的命。"

"我会要他的命。"声音从外面传过来，苟大海走了进来。

唐松一见苟大海，惊得手机掉到地上。

苟大海把手机捡起来还给他："我想让你回家陪你老娘，你得给我个能帮你的理由，你打个电话，算你立功，抓到他，我就放了你，我出钱给你买票回家。咱俩老朋友了，你知道我喜欢帮朋友，说话也是算数的。"

唐松魂都快惊没了："大……大哥，怎么是你？你吓死我了，我听你的，我打，打电话。"

"别急，先抽支烟。"苟大海扔给他一支烟，李德帮他点着。唐松的手有些抖。

苟大海坐下来，吐一口烟圈："你跟我说说，你怎么给他打这个电话？"

"告诉他我出来了。"

"还有呢？"唐松的烟灭了，苟大海再帮他点上。

"说我啥都没说，警察就放我出来了。我想见他。"

"你太紧张，这样可不行，你要淡定，像没事儿似的，你能做到的，我相信你。你再抽支烟，觉得可以了再打这个电话，我不急。"苟大海显得很有耐心。

唐松把烟头扔在地上,用脚尖踩灭,说:"我现在打,打完让我回家。真让我回家?"

苟大海:"真让你回,但光我说了还不算,还得走个程序,这里我给你算重大立功,法院一定会考虑,一定往轻了判,说不定不追究或判个缓刑。"

"江湖险恶,我回家就是穷死也不出来了。我信你,大哥。"

刑警队会议室,满满一屋子警察。

苟大海:"全体都有,今天的行动分成两队,刘智云带一队,任务是抓捕林风;其他人跟我,去护康药业,端掉制毒车间。两队同时行动,要求是车间里的人一个都不能跑。"

李德:"护康药业很大,制毒车间在最里面,进去要经过层层检查,我是怕到大门口就被他们发现了,得想个办法。"

苟大海胸有成竹:"等他们发现,老子已经到他跟前了。"

毕其功:"对讲机、防弹衣、头盔、武器、弹药检查一遍,这些都是亡命之徒,不要掉以轻心。"

苟大海点点头,表示赞同局长的意见:"把警犬调出来,一只给刘队,一只跟我。这狗被你们养得肥头大耳的,再不动动,都成猪了。"

"我不同意!说我可以,骂狗不行!"一个肥头大耳的警察站起来:"我那狗每天都练,练得嗷嗷叫,我那狗是壮,不是胖!经常说'首战用我,用我必胜',别不信。"

"你说的还是狗说的?把你这身肉练下去我就信了。"苟大海笑着说。

"狗是狗,我是我,两不搭界。"肥头警察哭丧着脸说,"我是喝白开水都长肉，我是肥硕，狗是健硕。"

"你俩这名字起得好！那你就继续长吧，你胖点儿不要紧，别把我的狗养肥了就行。好，准备行动！"苟大海宣布。

曲啸问："那我跟哪队？"

毕其功："你还去？你不是要去省厅开那个反腐倡廉的大会吗？说是厅长参加，还要签责任书。"

曲啸："换别人去开会，我说过的，这个案子我要跟到底。"

毕其功："那会挺重要的，你还是去开会吧，就端个窝抓个人，事先都摸好了，手到擒来的事。"

曲啸坚持："我要参加。"

毕其功很不情愿："那……那就随你吧，还得跟省里请假，厅长可不好说话啊。不同意就算了，这种行动以后多的是，家常便饭了。"

曲啸："我跟厅长说，早前我就和他熟。这种会谁去不行？把会议精神和责任书带回来，也就走个形式，要是靠开会能把腐败给治了，我可以天天去开。"

毕其功还想说什么，忍住了。从内心讲，毕其功是想让曲啸去开会的，那才是他的本分。但看曲啸这种热情，特别是曲啸是下来挂职的，对待他和别人肯定会有所不同。

苟大海："跟我一起？"

曲啸："我想会会林风。"

山边的一个岔路口。两个交警在查车。

一辆印有"护康药业"的集装箱车开过来，交警举手示意，车停下来，司机摇下车窗把证件递出来。

交警："你的行驶证有问题，下来。"

司机："怎么可能？这车我都开十年了。"

交警："再看看驾驶证，问题更大，上个月过期了。"

司机："我看看，啊，忘换证了。我明天去车管所换。"

交警："你这是无证驾驶。跟我回单位处理。"

这时，苟大海和李德不知什么时候过来了，苟大海说："无证驾驶是要拘留的。"

司机："啊？"

苟大海朝交警摆摆手："带走。"

司机："我的车？"

苟大海："暂扣。"

司机被交警带走了，几部警车"哗"冲了过来，从车上跳下全副武装的刑警，还有一条警犬，李德把后车门打开，大家迅速上车。

李德坐上驾驶室，苟大海坐在副驾驶位上。李德踩离合换挡加油，车稳稳启动。苟大海："技术不错么。"

李德："小儿科。你是怎么知道司机的驾驶证过期的？"

苟大海："说实话？"

李德："坦白从宽。"

苟大海："瞎猫碰上死耗子。"

李德："要是找不着毛病呢？"

苟大海："不可能。行驶证没问题看驾驶证，驾驶证没问题看身份证，身份证没问题看车况灯光，可能有个灯泡不亮刹车皮该换了轮胎磨花了，总有一个有问题的。都没问题也要把人带走，大不了事后解释赔礼道歉。干刑警的，骂人骂得最多，道歉也道得最多。回头他老巢都给端了，这是最大的道理。干咱们这行，只要是沿着大路走，小道理服从大道理。"

李德:"听君一席话,胜读十年书。"

苟大海不买账:"马屁功夫见长啊!"

李德:"发自肺腑。"

说话间,车到护康药业大门,李德鸣一下喇叭,门卫探头看了一下,铁闸门便缓缓打开,李德一轰油门车一下子冲了进去。

南山公园角落的一个石凳上,唐松正在给林风打电话:"老板,我出来了。他们关了我一星期,我一个字都没吐,今天给放出来了。我在南山公园,我想见你……好,好,我等你。"

唐松放下电话,发现一脑门儿全是汗。

一会儿,唐松的电话响了,看一眼,唐松很紧张:"是林风。"

刘智云说:"接,打开免提。"

唐松手忙脚乱一下子找不到免提键在哪里,马多多赶紧帮他按开,电话里传来一个很不耐烦的声音:"怎么不接电话?"

唐松:"刚才上厕所,刚解开裤子掏出来,你电话就来了,腾不出手来。"

曲啸和刘智云对视一下,觉得唐松这小子镇定得很快,刚才打电话还紧张得出汗呢。

电话里说:"我出去不方便,车上还有东西,你坐车到紫苑宾馆来,我在702房。"

唐松说:"好,好,我这就过去。"

唐松回过头来对刘智云说:"你都听到了,他一点儿都没怀疑。我不用过去了,你们自己去吧,说实在的,我还是怕见到他。"

刘智云:"按常理,他应该怀疑你才对,他不怀疑你,我倒怀疑他了。你还是得一块儿去,万一半道有变,找不到你怎么办?"

唐松:"他是信任我,我嘴严,他知道,没人能从我嘴里问出东西来。"

马多多："没人？"

唐松觉得自己说漏嘴了，赶快解释："苟大哥太狠了。"

刘智云："这样吧，咱们好商量，你还是得去，但不让你们打照面了，免得你有心理负担，这样总行了吧？"

唐松点点头。

刘智云整理队伍向紫苑宾馆赶去。

李德驾驶的集装箱车直奔护康药业的东北角，那个最角落就是制毒车间，这是侦查员事先摸好的点儿。

苟大海拿出对讲机在做最后的部署："我再重复一遍，一组堵大门，二组负责后面左边的窗户，右边的窗户三组负责。东边还有一个暗门，由肥硕带着健硕守住。大家听明白没有？"

对讲机传来一阵："一组明白！"

"二组明白！"

"三组明白！"

苟大海："肥硕？肥硕明白吗？"

对讲机传来很响亮的声音："肥硕明白，健硕明白！"

苟大海满意地哈哈大笑："准备家伙，车停稳就端了它，一个不许跑，全要活的！"

李德把车稳稳地停在车间的正门口，看守门口的保安听见动静出来，后车厢猛然打开，全副武装的刑警身手敏捷地跳出，各组直奔自己的目标，看守的保安嘴刚张开还没叫出声就被一个刑警按倒在地。

车间里霎时乱作一团，有的往大门冲，有的从窗户跳，有一个看起来像小头目的大分头慌忙搬开墙边的一个柜子，拎了根棍子想从暗门走。所有的通道都被堵住了，大分头刚出暗门，健硕候个正着，大分头的棍子还没举起来，就被健硕扑倒了。这警犬训练是有讲究的，你不拿东西还好，对手里有武器的，警犬就直奔拿武器的手下口不带商量的，毫不犹豫，毫不客气。大分头的右手腕被健硕一口咬住，棍子扔到了一旁，大分头疼得嗷嗷直叫。肥硕叫停健硕，健硕意犹未尽，还一直冲瘫在地上的大分头怒吠，肥硕上去把大分头铐上，大分头看着旁边的健硕仍然一脸惊恐，两腿还在发抖。

一窝端。一个都没跑掉，苟大海满意地看着蹲在地上的六个制毒人员，还有正在运行的制毒机器，车间里堆着原料和一些半成品。苟大海说："把人带走，马上组织审讯；打扫战场，先拍照取证，叫技术队过来，原料和成品半成品要分开。"苟大海俯身爱惜地抚摸健硕："你表现最好，自己单枪匹马就守住了一个门，他们都是好几个人，给你记功。"健硕低吼，像是听懂了很受用。

肥硕不满意："队长，没我事儿吗？"

苟大海："这么小气？表扬它不就是表扬你吗？你俩谁跟谁呀！"

肥硕想想有道理，摸摸头高兴地笑了。

几乎是同时，那边在抓林风，看上去一切都很顺当。

服务员打扮的潘小小端着一盘水果敲 702 的门："先生，服务员，给您送水果。"

服务员潘小小的两边贴墙埋伏着刑警，他们屏住呼吸，准备只要林风一打开门，就一拥而上把他按倒在地。

林风从门上的猫眼里往外看，看见女服务员端着一盘水果，正恭立在门口。

刘智云们不知道，林风也不知道，对面是701房间，里面也有一双眼睛在猫眼盯着。

林风丝毫没有怀疑地打开房门，说时迟那时快，门刚开一条缝儿，刘智云便飞起一脚将门踹开，马多多等几人飞身将被门撞了脑袋的林风扑倒在地，马多多在扑击的时候两手就紧紧按住了林风的双手，目的是防范林风手拿武器，后面的队友叠罗汉一样扑在上面，这是抓人的战术，就是让案犯瞬间失去反抗能力，第一个扑上去的人什么都不要管，他只管案犯的两只手，必须死死按住，其他地方其他事情自有战友来做。他们有时半夜进屋突袭抓人，经常会把整张床压塌，这是刑警队员的功课，只能满分，不能九十九，少一分往往就意味着鲜血和生命。林风还没反应过来，几个人就利索地将林风双手反铐。曲啸没有看见这一幕，队员冲进房门的时候，把端着水果的服务员潘小小给撞倒了，水果撒了一地，曲啸赶紧去扶潘小小，还没扶起来，龇牙咧嘴的林风已经被铐上了，他是被压坏了，整个过程就十几秒钟，直到被揪着头发拉起来，林风才明白过来怎么回事。

马上搜查，身上没枪，枕头下也没枪，皮箱里除了一些衣物证件没有其他可疑的东西。刘智云有些奇怪，毒贩身上经常带枪的，而唐松也说林风有枪。茶几上有一把车钥匙，林风在电话里说过"车上有货"，刘智云拿着钥匙问林风："车在哪里？"

林风回答："在地下车库。"

刘智云接着问："你还约了什么人来？"

林风翻翻白眼不吭声。

林风回答车的位置的痛快让刘智云飘过一丝疑云，但没往深想，刘智云就安排下步工作："我们分两组，我带一组在房间守候，帮他接待一下来访的朋友；马多多，你带二组押人下去找车。"刘智云的安排是正确的。

林风被带出去的时候，怨恨绝望地看了一眼刘智云。

曲啸犹豫了一下，跟马多多下去了。

刘智云想叫住曲啸，他想叫曲啸和自己在一起，又觉得自己这里可能会有林风的同伙来，短兵相接会更危险，便没再吱声。

对面猫眼里的眼睛一直盯着。

地下车库。

林风的车很好找，一按遥控，他的白色皇冠就叫了。刑警动作很快，前门后门打开，后备箱打开，两名刑警押着林风，马多多搜车的前座后座，曲啸搜后备箱，后备箱有一个蛇皮袋，曲啸打开蛇皮袋，一声惊叫："毒品！"里面装满了一块一块的毒品。曲啸说得没错，和电视上的一模一样。

果然是条大鱼！

马多多也很兴奋："曲助理，您再搜搜。"回头又对押着林风的警察说："把林风带过来，先拍照。"马多多很老练，这是取证，这照片以后法庭上用得着，免得到时嫌疑人不承认。

林风被押着靠在打开的后备箱，前面的刑警准备拍照。

一切都很正常。

但林风的脸色有些狰狞。

谁也没想到，林风突然用反铐着的手从后备箱里摸出一把枪，身子一扭，黑洞洞的枪口露出来了。

曲啸最先发现，大叫一声："枪！"

话音未落，枪口对准了曲啸。

"砰"曲啸扑倒在地。

枪口还来不及转动，马多多已经扑了上去，把枪死死抓住，枪口朝上,"砰"的又一发子弹,射向了车库的楼板,后面的刑警一拳将林风打倒在地。

曲啸胸口喷出的鲜血淌了一地。

马多多抱住曲啸的头声嘶力竭地喊:"曲助理,曲助理……"

曲啸睁开眼,声音微弱地说:"对不起……给你们添乱了。"

正在房间蹲守的刘智云听见枪声,猛地一激灵,他预感事情不妙,提着枪冲了出去。另两个队员也跟了出去。

701房那双眼睛紧紧地盯着猫眼,看着外面的一切。稍后便赶紧收拾行李,然后开门悄然消失。

五

曲啸的爱人孙虹是个诗人,她坚持不让伊秋市公安局为曲啸料理后事,她说老曲活着是组织的,他死了就是她个人的了,她要用自己的方式送别自己的爱人。

毕其功刚开始不接受,他觉得自己没有保护好曲啸,临走再不送一程,良心难安,在民警那里也说不过去,人都没了,单位还不出个面,民警会怎么议论。和曲啸相处这段时间,毕其功和曲啸建立了很深厚的个人感情,曲啸骨子里的文人气质是官场中非常罕见的,和毕其功很投缘。但孙虹非常坚持,没有一丝可以讨论的余地,拗不过孙虹,只能无奈地同意。但从内心对孙虹充满尊重,毕其功觉得孙虹很爱曲啸,很懂曲啸。

前来和曲啸遗体告别的都是曲啸生前的朋友,多是文艺界的。按照孙虹的要求,灵堂没有放揪心扯肺的哀乐,而是放了舒缓的安魂曲。灵堂没有花圈,也没有挽联,肃立的人们每人手里一束新鲜的菊花。孙虹在曲啸的遗体边朗诵了一首诗，名字叫《渡口》，文字优美，意境凝练，后来李德说是席慕容的：

> 让我与你握别
> 再轻轻抽出我的手
> 我知道思念从此生根
> 浮云白日山川庄严温柔
>
> 让我与你握别
> 再轻轻抽出我的手
> 华年从此停顿
> 热泪在心中汇成河流
>
> 是那样万般无奈的凝视
> 渡口旁找不到一朵可以相送的花
> 就把祝福别在衣襟上吧
> 而明日
> 明日又隔天涯

　　刚开始，孙虹还能控制自己的情绪，但到最后，她已经泣不成声。朗诵完，她把一朵菊花别在曲啸的胸襟上，成串的泪珠滴落在曲啸的胸膛，令人动容。曲啸的朋友们依次向曲啸鞠躬告别，每人一束淡黄的菊花放在曲啸的身上，到最后，曲啸的躯体被菊花完全埋住。

　　然后殡仪馆的工人推着菊花和曲啸送进火化炉的钢板上，一按电钮，厚厚的钢板缓缓收进炉膛。

一股青烟，曲啸——这位作家和刑警走了。

天空下起了雨，越发让人感觉凄凉，但这种凄凉本是孙虹要刻意避免的。

曲啸要海葬，就是要把骨灰撒进浩瀚的大海，这是曲啸生前的愿望。这种年纪本没有到提前安排后事的时候，只是平时聊及这个话题，曲啸表达过这种方式，妻子孙虹尊重丈夫的意愿。

孙虹抱着曲啸的骨灰盒乘车来到码头，要从这里搭乘公安的巡逻艇去大海深处。下了车，孙虹惊讶地发现，这里整整齐齐站满了全副武装的刑警，唯一一个例外是苟大海搀扶的苟远山，苟远山穿的是当年的警服，再不同的是，苟远山头上还有一把伞。苟远山坚持要送曲啸，他说他和曲啸吃过一顿饭，这就是朋友，是战友。

战友们还是来了，用自己的方式，尊重孙虹和不打扰曲啸的方式。

毕其功为首，所有的刑警整齐笔直地站着，雨越来越大，每个人都淋湿了，但每一个人都纹丝不动，任雨水从头到脸顺身体而下。看到孙虹捧着曲啸的骨灰下了车，一声悲怆而响亮的口令："立正，敬礼！"

无数只手臂举起，像一片森林。

孙虹抱着骨灰盒向大家鞠躬，这个时候，诗人也没有忘记礼貌。

然后孙虹登上巡逻艇。

又一声有穿透力的口令："送曲啸战友！"

全体警察从腰间掏枪上膛，声音整齐铿锵，无数枪口指向天空。

巡逻艇鸣笛启航。

洪亮而短促的口令："放！"

"砰！砰！砰！"枪声传进大海深处。

苟远山没有枪，但他和大家一样把手举向天空。头上的伞已经被他拿掉了，老爷子也像所有人一样，任雨水肆虐。

甲板上的孙虹止不住热泪横流，滴在胸前紧抱的骨灰盒上，迎着枪声，诗人再次鞠躬。

前方是无际的大海，那里将是曲啸的归宿。

六

苟远山的病情继续发展，食管再次被肿瘤堵塞，又只能吃流食了，这让老爷子很绝望，他甚至都能感觉到身体里肿瘤的存在和生长。

医生说还可以再插一次管，但被苟远山拒绝了。苟大海没说话，敬意跑出去问医生再插管能保持多长时间？

医生说："不好说，看老爷子这种病情的发展速度，也坚持不了多长时间。"

敬意追问："到底是多长时间？"

医生见敬意这么执着，犹豫了一下说："多则一月，少则半月。"

敬意说："半月也值，不是还可以插胃管吗？"

医生看着敬意问："你的意思？"

敬意很坚决："做！"

下午，医生护士来推苟远山去做插管手术。苟远山问："去干什么？"

护士说："插管。"

苟远山说："我不去。"

敬意说："要去。"

苟远山看着敬意，坚决地摇摇头。然后老爷子扭头看苟大海，他觉得苟大海是支持他的。

敬意知道老爷子的脾气，她觉得底气不足，也转头看苟大海。

但苟大海眼睛一直盯着窗外，谁都不看，也不说话。

老爷子和敬意都觉得很意外，也很失望。

苟远山对敬意说："食管里放一个东西很难受，我已经有一根了，不能再放了。你就这么忍心延长我的痛苦？你再坚持，我连针都不打了。"

敬意："现在还没到山穷水尽的时候，还有很多办法，谁也没权利拒绝治疗，包括您自己，放弃是对生命的不尊重，对我们来说，是对您没有尽到孝心。"

苟远山很生气："什么叫尊重？什么叫孝心？叫我生不如死就是尊重就是孝心？你们国外不还有安乐死吗？苟大海，你说说看。"

苟大海面带难色吞吞吐吐地说："我姐说的也有道理……"

"有道理？有狗屁道理！你们自私！"苟远山发火了，伸手把左手背上输液针头拔下了。胶布扯开了血管，一股鲜血喷涌而出，医生护士和苟大海敬意赶紧围过来。

护士赶紧摁住血管止血。

敬意被吓了一跳，无助地看着苟大海，苟大海脸上莫衷一是，只是轻轻地朝敬意摇摇头。

老爷子看着苟大海，他有点儿想不明白，觉得苟大海变了，变得不像原来那个苟大海了，但又说不清楚怎么变了，哪里变了，什么时候变的。

其实，苟大海也不清楚，但他在对老爷子的治疗上心态确实起了变化，是在敬意来了之后，更是从伊春回来之后。知道苟远山不是自己的亲生父亲这件事儿，表面上看并没有给苟大海带来更多的冲击，但内心深处和潜意识里还是有影响的。

这几天晚上苟大海一直在医院里陪老爷子。

案子的事刘智云他们在办着，现在手上有电话，什么事也不会耽误。晚上经常是刑警的工作时间，刑警几乎个个都是夜猫子。虽然老爷子总在赶苟大海走，但苟大海就是不动。

这让苟远山更感到了死神的临近。

今天早上苟大海刚送早餐到医院，刘智云的电话就来了，刚接了没两句，苟大海就暴跳如雷，对着话筒咆哮，全然不顾病房的病人和护士："你们给我下车，把人看好了，谁都不准动，谁敢动，我处分他，等我去，老子要亲手，亲手结果了他，给曲啸报仇！"

说罢跑出医院。

老爷子有点儿担心地看着苟大海匆匆而去的背影。

今天上午，刘智云和李德等人带林风去指认现场，林风坐在警车里，就是那种从后面锁死的专用车，半路上李德从前面驾驶室的窗户里突然发现林风在里面把脚镣和手铐全打开了！这把人吓出了一身冷汗。

苟大海赶到现场，弟兄们果然听话，他们持枪把囚车围成一圈，专等苟大海过来。不是他们处置不了，是因为队长有话在先。

苟大海从一个特警手里抢过一把微冲，"哗啦"上膛，叫李德："去把车厢后门打开。"

李德把后车厢车门打开。

林风探了一下头，看见黑洞洞的枪口，又把头缩回去了。

苟大海心里有一种期待，巴不得林风借机冲下来拼命或者逃跑。

苟大海走到打开的车厢旁边，像是咬着牙在说话："林风，你有两种死法，一是慢慢等死，就是等所有法定程序走完，被法院判死，到时，要么给你粒子弹叫你脑袋开花，要么绑你床上给你注射毒针；二是你现在跳下来，死在我的手上，你不错的身材将变成一张筛子。"苟大海顿了一下，"我要是你，就冲出来，这样干净利索，你省事老子也省事，这种死法还算个好汉，死在我的枪下江湖上好歹还能留个名声，比在监仓窝窝囊囊地等法院判死刑强多了。"

林风没有动静，苟大海有些失望："我高看你了，你他妈就是一个胆小鬼，一个懦夫，我还当你是个人物了！就你这种窝囊废也值得我跑一趟？呸！限你三分钟把手铐和脚镣重新给我戴好，我没钥匙，有也不给你，怎么脱下来的怎么给我戴回去，就三分钟，老子就这点儿耐心！"

大家包括苟大海都感到很奇怪，林风是怎么把手铐脚镣打开的？用牙签或铁丝捅的？

奇异的一幕发生了，要不是亲眼所见，谁都不会相信，林风先把脚勾起，勾成一条直线，脚后跟勾到小腿，然后往脚镣里伸，慢慢地就伸进去了。两只手也是这样，这就是所谓的缩骨术，原来只是听说过，今天看到真人版了。看得大家目瞪口呆，原来，林风练了20年瑜伽，骨头练得像面条一样，伸缩自如。其实，苟大海不知道，这林风还在监仓里表演过另一项绝技，他把脖子整个拧转180度，从前面拧转到后面，还能说话喝水，吓得同仓的在押人犯大气都不敢出，怪不得他在手被反铐的情况还能拿枪射击。

曲啸牺牲后，苟大海内心一直对马多多的现场处置有疑问，他怎么都不相信曲啸的那种死法，今天看了林风这一幕，苟大海都吃惊了。虽说林子大了什么鸟都有，各种形形色色的对手见多了，但这种身手真是闻所未闻见所未见。

苟大海说:"要把这个情况告诉看守所,叫看守所盯紧了,此人非等闲之辈。今天的任务取消,先带回去,以后带出看守所一律用绳子,能捆多紧捆多紧,捆不死就行,还要多带几个弟兄,这王八蛋道行不浅,今天开了眼界,算是给我们上了一课,要多加留意。"

刑警队会议室。

刘智云介绍案件办理的情况:"护康药业成立于三年前,以中成药为主,是一个大型药业集团,税收和创汇在伊秋市都在前十位,一直在社会上有良好的口碑。但谁都想不到,厂区东北角的一个独立的小车间里,竟然在生产毒品。那天行动过后,整个公司一片哗然,有关部门也很不理解,一个好端端的企业为什么要制造毒品。我们那天的行动一共缴获了冰毒成品20千克,半成品830千克,原料麻黄素两吨多,另外还有感冒药康泰克5000盒。这些康泰克是用来提炼麻黄碱的,所以也把它归到制毒原料里面去了。在这个制毒窝点里,共抓获涉毒人员12人,都是从事制毒生产多年的老工人,有些人不知道是在生产毒品,以为是护康药业的制药车间,我们正在甄别。我们的看法是,确有个别的可能不知情,纯属打工挣钱,但相当一些人是知道的,有些都是老师傅了,对原料、配方和工艺流程都很熟悉,而且拿的工资是正规车间的好几倍。"

毕其功插话说:"好好甄别,不放过一个,也不要冤枉一个。"

刘智云点点头继续说:"林风这个组,缴获汽车一部,毒品25千克。林风,38岁,男,台湾新竹人,护康药业的总经理。据他交代,他和来自澳大利亚的毒贩约好在紫苑宾馆交易,他刚开好房间等待对方,唐松打来电话,他觉得正好也需要个帮手,就叫唐松过来,因为唐松已被我们控制,所以正好顺藤摸瓜抓了林风。但林风所说的澳大利亚的买货人我们没有发现,是确有此事,还是他信口开河,我们现在无法印证,这小子很不老实,胡说八道的成分很大。"

苟大海:"那他带 25 千克毒品干什么用?自己吃吗?"

刘智云赶紧解释:"交易我信,但卖给什么澳大利亚人我怀疑,从澳大利亚专门过来买你的毒品,我看是吹牛。要不是曲助理出事,我一定能在房间等到他们的,功亏一篑,差点儿一网打尽的事,节外生枝了。但总体来看,整个行动是成功的。"

苟大海摆摆手:"别提这俩字,我难受,比失败还难受。我宁肯抓不到林风,端不了窝点,我宁肯一无所获。"

大家都明白苟大海的意思。会议室陷入了沉寂,大家阴着脸,好长时间谁都不想再说话。

还是毕其功打破沉默:"关于安全防护方面的事,我们也趁这个时间专门研究一下,教训非常沉痛,多大的战果都不能弥补我们付出的代价。先把这个事情议一议,我想听听你们的看法,议完这事儿再研究案件,这事儿比什么都重要。"

刘智云:"这事儿我有责任,好几天睡不着觉,一闭眼曲助理就在面前晃,那么有才华的一个人,说没就没了,要是能换,我愿意替他。那天我负责蹲守,本意想留下他的,但觉得蹲守更危险一些,他是局领导,见他又想下去,就把嘴边的话给咽下去了,我把他留下就好了。"

毕其功:"这不是问题的根本,他留下,别的同志也可能躲不过去。我想说的是,怎么出的问题,怎么避免这种问题?"

马多多:"下面那个组是我带的,我负责任。当时大意了,以为林风已经在我们手上了,没有意识到还有危险因素,世界上没有卖后悔药的,要有,把我卖了也要换一颗给曲助理。当时两个没想到：一是没想到车的后备箱会藏枪，以前也遇到过类似的情况，带身上的多，少数会藏在车的驾驶室，放在后备箱里的第一次碰到。所以忽略了，没有及时提醒曲助理。要是想到了，我就会自己去搜了，我怎么也比曲助理有经验，应该能发现枪；二是没想到林风的身手这么好，上了背铐还能去摸枪开枪，身体的柔韧性惊人，他是有准备的，枪都是上了膛的，留给我们的反应时间太短。不过，到现在我还是不明白，他为什么要把枪藏在后备箱的下面，这有悖常理。还有他的力气非常大，两个押解的一下子被他甩开了，再扑上去抓人已经晚了。"

苟大海："看似偶然，偶然里面也有必然，这个必然是我们的前期功课没做好，功课做到家了，这个是可以避免的，责任还是在我们自己身上，要从我们自己身上找原因。"

所有人都看着苟大海。

苟大海继续说："我们对林风的调查就不及格，我们手上现成的至少就有两个人熟悉林风，一个是王晰川，一个是唐松，如果我们问得再细致一些，林风的身体状况我们是可以掌握的，但是我们没问。更不应该更可怕的是，在我们已经付出了生命和鲜血的代价之后，我们仍然执迷不悟，曲助理牺牲后，仍然没有去了解林风的情况，这时林风已经在我们手上了，有谁知道他从18岁就练瑜伽，有谁知道他22岁的时候专门跑去印度拜过大师？同仓的在押犯都看到过他能把脖子扭转180度，我们有谁掌握了这个情况？今天上午林风把手铐脚镣解脱对我们是另一种危险，这种危险根本就不应该发生，这是我们失职，是我们无能。我是队长，最失职的是我，最无能的也是我。我们不怕牺牲，但不能不明不白地死，总说什么人格平等，放屁，老子的命就要比他们这些人渣的值钱！只能他们死，我们一个都不能少，因为他们该死。我最不愿看到的是你们这种态度,到现在还在强调客观,还在不痛不痒,检讨有个卵用!负责任?人都烧成灰了灰都撒到大海里去了你能负什么责任?要负责任就是找准问题出在哪里以后怎么避免,这才是最大的负责任。"

苟大海讲完这番话,没一个人敢吱声,会议室里静得连根针掉下来都能听得到。

毕其功觉得该自己说话了:"这些年血雨腥风少了,文质彬彬多了,这让我们放松了警惕,脑子里缺了安全意识这根弦。整天一喊警察那边就跪下了,恨不得手铐都自己戴上,久而久之,我们安全防护意识就淡了。毒品犯罪不同卖淫嫖娼,不同偷鸡摸狗,抓住了是要掉脑袋的,属于你死我活的斗争,这几年我们顺风顺水,遇到的真正考验少了,有些工作放松了,有些细节疏忽了,有些环节放弃了,在这种你死我活的斗争中,任何一点儿疏忽都是致命的。我再问你们一句:你们带了几件防弹衣?又有几个人穿?如果当时曲啸穿了防弹衣,那今天他会坐在这里和我们一起开会。你们习惯于不穿防弹衣,嫌麻烦,嫌笨重,还有的是个人英雄主义,我告诉大家,公安队伍不需要这种英雄,英雄辈出不是一件光彩的事。从今天起,我规定,凡执行任务必须穿防弹衣,不穿的不准执行任务。局里也下决心拿出一笔钱,去购置一批又薄又轻的防弹衣,听说以色列的最好,看能不能买得到,至少,去看看香港澳门的警察穿什么样的。同样是生命,标准要一样。局里砸锅卖铁也要配。你们刚才都提到了要负责任,最大的责任应该我来负。人他妈的也是个命,曲啸明明省里有会,他要去开了,或者我再坚持一下让他去开,或者我命令他去开……"毕其功叹了口气。

苟大海:"谁负责任都是马后炮,谁负责任也不能让曲啸回来了,要负责任就把这个案子办好,把这些毒枭们统统送上断头台,用他们的人头祭奠英灵。这个案子线头越来越长,我估摸着差不多也到快收线的时候了，事成之后都不要再去评功请赏了，丢不起这人，也对不起曲啸。"

毕其功："继续说案子。"

刘智云："据林风交代，护康药业的真正老板叫吴岩林，一个美籍华人，这是一个大老板，国内外有很多企业，说跟以色列军方关系密切，以色列的很多军事技术都是通过他才传到中国来的。此人精通七国语言，做事缜密，滴水不漏，制毒生意做了多年，从没失过手，他制的毒品全部销往国外，一克也不准在国内销售。"

苟大海："核查过吗？"

李德接着补充："林风的话靠谱，护康药业有一些药品是出口的，他说出口的集装箱里面装的是药品，但集装箱的顶梁上他们装上毒品，过关的时候走第四条通道，这条通道的 X 光机矮了 10 厘米，正好看不到集装箱的顶梁，其他通道都不行，他们用这种办法走了两年多，全部是去澳大利亚。我专门去了海关，实地看了那几个通道，第四通道的 X 光机的地面不平，角度到了集装箱顶部，误差有 9.5 厘米，这点误差连海关都不知道。结果被他们钻了空子。前几天有一个通道被货车不小心撞了，海关对通道全面翻修，第四通道 X 光机的地面倾斜问题也得到了矫正，所以他们的这条路不通了。"

刘智云接过话头："林风的货出不去，吴岩林说另外开辟通道，这才有林风在紫苑开房接头的事，这是第一次，人还没见着，就被我们冲了。"

苟大海问李德："海关那条通道修了多长时间了？"

李德："差不多快一个月了。"

苟大海："护康这些年向澳大利亚出货的频率是多少？"

李德："我查了他们的进出货清单，每半月一次。"

苟大海:"接下来两件事，一件是找吴岩林，这是个跨国大毒枭，找到他才知道这是不是线头的终点。另一件是，调查过来进行毒品交易的这些人，不管是澳大利亚的还是哪里的，来了就不让他回去了。这是两件事，实际上是一条线。"

刘智云:"毒窝被我们捣了，毒品被我们缴了，还交易什么?"

苟大海:"你不觉得护康药业里我们缴获的成品和半成品及原料之间的数量不太匹配吗?"

李德一拍脑袋:"是啊，毒品才 20 千克，半成品 800 多千克，你的意思是有成品出去了?"

苟大海满意地点点头:"出去了，但到了哪儿还不知道，在半道上。"

刘智云:"再审林风。"

苟大海:"意义不大，他也不知道。"

潘小小:"你怎么知道他不知道?"

苟大海:"这条道上就是这规矩。"

马多多:"那怎么办?"

苟大海:"分两个组，一组找吴岩林，这是条大水鱼，到天涯海角都要把他挖出来;另一组调动所有力量找毒品找买主，这个组和省厅禁毒局联系一下，看有没有这方面的情报信息，特别是跨国境的情报线索。再是动员咱们的秘密力量，这个时候不用我们什么时候用?第一组找吴岩林要保密，第二组可以透点儿风声，制造些紧张空气，叫他们不敢轻举妄动，多给我们留点儿时间，留给我们抓吴岩林的时间，抓到吴岩林一切都好办了。"

毕其功:"指挥中心马上发一个通知，从今天起，各县区公安局各派出所开展统一清查行动，对重点场所重点部位地毯式清查，这次清查大张旗鼓，旗帜鲜明，就是打击毒品犯罪，吸的、贩的见一个收一个。交警各大队各中队全部上路设卡，对可疑车辆全部拦停检查，每个卡点配两个特警，全副武装，带冲锋枪，对强行冲卡的先开枪警告，无效的可以直接开枪。动静搞大点儿，先把水搅浑，叫他们露不了头。关于毒品交易，我们宁可信其有，不可信其无，两个目标：一、毒品不能出伊秋；二、不能在伊秋交易成功。"

苟大海："我看就这样了，按局长的要求办。林风那里再派个人去问问，谁把毒品拉走的？原来有没有这种事？听说林风这个魔头还挺配合的？不管真假，倒是问啥说啥。"

李德："是这样，态度很好，很出乎我意料。每天还练瑜伽呢，我把监控录像调出来看了，身上像没骨头似的，给打靶真是可惜了。"

苟大海："听说现在死刑还是双轨制，有注射的也有打靶的，回头跟法院说说，这人要打靶，不打靶出不了我这口恶气。"

毕其功："照现在的程序，没个三两年判不下来。散会吧，苟大海和马多多留一下，还有个事。"

其他人都走了，苟大海问："啥事不能在会上说？"

毕其功问马多多："省厅王副厅长是你舅舅？"

马多多："是。"

毕其功："没听你说过。"

马多多："你也没问过啊。"

毕其功："没问你也得说啊。王副厅长给我电话，说是他妹也就是你妈的意思，叫我把你调国保去。曲啸那件事可能把你妈吓着了。国保也缺人，工作很重要。"

苟大海抬起眼皮看了一眼马多多。

马多多很意外，一下子涨红了脸："我告诉她不要管我的事，我哪里也不去，我就待在刑警队，除非你赶我走。"马多多看着苟大海说。

苟大海面无表情:"怕死可以走。"

马多多:"我是怕死,但我不走。"

苟大海:"怕死?"

马多多:"这几天总睡不着觉,那把枪在脑子里晃来晃去,我很没用。我妈看出来了,她说我脸色不对,她着急。"

毕其功:"我们缺这一环,这种事情发生后要有心理辅导才行,国外已经很普遍了。"

苟大海:"你说的是实话,是人都怕,但刑警的魅力就在这里,既怕又爱,像蹦极,站在上面腿都发软,但一跃而下之后就爽了。跟你说实话,我也怕。"

马多多:"你?也怕?"

苟大海认真地点点头:"怕。还记得那年我把劫持女公交司机的那个东北虎击毙的事吧,当时挺爽的,一枪爆头,女司机除了溅一身血一根毫毛都没伤着。但到了晚上就不行了,不敢关灯睡觉,一关灯就觉得床跟前站了个人,血头血脸的,好几个月都是开着灯睡的,后来养成了关灯睡不着觉的习惯。"

马多多:"队里都知道你睡觉不关灯,以为是怪癖,当领导的都有一些怪癖,原来是这个原因。怎么从来没听你说过?"

苟大海把脸绷起来严肃地问:"马多多你说实话,在刑警队,咱算不算个人物?"

马多多伸出大拇指:"那当然,你是这个,牛B!"

苟大海:"知道为啥牛B吗?"

马多多摇摇头。

苟大海:"一般人我还不告诉他,今天对你破个例,就是不光彩的事憋在心里别让人看出来。"

毕其功撇撇嘴不以为然："这是装 B！"

苟大海说："你说对了，会装 B 才会牛 B！"

毕其功点点头："嗯，也是这个理儿。"

马多多不好意思地挠挠头："我还得从头学才行。"

苟大海："不走？"

马多多："打死都不走。除非你赶我走。"

苟大海："打死我都不赶你走。给我干活儿去。"

马多多："是！"看了一眼毕其功就要走。

苟大海叫住他："哎，先别走。"

马多多："还有事，队长？"

苟大海不好意思地摸摸头："我那睡觉开灯的事别往外说。"

马多多马上一脸坏笑："这有点儿难度，我这嘴可没把门的。"

苟大海："不行，你得给我装上把锁，我一激动给你掏心窝子了，你给我嘞嘞出去，太影响形象了。要不我请你吃顿饭？"

马多多："我定地方，你一吃饭就是东北饺子馆，撑死都花不了几个钱。"

苟大海咬咬牙："太狠了，行，你说了算，形象重于生命。"

毕其功："算我一个，我这嘴也不严，哪天开大会我要举个例子……"

苟大海："趁火打劫！"

第七章 天网

一

苟远山的病更加重了。

大家没事就在病房陪着。楚鹤村三天两头过来看一眼,也不说话,坐一下就走。大嫂天天来,一来就是半天,大嫂手脚勤快,她一来就没王攀什么事了。苟大海挺过意不去,几次叫大嫂不用来了,说医院那么多事,但大嫂说那个医院说是医院,也比医务所大不了哪里去,就骨科还可以,再说医院大小事都是楚歇武在操持,自己有空,仍坚持来。

元帅的幼儿园放暑假了,假期完了就要上小学了,李侠给他报了个识字班,说是小学都不怎么教识字了,要是不提前识字,上学会跟不上课。有个同事的小孩就吃了这个亏,本来算数挺行的,可不识字看不懂题目,小孩子很沮丧,所以李侠赶紧利用这个暑假补上这一课。苟大海懒得计较了,按他的歪理邪说,就那两三千个汉字上什么培训班。

案子也僵在那里,各种措施都上了,还没找到突破口,从内心讲,苟大海巴不得就这种局面才好,多僵一阵儿,他就有时间多陪一下老爷子。这个案子快到柳暗花明的时候了,虽然还有很多结没解开,但等那条线上的人一一落网,一切就都水落石出了。而案犯落网只是时间问题,有时候刑警就像老中医,把准脉之后只能慢慢调理,慢不得也急不得,水到渠成。

黑桃皇后的事还是让苟大海很纠结,他总觉得这个案子和黑桃皇后有牵连,但现在反映不出来,他觉得即使牵不出黑桃皇后,也能从中找到一些蛛丝马迹。好在省厅也没再追问,刑警的很多线索是挂着的,有的一挂好多年,而一旦有条件了,马上就能拿过来用,这就是长线经营。

敬意一家也踏实地住下来了,丈夫迈克休假,也不急着回去,迈克对中国充满兴趣,整个伊秋城快被他走遍了,不知在哪儿买了一辆自行车,大街小巷到处转,这两天对伊秋的那段老城墙着迷了,一连去了好几次。他说据他判断,城墙的下部和上部是两个朝代建的,砖的大小和夯土的颜色不一样,至少差了上千年。苟大海很奇怪:"你不是学化学的吗,对历史还挺有研究?"

迈克说:"来中国的人都对历史有兴趣,要不看不懂中国。"

苟大海说:"你还真入了门,那城墙不仅仅是两个朝代,再往下还有一个朝代呢,埋地底下了,你看不到,时间倒不是太长,也就两千多年吧。"

迈克张大了嘴巴:"两千多年?你不是刑警么怎么也对历史这么有研究?"

苟大海说:"我们随便找个鸟笼子就比你们国家的历史长,不是我想研究,在我们国家满眼都是历史,躲都躲不开,有的地方撒泡尿都能刺出一个青铜器来。"

迈克由衷地激动:"太伟大了!"

时间平缓地流淌,一切都显得这么平静,就像这条汤旺河,不管底下是淤泥还是乱石,水面上永远都是这么优雅和平静。

这天下午病房里,正是接元帅下课的时候,李侠打来一个电话,很焦急的声音:"你有没有派人接走元帅?"

苟大海的头皮一下子炸了:"我怎么可能?不是你去了吗?"

李侠"哇"地哭了出来:"元帅被人接走了,两个人说是公安局的,肯定不是好人。"

苟大海:"你等着,我马上到。"

大嫂很着急:"元帅怎么了?被什么人接走了?是绑架吧?这可怎么得了?"

苟远山也腾地坐起来:"怎么了?元帅怎么了?"

苟大海已经闪出门去:"不用你们管,我有办法。"刚转身跟楚红撞了个满怀,楚红端着的托盘一下子掉到地上。苟大海停都没停,转眼已经没影了。

苟远山问大嫂:"怎么回事?"

大嫂说:"元帅被人在学校门口接走了,肯定是绑架。刑警队长,难免得罪人,那也不能对孩子下手啊。不过您不用着急,他们会有办法的。"

苟远山:"啊?"

门口的楚红听到,脸色"唰"地变了。

大嫂喊:"王攀,王攀。"

王攀过来。

大嫂:"你在这盯着,我要回去给老爷子做饭去了。"回过头又安慰苟远山:"您别着急,他们会处理的,公安局这么多人,又是刑警队长的儿子,放心,放心。"说完,大嫂帮掖一下被角就出去了。

苟大海来到学校门口,老师和李侠正焦急地等着,接到苟大海的通知,李德他们也已经到了。

老师见到苟大海连忙惊恐地解释:"最后一堂课还没开始,小朋友们正在院子里玩,来了两个人,说是公安局的你的同事,还给旁边的我亮了一下证件,说是要接元帅走。元帅说我不认识你们呀?他们说:我们是你爸爸的同事,你妈妈叫李侠,爷爷在住院,姑姑叫敬意,还有一个小表弟叫欧文,对不对?爸爸在医院,让我们把你送过去。欧文弟弟今天过生日,要早点儿回去。元帅说你说的都对,欧文是要过生日,可妈妈说来接我的。他们说,妈妈临时有事来不了,爸爸才让我们来接你的,看叔叔是开警车来的。元帅说:我要坐警车,爸爸老不让我坐。说完就跟他们走了。情况就是这样。"

苟大海:"那两人长什么样?往哪儿走了?"

老师说:"一个是瘦高个儿,脸上有雀斑,另一个方脸,戴眼镜,往右拐走了。"

李德:"开什么车?"

老师:"好像是三菱吉普,上面有一排警灯。"

苟大海:"车牌号呢?什么颜色?"

老师摇摇头:"没看清车牌,谁知道有这种事啊?颜色是银灰色的，轮胎上有很多泥。"

苟大海对李德说："通知路面交警，见到有警灯的吉普全部拦停检查，不管什么牌子。伊秋周边的八大路口全部上卡，所有银灰色吉普都查，车不能出伊秋。"

李德："刚才毕局长已经安排了，也都通知下去了，兄弟们全调上来了，什么事也没这个事大。"

苟大海怔了一下，心里觉得不妥："全调上来了？"

李德："全调上来了。"

李侠哭着说："你要把儿子给我找到。"

苟大海咬着牙恶狠狠地说："哭有个屁用！谁敢动我儿子一根毫毛，老子扒了他的皮！"

这时毕其功的车开过来了，毕其功对学校一个领导模样的人说："借你们办公室用一下，当临时指挥部。"

学校领导忙不迭地说："好，好，就用我们二楼的小会议室吧。"

临时指挥部。

"动机？！"毕其功用手敲击着桌面环顾着大家问。

没人说话。

"问你们呢？都哑巴了？"没见过毕其功发这么大火，元帅是毕其功看着长大的，现在吉凶未卜他心痛。

还是没人说话。

马多多小心翼翼地问："头儿，您最近得罪什么人了？"

苟大海眉头紧锁："我天天得罪人，几十年了，自打当上刑警。"

李德摇摇头像是自言自语又像是对大家说："不像，没有这么找死的。"

苟大海也点点头。

商凯乐说："绑架一般就两种动机，要么报复，要么勒索，不是报复，难道是勒索？再等等，看会不会来电话？"

李德再摇头："勒索刑警队长？"

商凯乐："说不定不知道。"

潘小小："刚才老师说了，就冲着队长来的。"

会议室再次陷入死一般的沉寂。

苟大海突然问："兄弟们都在哪里？"

李德说："都在局里候着呢，就等我们下令了。可我们现在连方向都还没摸准，有劲儿使不上，像是老虎咬刺猬无从下口……"李德说着突然觉得苟大海的话里有另一层意思，他猛地止住抬头看了一眼苟大海，苟大海用几乎看不出来的幅度朝他点了点头，毕其功也意识到了，三个人用目光交流。

商凯乐、马多多和潘小小也互相对望了一下，好像明白了什么。

这时，指挥中心有民警跑进来报告，说是那辆警车在通往老黑山的路边被发现，里面是空的。

毕其功和苟大海不约而同地皱起了眉头，这老黑山太大了，错落几十个山峰，绵延上百千米，一旦进了山就像是大海捞针。

毕其功下令："传我的命令，所有的警力全部调往老黑山，机关的警力除留下值班的全部上山，老黑山通往外边的道路全部封锁，里面的每条山路每个山峰都要去搜，对老黑山我们别无选择，只能打人海战术。天快黑了，每个民警都要带上照明工具，做好通宵作战的准备，找不到孩子不许下山。"

苟大海对毕其功说："刑警还是留一个中队在家。"

毕其功摇摇头不同意："先不管那么多了，当务之急是找元帅。"

苟大海欲言又止。

李德明白毕其功的意思,朝局长点点头,随后补充说:"进山之后通信联络是个大问题,里面手机没信号。"

　　毕其功不愿纠缠:"各自克服困难。出发!"

　　大队人马浩浩荡荡向老黑山进发。

　　李侠在门口拦住毕其功的车带着哭腔恳求:"带我去吧。"

　　苟大海不同意:"你去干什么?"

　　毕其功:"上车。"

　　李侠便挤上车来。

　　车发动了,毕其功对李德说:"给边防郑程支队长打个电话,叫边防支队全部的公边艇、巡逻艇都开出来,加强海面的巡逻,在海面上见到可疑的船只一律登船检查,明确告诉他敌人可能是调虎离山,重点查毒品。"

　　李德说:"我们路上的卡哨可是全撤了,要是他们走陆路……"

　　毕其功很无奈:"我做不到面面俱到,叫公路收费站支持一下吧,我得先找元帅。"

　　李侠泪眼婆娑。

　　毕其功的车刚要进山,一辆警用摩托车追上来,一个警察跳下来,气喘吁吁地对毕其功说:"报告,有个采药的山民从山上跑下来报告,说是鹰嘴崖峰有个破落废弃的尼姑庵叫铁瓦庵,那里面有人。"

　　苟大海焦急地问:"有什么人?"

　　"说是有个小孩爬树上去了。"

　　"是元帅!"毕其功和苟大海异口同声地说。

　　"快!"毕其功催促司机。

　　司机说:"再往上车就没法开了。路太窄,进不去。"

　　苟大海说:"摩托!"说着抢过报信民警的摩托:"来,老毕,你坐后面。"

毕其功坐在后座，苟大海一加油门，摩托车冲进山去。

李德对愣着的民警喊："再调一部过来。"民警赶紧拿起对讲机呼唤同伴。

很快，另一辆摩托飞驰而至，李德摘下民警的头盔给李侠戴上，带着李侠追了出去。

鹰嘴崖铁瓦庵。

破败的院子里有一棵参天古树，元帅坐在树冠一根横枝上，两手紧紧地抱着树干，树下面有两个人，一个瘦高个雀斑脸，另一个方脸戴眼镜，两个人围着树团团转，瘦高个还抱着树试着往上爬，显然他不会爬树。原来，他们把元帅带上来，把庵的破大门关好，以为元帅跑不出去了，就对元帅没大在意，没想到一直哭闹的元帅趁他们不在意，"嗖嗖"就利索地爬树上去了，这一招他们谁都没想到，而且，树这么高，两人也拿他没办法。元帅爬上树就使劲喊爸爸，这种深山老林人迹罕至，喊也没用，没承想不远处正好有个药农在山涧采药，听见有孩子的喊声觉得蹊跷，下山正碰上大批民警进山，赶紧报告。

这时，雀斑脸和方脸还在威逼利诱。雀斑脸说："赶快下来，下来给你好吃的，吃完就送你回家。"

元帅说："你骗人，你是个骗子，我爸爸会抓你的。"

方脸说："你不下来就别下来，我看你能在上面待多久，你能待一夜吗？半夜你睡着了会摔下来，你小命就没了。我们就是跟你开个玩笑，就让你在这待一夜，又不害你，好吃好喝地供着你，别敬酒不吃吃罚酒。"

元帅："你是坏人！我让爸爸抓你。"

方脸不屑一顾:"来啊,让你爸爸来抓我啊,还真能耐了你,这里连我都找不到,你那警察爸爸就这么大本事?!"

元帅又开始喊:"爸爸,爸爸!"

方脸用枪比画着:"要不是东家有交代,老子真想一枪毙了你个小兔崽子,让你再喊。"

树上的元帅远远看见两辆摩托过来,小家伙一下子激动了,更加大声:"爸爸,爸爸!"

雀斑脸和方脸也好像听到了摩托车的声音,脸色一下子变了,赶紧跑出大门看。

两辆摩托吼叫着直冲过来,苟大海对后面的毕其功喊声"跳",两个人一起跳下摩托,摩托顺着惯性对着大门直冲过去,雀斑脸和方脸脸都吓绿了。

苟大海对着两人脚下边走边开枪,子弹溅起一团团尘土,两人吓呆了,苟大海上去一脚将方脸踹倒在地,将方脸的枪踩在脚下,飞跑过来的李德借助惯性跳起一个飞踹,正踢到雀斑脸的胸口,雀斑脸像堵墙一样重重地倒在地上。

毕其功冲到树下,对元帅喊:"元帅,伯伯来接你。"说着身手敏捷地抱着树干往上爬。

元帅兴奋地大叫:"爸爸,伯伯,妈妈,叔叔……"一时不知叫谁好。

李侠双手张开像是要接住树上的儿子:"元帅,元帅,小心,小心!"

毕其功小心翼翼地把元帅接到地上,李侠抱住元帅"哇"地哭了出来。

李德已经将两个人捆了个结结实实。两个人跪在没有脑袋的佛像前,脸上挂满惶恐。元帅跑过来,手里拿了一根树枝,看样子是想打他们出气,但来到跟前,又害怕了,转脸向爸爸说:"爸爸,这两个是大坏蛋!"

苟大海拿过儿子手里的树枝,用树枝点戳两人的额头,叫他们把头抬起来:"活腻歪了?我该把你俩直接丢下去。"苟大海用树枝指指后面的悬崖。

两人额头上渗出豆大的汗珠。

"说吧,老子没耐性,别跟我兜圈子。"

李德上来提醒:"把他俩分开吧。"他指的是分开审讯,这是审讯的常识也是原则,目的就是互相印证口供,避免串供。

苟大海摇摇头,意思是没必要。

毕其功没管审讯的事,那是苟大海的职责,他把元帅领到一边,他怕孩子受到惊吓,心灵上留下创伤,这种事情大人都很难顶得过去,更何况是个孩子,但从元帅的神情上看,元帅并没什么异样,这让毕其功和李侠既宽慰又感慨,李侠总想紧紧抱着元帅,这是一种下意识的动作,但元帅不接受,总是挣开。毕其功对李侠说:"没事儿,这小子胆儿大。"

李侠含着眼泪笑着说:"我都吓死了,真是无知者无畏。"

毕其功:"元帅的无畏来源于对爸爸的信任,应该说因为这种信任这小子整个过程就没有害怕过。"

雀斑脸和方脸的心理防线在听到摩托车响的时候就已经崩溃了,两人把经过交代得清清楚楚,雀斑脸抢着说:"东家的货压在手上,那边也催得急,人都到了就是接不了头,你们查得太紧了。后来东家说把你儿子绑了,来个调虎离山计,但东家特别交代不能伤了孩子,好吃好喝供着,过这一夜,明天就放人。东家把你家的情况告诉我们,我们就去学校接孩子了,先是开车进山,后来换摩托车上的山，车扔山下了。你看，我们真没亏待孩子，买了那么多好吃的。"雀斑脸指指墙角那一堆食品饮料。

"他们今晚要干什么？"

"交易。"

"在哪儿交易？"

"两个方案：第一，汤旺河大桥头，到时会开来一部旅游大巴，两边的人上车，就在大巴上验货交钱。第二，在紫苑宾馆。"

"紫苑宾馆？你们还敢去？"李德忍不住问。

雀斑脸说："我们东家说，越危险的地方越安全。"

李德忍不住乐了，没好气地问："怎么不去公安局交易？那里更安全。"

雀斑脸说："原来是这么打算的，最初定在你们公安局的伊安招待所，但这几天你们那里正搞装修，停业了，没法去。"

李德和苟大海倒吸一口凉气。

苟大海："你们东家是谁？"

"黑桃皇后。"

苟大海一惊，赶紧示意毕其功过来，终于踩到了黑桃皇后的尾巴，真是太令人振奋了。

"把黑桃皇后的情况讲讲。"

"我们只接受指令，其他都不知道，不敢打听，也打听不到。"

毕其功："黑桃皇后长什么样？"

"是个女的。"

苟大海："废话，男的是黑桃皇帝！"

毕其功："她住哪儿？"

"不知道，原来是我们大哥宋江和她一起做，宋江上星期喝酒摔死了，我们这是第一次跟她合作，她找的我们。"

苟大海："宋江？摔死了？"

"摔死了，要不，哪轮得到我们？看起来她挺急的，急着出货。"

苟大海转过来对方脸说："他的态度比你好多了。"

方脸一脸委屈："我知道的都被他说了。"

苟大海："你就不想捞个好态度？"

方脸都快哭了："我知道的也这么多。"

苟大海对李德说："先押一边去吧。"

两人被带往后院，这时方脸停下来对苟大海说："我还知道一个事，说了算我立功行吗？别人都不知道。"

"说吧。"

"蒋大，就是关在看守所的蒋大知道黑桃皇后的情况。"

"嗯？"苟大海很吃惊。

"我当年跟了蒋大很多年。"

苟大海朝方脸点点头，方脸如释重负。

苟大海对毕其功说："我们悄悄下山，这里手机没信号，黑桃皇后不知道这两人被抓。"

毕其功："好，调一个中队下去，其他人继续搜山，给他们一个假象。"

苟大海："只是辛苦了全局的弟兄们。"

毕其功："值！这叫佯攻，就当是实战拉练了。"

苟大海："下山参加行动的所有队员一律关掉手机，不准和外界有任何接触，这个黑桃皇后不是等闲之辈，不可有丝毫大意。这两个人先不要往下带，在这里看一夜。"然后对李侠说："你和元帅直接悄悄回家，关灯睡觉，谁都不要见。"

毕其功:"就这么办,她跟我们玩调虎离山,我们也给她玩一计,这叫明修栈道,暗度陈仓。"

苟大海:"有点儿意思了,好久没遇到像点样子的对手了。"

夜幕降临。

苟大海和战友们在汤旺河桥头不远处埋伏下来,大家很兴奋。苟大海对大家说:"都给我听好了,听我的指令,大巴车到后等人一上车,车一发动,马多多先给我把轮胎打掉,然后大家把大巴包围。防弹衣都穿好了,这帮亡命之徒手上可能有枪,商凯乐,你把震撼弹准备好,看见有枪,其他人先别上,把震撼弹扔进去,把他们震晕球,然后再慢慢收拾,都别给我当愣头青。"

商凯乐: "这震撼弹威力可大,车水马龙的,伤及无辜怎么办?"

苟大海:"你还真长脑子了,那边我已经告诉交警的指挥中心了,大巴车一过,大桥那端就亮红灯,其他车过不来。"

"那有闯红灯的呢?"商凯乐还是不放心。

"你脑子又长多了,闯红灯的咎由自取,这震撼弹又震不死人。再说了,桥头不还有个老头戴红袖标指挥交通的吗?他那盯着呢,没人敢闯。"

潘小小:"你们仔细看看,那老头是谁?"

"谁?看不出来。"

潘小小很得意:"啥眼神啊,有眼不识泰山!"

"啊?"马多多看出来了,"他是,他是我们毕局!装得真像!"

桥头的红绿灯下,一个老头戴着红袖标正尽职尽责地指挥着交通。

九点整，一辆大巴驶过来，在桥头北端缓缓停下。大巴全拉了窗帘，看不见里面，停了不到一分钟，没人上车，大巴又缓缓开走了。

情况有变化！

苟大海："马多多，你们开车跟上他！启动第二方案。"

苟大海开车赶到紫苑宾馆。

刘智云迎上来，朝他摇摇头。

苟大海到前台，索要今天的住房登记，服务员心领神会，把登记本递过来，并说了一句："刚才有两个外国人退房走了。"

苟大海："什么时候？"

"八点整。"

刘智云："这个点我刚到门口，我还看见了这两个老外急匆匆往外走，算是擦肩而过。"

苟大海恼怒地歪了一下嘴。

苟大海在紫苑要了个房间，马多多和毕其功赶过来。

马多多："我们跟到了大巴，是汽运公司的，说是昨天有人包车，要求晚上九点在桥头接客，刚到桥头，司机就接到电话，说取消了，车只好开回公司。司机是老员工，在汽运公司开30年车了，这个人没问题。"

苟大海说："打给司机的电话号码提取了吗？"

"提取了，是充值卡，没啥价值。"

"给我。"苟大海接过写有电话号码的纸条，端详了半天。

毕其功："看来他们的行动取消了，哪个环节出了问题？"

刘智云："看他们急匆匆的样子，是不是他们察觉到了什么还是我们走漏了风声?"

李德:"不会呀,我们每个环节都滴水不漏天衣无缝。"

毕其功:"肯定有问题!"

苟大海一言不发,他走出房门,在院子里一个角落打电话:"元帅,叫你妈接电话。"

李侠:"是我。"

"你们下山是直接回家了吗?"

"是。按你要求办的。"

"哪里都没去?"

"哪里都没去。"

"谁也没联系?"

"谁也没联系。哦,就是给爸说了声。"

"不是告诉你谁也不联系,直接关灯睡觉吗?"

"总得给爸说一声呀,要不他老惦记。怎么了?"

"没怎么。"说完苟大海把电话挂了。

二

中午,苟大海倚在门框上等李侠给老爷子拿换洗的衣服,戒毒所所长进来了。

苟大海:"有事?"

所长:"小暖的事。"

苟大海:"什么事?"

所长:"小暖的情绪很不稳,毒瘾犯的时候很偏激,昨天和一个戒员打架,把人的眼睛都打青了。所里给她关了集训,她到现在都不吃不喝,今天例牌检查,在她的床铺下面发现有刀片。我想,我想还是先来跟你说一声，万一有个什么意外……"

苟大海："现在呢？"

所长："还在集训室给她做思想工作。"

苟大海："你给她说，就说我说的，叫她听话，不许耍脾气，我忙过这两天就去看她。"

所长："好，好。"

李侠没插话但都听到了，下午下班后她直接去了戒毒所，小暖见了李侠，一下子扑到她怀里就哭了。

李侠和小暖谈了很久，戒毒所也乐见这种场面，小暖当场向所长承认错误。李侠经过所长的允许，陪小暖进了戒毒仓，这是一个20人的大通铺，各色人等都有，但收拾得很干净。

天已经黑了，李侠突然对所长提出自己想陪小暖在这住一晚。所长很惊讶："这，这怎么行？"

李侠说："这对小暖有好处，也会对别的戒员有好处。"

所长没遇到过这个问题，说要请示。

李侠摆摆手，直接在小暖的旁边躺下了。小暖都不知道该说什么好，仓内其他人也很新奇，纷纷围拢过来。

李侠真在戒毒仓里睡了一晚。早晨出来，小暖哭着向李侠保证："一定好好戒毒，要再闹我是这个。"小暖比画成一个乌龟的形状。

李侠拍拍她的脸蛋，表示相信。

走出戒毒所，苟大海的车停在门口。李侠上车："苟大海，你这是第一次接我。"

苟大海："谢谢。"

李侠："你这是第一次对我说谢谢。"

看守所的会客室有一个单间，苟大海和哈雷。

苟大海："还和蒋大一个仓？"

哈雷："没调，还在一起，这是个人渣。把他调走或给我换一个仓，看不惯他那做派。"

苟大海："你和他关系处得怎么样？"

哈雷："仓里他是老大，整个一南霸天，谁都怕他，他就不敢惹我，我也懒得理他，我俩井水不犯河水。"

苟大海："你要贴上去。"

哈雷很惊讶。

苟大海："这人肚里还有东西，不能让他带进坟墓去，得给他挤出来。"

哈雷挺直了腰："哪方面的？"

苟大海："我经营的这个毒案，快到头了，又掉线了，线头可能在蒋大嘴里。"

哈雷："能再具体点儿吗？"

苟大海："黑桃皇后。"

哈雷："啊？这黑桃皇后传说可是很多年了。"

苟大海："我原来也一直以为是传说，时隐时现的，可现在看是确有此人，而且还很不简单。"

哈雷："蒋大知道？"

苟大海："不敢肯定，我分析，至少他知道一些线索，这黑桃皇后像一个幽灵，来无踪去无影，在伊秋的天空飘了好多年了。我觉得我离她越来越近了，我都能闻到她身上的味道了。"苟大海抽了抽鼻子。

哈雷："啥味？"

苟大海："妖味。"

哈雷："放心吧，他敢不说，我把他舌头拔下来。看他那跛扈样儿，老子的拳头早痒痒了，要不是不想再惹事，我早收拾他了。"

苟大海："硬的肯定不行，千万不能动粗，他死猪不怕开水烫了，搞不好反而弄巧成拙，先摸情况，能摸多少摸多少，咱俩及时沟通。"

哈雷："行，我听你的。"哈雷顿了一下，"小暖怎么样？"

苟大海："在咱们戒毒所，挺好的，毒瘾控制住了，人也长胖了。李侠每星期都去看她，每次都带一大堆好吃的，怕是她出来要减肥了。"苟大海故作轻松地说，实际上苟大海心里很难受。

李侠对小暖很上心，她一直因为介绍小暖去绿原戒毒心存内疚。那一夜之后，小暖对李侠也很信任很依赖，有什么话都愿意跟李侠讲，小暖和自己的妈妈反而沟通不好，见面就吵。在这点上，苟大海对李侠很感动，心里暖和和的，最近家里事情比较多，两人把自己的事只好先放一边了，彼此客客气气的，倒也相安无事。只是苟大海心里还是堵得慌，最近苟大海敏感地发现，李侠和楚红有意无意地相互回避，就是撞在一起也没什么话讲，像是中间有了一道无形的墙，看不见摸不着也说不明白，但它又确确实实地存在。苟大海很想解释，但又不知解释什么，李侠也没有给自己解释的机会和气氛。

哈雷："嫂子太好了，我出去之后要好好谢谢她。"

苟大海："我谢过她了。家里的事你不用管了，有我呢。"苟大海突然咬牙切齿地说："老子一定把害小暖的那只黑手揪出来，我要把他送上断头台，用他的命给小暖赎罪。"

说完，连个招呼也没打，苟大海转身离去。哈雷从他的背影里都能感到苟大海眼里的怒火。

监仓。

晚上十点,要睡觉了,各人在自己的铺位上都不敢说话,睡觉的时候说话是违反监规的,只有蒋大不管,他大声地对一个三角眼喊:"老子没烟了,到门后边看看还有没有烟屁股,叫老子嘬一口,要不这晚上怎么睡得着?!"

见三角眼磨蹭:"你他妈看什么摄像头,你也是个早晚挨枪子的,怕个球!老子最看不起你这货,脑袋掉了也就碗口大的疤,大丈夫敢作敢当,看你一天到晚哭丧着脸,像你爹死了一样。"

三角眼不敢还嘴,赶紧下铺,在地上寻摸了半天也没找到,又怕蒋大发火,嗫嚅着说:"没有了,你昨晚都找过一遍了。"

蒋大:"你他妈还敢嘴硬,昨晚你也这么说,不还是找到一个?快找,找不到,老子踹你。想叫老子睡觉,要么给我找支烟抽,要么找个人给我打一顿,你选一样吧。"

三角眼不敢吱声了,趴在地上找。

角落里的哈雷探起头,朝蒋大勾勾手指,蒋大马上就像明白了什么,赶紧起身从几个人的身上踩过来,被踩的人龇牙咧嘴但也不敢吭声。睡在哈雷旁边的很有眼力见儿,赶紧抱起自己的被子走了,蒋大挨着哈雷躺下,笑眯眯地和哈雷套近乎:"你老弟是第一次找我,有啥好事?"

哈雷摸出一包烟。

蒋大一把抢过来,先放在鼻子上使劲地闻一下:"真他妈香!"

三角眼赶紧过来,给蒋大把烟点上。

蒋大很享受地吐了个烟圈:"从哪儿弄来的?"

哈雷很不屑:"这还不是小菜!"

蒋大:"这玩意儿真要命,没女人我受得了,没烟不行。"

哈雷:"有这么严重吗?"

蒋大深吸一口："嗯，有！"

哈雷："要是吸毒玩粉，你更戒不了。"

蒋大："肯定戒不了，所以我只卖不碰。"

哈雷："卖的有碰的吗？"

蒋大："没有，我知道的没有。吸的和卖的是两条道，互不搭界。卖这玩意儿是把脑袋别在裤腰带上，睡觉都得睁着眼，随时想着逃命，要是惹上，犯了瘾，那还不是找死。"

哈雷："你这么小心，怎么……"

蒋大："常在河边走，哪有不湿鞋？老子知道这个理儿，说好干最后一单的，收完钱回家过日子去，结果这最后一下偏就栽了。提起来就他妈后悔，不提了，再提老子又想打人出气了。"

哈雷："以后你就睡在这了，刚才那胖子老打呼噜，还他妈磨牙，搞得老子也睡不好。"

蒋大有些犹豫。哈雷又摸出一瓶东西给蒋大看，蒋大一看眼都睁大了："豆腐乳！"

哈雷："明天吃。"

蒋大说："不行，我等不到明天，我得先吃一块儿。"说着拧开瓶盖，用手指抠出一块抹在嘴里，有滋有味地咂摸半天，很享受的样子。

仓内其他人眼巴巴地看着。

会客室。

苟大海："怎么样？有什么消息？"

哈雷："这才两天，你太心急了。"

苟大海："是急了点儿，但不急不行。他们手上有货，买货的也来了，本想交易的被我们冲了，但伊秋这么大，他们不知什么时候不知在哪里还是要交易的。我现在手上没一点儿线索。"

哈雷："刚靠上他，但这混蛋死活不上道。"

苟大海："蒋大最高院的死刑复核下来了，下午就会对他宣布，他现在是一点儿盼头都没了，这个时候让他开口确实太难了。"

哈雷："我再想想办法。"

苟大海拍拍哈雷的肩膀，没再说什么。但哈雷感到了自己的压力，他太了解苟大海了。

上午九点，法官进入监仓。

法官："你的姓名？"

蒋大："蒋大。"

法官："年龄？"

蒋大："35岁。"

法官："你的家庭住址？"

蒋大："河南省开封市商老庄乡丁沙村。"

法官："经查明，蒋大2009年9月30日贩卖冰毒3000克被当场抓获，证据确凿，一审判处死刑，剥夺政治权利终身，罪犯蒋大服判，现经最高人民法院核准，判处死刑，立即执行。你还有什么话讲？"

蒋大："没有。"

法官："你有没有遗言和信札转交你的家人？"

蒋大没有吱声。

法官："罪犯蒋大，你有没有遗言和信札转交你的家人？"

蒋大迟疑了半天，长叹一口气："没有。"

法官："庭审完毕，明天执行死刑！"然后，法槌重重落下。

蒋大身子抖了一下，在旁边的哈雷看得清楚，一摊液体顺着裤管流了下来，流到水泥地板上。

法官宣布完离开，哈雷端着一杯水，样子像是来扶蒋大，但哈雷一个趔趄，满满一杯水直接倒在蒋大的裤子上。蒋大下意识地想发火，抬头看看是哈雷，再低头看看自己的裤子，突然大笑："哈哈，老子早活够了，终于盼到这一天了。"只有哈雷听出了他的虚张声势。

蒋大拖着湿漉漉的裤子躺在铺上，全仓没有一个人敢说话。

晚上，蒋大捅捅哈雷："谢谢了兄弟，要不是你那杯水，老子这人就丢大了。"

哈雷："你英雄一世，怎么……"

蒋大："这个结果我早就知道了，可到了眼前还是受不了，我就觉得腿哆嗦了一下，尿一下子就出来了，真他妈丢人。"

哈雷："人嘛，早晚都得走这条路，早死早托生。你还有什么事要我帮你办的吗？咱也是兄弟一场，躺在一起也是个缘分，你别客气，不管啥事你尽管开口，我出去帮你办。"

蒋大："一了百了，没事。"

哈雷："我在这整天琢磨，哪天我出去了，靠什么混呀？找个工作都难，谁他妈要我呀，我啥也不会，我想我得豁出去干把大的，捞点钱，捞钱最快的还是你那一行，虽然危险，但这年头，饿死胆儿小的，撑死胆儿大的。大哥，你当年那些道上兄弟给我留个呗。"

蒋大："这条道上只认钱，哪还有什么兄弟，我一栽进来，还不都改名换姓的跑路，等警察抓啊？"

哈雷："在外面听说过有个叫黑桃皇后的？"

蒋大："你怎么知道黑桃皇后？"蒋大很惊讶地扭过头看了一眼哈雷，"你胃口可够大，警察找了那么多年，连个影儿都没找到，你就别想了,说实在的,我也没见过,这黑桃皇后是男是女都很难说。"

哈雷:"黑桃皇后还能是男的?"

蒋大高深莫测:"难说。这条道,水深着呢。"

哈雷:"有什么办法找到她?"

蒋大扭过头看着哈雷:"你什么意思?我死到临头了,不想再害兄弟,咱们不准再提这事。"眼看着脸色不对,哈雷知道只能到此为止了。

上午十点半,会客室。

苟大海:"还是没?"

哈雷沮丧地摇摇头:"没。"

苟大海在屋里走来走去,很不甘心的样子:"有没有跟他聊过他个人的一些事?"

哈雷:"这个有,他家在河南开封的一个山村里,祖祖辈辈脸朝黄土背朝天靠种地为生,他不甘心,出来闯世界,试过很多行当,都亏得一塌糊涂,最后走上贩毒这条路。但他口风很紧,一提这事就封口,摸不出东西来,再坚持看样子就要翻脸了。我倒不怕他翻脸,怕坏了你的事儿。"

苟大海:"不能翻脸,翻脸也没用。还有什么?明天就拉出去了,有什么情绪变化?"

哈雷:"这狗日的吓尿裤子了,我拿杯水帮他解了围,他嘴硬怕丢人,为这事很感激我。"

苟大海:"你做对了。"

哈雷:"他这人心肠像石头一样,他父母孩子都不放在心上,已经好多年没联系过了,他说家里人知道他干这事,特别是被抓起来之后，就算跟他断绝关系了，他在这里面待了两年了，家里没一个人来看过他。"

苟大海："这么绝情？"

哈雷点点头："你知道他现在最放不下的是什么？你猜都猜不出来。"

苟大海："什么？他孩子？"

哈雷摇摇头："他有个女儿，说是出嫁了，嫁到哪里嫁给什么人他都不知道。他最担心的是他死了没人收尸。他老跟我打听，人毙了要是没人收尸政府会怎么处理，他说他听说要是家里没人管，会被野狗吃掉。我为了吓唬他说很可能，还建议他给外边的朋友带个话，叫他们帮个忙。他说到这份儿上哪还有什么朋友？原来是钱牵的线，钱没了，人早不见了。他最想能埋回他家的祖坟去，说这样踏实，也好投胎转世。人快死了，啥稀奇古怪的念头都会出来。"

苟大海若有所思。

三

苟大海心事重重地坐在苟远山的病床边。

苟远山已经吃不下任何东西，连喝口水都得慢慢往下咽，全靠输液维持着生命。医生已经说了，下一步就要插胃管了，每天定时往里灌食物，一般还能坚持一两个月。但老爷子有言在先，坚决不同意。医生说老爷子那时基本陷入昏迷状态，如果家人坚持，还是可以做的，很多人都走这条路，不走完好像没尽心似的，我们一般都听家属的。苟大海没吱声，看着敬意，意思是敬意拿主意，这让敬意很意外，苟大海从来都是当仁不让的，最近有点儿不对劲儿，猛然，敬意想起了这次的伊春之行，心里"咯噔"一下，然后朝医生摇摇头，眼泪"哗"地流了下来。

苟大海以为敬意是因为做这种决绝的决定而伤心，他不知道敬意心里还有一个委屈，她觉得马上失去父亲，同时还要失去弟弟？敬意泪眼婆娑，很陌生地看着苟大海。

苟大海也意识到了，心里猛然一惊。

老爷子在床上躺不住，隔几分钟就要起来站站或者走走，他说心烦意乱，里面百爪胡挠似的，不是痛也不是痒，就是烦躁。特别是半夜，一会儿坐起一会儿躺下，每次都要靠安眠针才能睡一会儿，幸好陪床的有王攀，楚红也经常过来帮忙，要不还真够苟大海和敬意受的。

问医生，医生说，老爷子好久不进食了，胃里是空的，只有胃酸，所以会很难受，这种情况还会持续下去，一直到他身上的营养耗尽，大脑昏迷。

敬意说，那就多往液体里放点儿安眠镇静的药吧，这时候也不用考虑什么副不副作用了，我宁肯让他睡过去。

医生说也不能超量，我们开药也是有规矩的。

苟大海对医生说："都这个时候了，还规什么矩?"

医生摇摇头。

苟大海眼睛直直地望着医生离去的背影，不知在想什么。

苟大海在刑警队转悠了一圈，问李德："正常?"

李德点点头："正常。"

苟大海又看了一眼商凯乐和马多多，商凯乐说："有几个小案，不值一提，我们闭着眼就把它办了。"

马多多说："刘队说了，别屁大点儿事就骚扰您，这几天没遇到比屁大的事。"

苟大海点点头,随后对潘小小说:"你给我去开一下涉案财物管理中心的大门,我去看几个东西。"

李德:"我陪你去?"

苟大海摇摇头,兀自走了出去,潘小小拎着一大串钥匙赶紧跟了出去,并提醒苟大海:"要两个人一起去才行的哦。"

苟大海面无表情地回答:"你加我不就是两个人?"

涉案财物管理中心。两个人同时用食指按住密码器,这是指纹锁。

苟大海指指贴有"毒品"的一间铁门:"打开。"

潘小小在一大串钥匙里找了半天,然后把门打开。苟大海:"把钥匙留下,你在外面等我。"

潘小小:"留您一人这可是违反规定的。"

苟大海瞪了一眼潘小小:"这么多话?"

"你定的规矩!"潘小小不服气地哼了一声,不情愿地去值班室了。

苟大海很长时间没有出来,潘小小在值班室无所事事,不经意间抬头看了一眼墙上的视频监控,视频上,苟大海已经打开了装有冰毒的柜子,看着里面的冰毒正在犹豫不决。

潘小小想不明白苟大海想要干啥。

画面上,苟大海从裤兜里掏出一个小瓶,拧开盖,伸手想去装毒品。

门口潘小小突然问:"队长,你……"

苟大海没回头,但手停住了,叹了口气,平静地说:"我忘了,值班室还有监控,这几天乱了方寸,该把它关了才是,人一乱就犯蠢。"

"您要干什么?"潘小小问。

"想用这万恶的毒品做一件温暖的事。"

毒品？还温暖？小小更想不明白。

"算了，这件蠢事我差点儿就真办了。"苟大海走了。

潘小小看着这个已经拧开盖的小瓶、已经打开的冰毒柜子，不知道该怎么办。

苟大海走出来边走边打电话："李德，你是学法律的，你告诉我，一个人从合法的场所拿了一点儿毒品去做一件好事，这在法律上怎么说？"

电话里李德说："你这个问题不存在，毒品都是干坏事的。"

苟大海："胡说，医院里的吗啡、杜冷丁不都是毒品？连点常识都不懂，还硕士呢，你党校的吧？"

李德："你的问题都不是正常人的问题，我得查查条文再答复你，免得又错了，辱没法学硕士的名声。"

晚上，潘小小一个人溜进病房，她对正坐在椅子上打盹儿的王攀说："你出去一下，我有事跟队长汇报。"王攀揉着眼睛赶紧出去了。

苟大海对小小的到来很意外，老爷子正在病床上辗转反侧，刚打了安眠针，药劲儿还没上来。

潘小小神秘地从包里掏出一个小瓶，递给苟大海，正是上午苟大海忘在毒品存放室的，苟大海的脸色马上变了。

"队长，我都明白了，你是个纯爷儿们，小小佩服你！"

苟大海皱起了眉头，很不客气："谁让你干的？"

小小瞥了苟大海一眼："我才没你那么笨，连监控都不知道避，你想留下证据呀，我把视频给关了。"

"送回去。"

"为什么呀?"

"这是犯纪的事,要处分的,弄不好你要丢饭碗。"

"哪里找不着一碗饭吃?我当警察就是觉得刺激,什么时候我腻了,摆摆手就把公安局给炒了,现在这破警察当得像三孙子似的,有啥好留恋的!要不是觉得你们这帮人好玩,姑娘我早走了。"

"看把你能的!"

"你不信?你看看门口那车。"

"那个红色路虎?你的?"

"我爸送我的生日礼物。"

"你爸是做什么的?"

"没做什么,在香港做点儿小生意,旗下八九个上市公司,平常没事炒期货玩。"

苟大海瞪大眼睛看着潘小小。

老爷子睁开眼:"什么事?"

苟大海:"我们同事,潘小小,给您送温暖来了。"

老爷子想坐起来,苟大海赶紧去扶,小小把床摇起来,这样就能靠着了。

苟大海:"还记得那天我跟你讲过的话吗?我说您要难受我就给你找毒品吸。"

苟远山不以为然:"玩笑话怎能当真?"

苟大海:"我差点儿当真,小小替我做了。这不,瓶子里就是,给您来点儿?"

苟远山:"啊?胡闹!"

潘小小:"我看到一个梁山老汉的微博,他是这样说的:我想给全国人大送个提案,内容是给每个身患绝症的人配发毒品,直到生命的终点,这将是最大的人道,这不止是安乐死了,简直就是快乐死了。毒品的供应肯定是没问题的，公安每年都收缴那么多各类的毒品，还没地方放呢。为适应中国国情，可以考虑按级别配发：科级摇头丸，处级鸦片，厅级海洛因，部级冰毒，再以上的都是党和国家领导人了，他们就不用了，因为他们的命已经不是自己的了，要为国家抢救到最后一刻。"

苟远山突然大笑："你们这帮年轻人，脑子里一天到晚琢磨啥呢，不过，听起来很荒诞，细品还是很有道理的。"笑得苟远山剧烈地咳起来，苟大海赶紧帮着捶背，好久才缓过劲儿来。

潘小小："那，我们整一口？"

苟远山摆摆手："我一世英名不能毁在你一个丫头片子手上。"

潘小小皱眉撇嘴作委屈状。

苟远山："痛苦也是一种享受。"

潘小小很惊讶。

苟远山喃喃自语："痛苦到极点就是享受了。"

苟大海送潘小小出门："赶紧送回去，别惹事。不是两个人才能开门的吗？还有谁知道？"

潘小小："李德。"

苟大海："嗯？"

潘小小："本姑娘想拉个人下水还不简单?!"

"这毒品管理有漏洞，得堵上才行。"苟大海说。

"啥漏洞呀，全公安局也就我才有钥匙能进去，还得拉一个垫背的，就那么几个人的指纹才匹配，在这几个人里面找同伙和找死差不多，也就本姑娘有这本事，再说还有录像，你都办不到，还有什么漏洞？别操这个心了，姑娘我给你看得好好的。"潘小小不以为然。

傍晚，死刑执行通知书送来的时候，蒋大一阵大笑，笑得鼻涕都出来了,只有哈雷知道,他这是用笑来掩盖自己内心的恐惧。

明天上午执行,按仓里的规矩今晚要移仓,就是移到单独的一个仓去,看守所可不想最后一晚出现什么意外。

蒋大站起来,脚镣"哗啦啦"一阵响,他走到门口,回头,脸上挤出一丝笑:"下辈子见。"

这是一个单独的监仓,蒋大要在这里度过他此生的最后一夜,从别的仓调过来几个人,都是刑期较短表现较好的,一般判个一两年的就不送监狱了,留在看守所服刑,他们看护照顾死刑犯算立功表现,是可以减刑的,大致是看护几天就减几天刑期。在这里度日如年,为减刑每个人都很积极。哈雷也被调过来了,通知哈雷的时候,哈雷很高兴,他还想利用最后的机会,看能不能完成苟大海托付的任务,苟大海交办的事没办好心里很不舒服,但他知道这种希望很渺茫,死马当活马医了。

蒋大坐在铺上,他的周边用被子围了一个圈,几个人围坐在他的身边,看守进来了,问蒋大有没有什么要对家人说的,还把纸和笔也带来了,递给蒋大说:"给家里写点儿什么吧。"

蒋大问管教:"你们通知我家里了吗?"

管教说:"当然,这是规定,法院很早就把通知书寄走了,挂号寄的,早就应该收到了。"蒋大没再说话,把纸和笔推了回去:"拉倒吧,写也没人看,他们把我给开除了。"

哈雷想劝一下,一时又不知该说什么。

一个小瘦猴献媚地拿出一副牌:"来,来,大哥。我们打牌。"

蒋大一下子火了:"打你个头,给老子滚一边去。"

谁都不敢再吱声。哈雷点上一支烟,吸了一口,然后塞到蒋大的嘴里。蒋大狠狠地吸了一口,烟灰快掉了,瘦猴赶紧凑上去伸开双手接了。

凌晨三点，大家帮蒋大换衣服，蒋大脚镣手铐戴着，换衣服很不容易。哈雷问管教能不能先打开一下，换好再戴上，管教摇摇头："我没钥匙也没这个权力。"

蒋大很不高兴："人光屁股来到这个世界，混一辈子就为穿身衣服走，老子不能穿这身上路啊。"

管教摇摇头。

仓门"哐当"打开，看守所所长陪苟大海进来，所有的人都很惊讶，特别是蒋大。

所长说："这是我们刑警队队长苟大海。"

蒋大惊得眼珠子都快掉下来了："你这是演的哪一出啊，那天我差点儿灌你喝尿。"

苟大海微微一笑："你放了我一马，我来送你一程，江湖上叫受人滴水之恩当以涌泉相报。来，把他的脚镣手铐打开，换身新衣服上路。"

管教扭头看看所长，所长点点头。

管教出去拿来一串钥匙，钥匙是放在另外的地方，好半天才拿过来，苟大海和管教一起给蒋大打开刑具。

看蒋大换好衣服，苟大海摆摆手，外面送来饭菜，大家知道这是最后一顿饭了，叫上路饭，监仓对每个要执行死刑的人都给准备一顿，让他们吃饱上路，这是自古以来就有的。考虑到蒋大是河南人，厨房还专门给他准备了饺子，虽然手工不怎么样，但味道还是挺正的。蒋大提出想喝杯酒，管教说这个没有。苟大海笑了说："我也算料事如神吧，知道你想这一口，我备了，但只能喝一口，这一口都是违反纪律了。"

蒋大忙不迭地点头："就一口，就一口。"

苟大海从兜里掏出一瓶二两装的二锅头，用牙咬开瓶盖，自己仰脖先喝了一大口，眼见着一半就没了，蒋大看着直咽口水。苟大海将剩下的一半递给蒋大,蒋大很珍惜地小小抿了一口,然后夹了一个饺子,对苟大海伸出大拇指:"你够朋友!"

五点钟,法院来验明正身了,气氛陡然紧张起来,蒋大的脸色也黑了。苟大海对蒋大说:"一会儿,我带你见一个人。"

"谁?"蒋大很惊讶。

"你妹妹蒋敏。"

"啊?"蒋大一惊。

"给你收尸。"

苟大海和管教带着蒋大走进会见室,一个中年妇女站起来,四目相对,蒋敏先哭出来。

蒋大说:"我以为没人要我了呢,那样就只能喂狗了,我心不甘啊,就是喂狗,也要拖回老家喂呀,这里我连话都听不懂。"

蒋敏说:"我带你回家,公安局长上家来了,给做工作,叶落归根吧,机票都是人家给买的,你积啥德了,临死还有人惦记你。"

蒋大:"家里还好吧?"

蒋敏:"这么多年了,这是第一次听你还惦记家。唉,不说了,都还好,又能好到哪里去?"

蒋大:"你把我带回去,埋在祖坟里,这样我就不是野鬼了。"

蒋敏:"我就是来办这个事的。"

出了会见室,蒋大问苟大海:"这是你帮我办的?"

苟大海点点头:"嗯,我有个同学在你们老家县里当局长,昨天下午我让他专门去你家做的工作。"

"大哥,你是个重情义的人,我下辈子再报答你!"

苟大海摇头:"和情义无关,咱俩也没情义。"

"那为什么?"

"想和你做个交易。"

"交易？什么交易？我都到这份儿上了，还做什么交易？我要是不同意呢？"

"你不同意我也不能强迫你，那算我看走眼了，买卖不成仁义在，那就当我做了件好事。"

"你这人挺有意思，说吧，什么交易？"

"黑桃皇后。"

"黑桃皇后？我也没见过。"

"你能找到她。"

蒋大想了半天："我这人从不欠人情，最后一个人情我给你还了。汤旺河桥头有个骆驼书屋，老板娘叫美娟，吴老板的人，找到她就能找到吴老板，找到吴老板就能找到黑桃皇后。我进来都两年了，不知人还在不在，在不在都不关我的事了，我就知道这么多，都告诉你了，把情还你了，老子踏实上路了。哎，是打枪还是打针？"

苟大海很认真地对他说："注射，就像打吊针，两分钟你就睡过去了，像睡觉一样。"

"怎么能和睡觉一样呢？睡觉还能醒，这一合眼就再也睁不开了。"

苟大海："你很幽默。"

四

苟大海一行人来到汤旺河桥头。

骆驼书屋已经改成了一间形体馆，门口是一幅巨大的广告牌，上面是一个女人的凸臀和美腿，李德正看得出神，潘小小说："瞧，眼珠子都快掉出来了。"

李德回过头:"刚看了一眼。"

潘小小:"是一眼,你就没眨过眼。"

商凯乐对潘小小说:"你怎么这么小气,再让人多看一眼。"

潘小小:"商哥大方。"说着把李德的脑袋又扭过去:"看吧,看饱点儿。"

派出所所长过来:"两年前,骆驼书屋就关门了,突然关的,人也不知道去了哪儿,这里闲了一年多,半年前才开起这间店,生意挺冷清的。"

苟大海:"你去查一下,是不是两年前9月30号关的?"

所长:"不用查,当时我是副所长,就管这一片,我记得很清楚,第二天黄金周,我带队在这巡逻,想偷空给女儿买新一期《读者》,发现书店突然关了,后来又去了别的地方买,结果督察队查岗,弄得我手忙脚乱赶紧往回跑,所以我印象特别深。"

苟大海:"这就对了。"

潘小小:"对啥了?"

李德:"这就对了。"

马多多:"对啥了?"

李德:"两年前的9月30号,分局抓了蒋大。"

大家点点头,潘小小对李德点点头:"佩服!"

李德不屑,指指自己的脑袋:"这里面除了女人的大腿,还有正事儿。"

潘小小:"我以为除了大腿,还有屁股呢。"

李德:"哎,我说,你一个大姑娘家,语言能不能文雅点儿?"

潘小小:"在咱们这个粗俗的酱缸里,我能出淤泥而不染吗?"

马多多:"你别一篙打翻一船人,至少我还算儒雅吧?"

商凯乐:"天哪,你真敢糟践词儿,连我这种眼里经常揉沙子的都看不下去了。"

苟大海:"乌鸦趴在猪身上谁也别嫌谁黑了,说正事儿。和派出所一起,马上查两件事:一找书屋的老板娘美娟,看当年的工商税务登记有没有线索;二查这间店的老板,找她主要是弄清她和美娟的关系。两件事一个目的,就是要把美娟挖出来。不另外开会了,在这就这么定了,大家分头去做,越快越好。"

大家散开,李德又回头看了一眼广告牌,潘小小凑上去:"要不我找人搬你宿舍去?"

李德很诚恳地说:"不麻烦你了,我宿舍有。"

刑警队。

潘小小面前的电脑红灯闪烁,潘小小低头一看,赶紧喊:"发现目标。"

"什么目标?"大家一块儿凑过来。

"上次在紫苑宾馆住的那个外国人,接头贩毒的。"

"在哪儿?"

"皇宫水疗中心。"

"够会享受的,这地儿什么时候联的网?"

"上周刚联上,现在还算是调试阶段。"

"这小子不敢住宾馆,没想到这里过夜也得拿证件。"

"上星期刚规定的,等于刚扔一鱼钩就钓一大鱼。这治安科有时候也办点儿好事。"

"跟还是抓?"大家问刚过来的苟大海。

"已经惊过他一次了,不好跟。抓!"

"我通知派出所。"

"我们派人去。"苟大海问李德和潘小小:"你俩谁英语好?"

两人异口同声:"当然是我了。"

苟大海笑笑:"那你俩都去吧,给我问出点儿干货来。"

刑警队。李德和潘小小给苟大海汇报抓获外国人的情况。

潘小小:"我们和派出所一起去的,这小子是澳大利亚人,中文说得很溜,人也识相,直接就撂了,来接头的,明晚有个毒品交易。"

苟大海:"在哪儿?"

潘小小:"汤旺河边的葫芦岭,到时会有一艘小船过来,上面是他们想要的货。在岸边一手交钱一手交货。"

李德:"必须是澳大利亚人亲自去。"

苟大海:"他们认识?"

李德:"没见过面。"

潘小小:"叫澳大利亚人交易,我们在后面埋伏?"

苟大海:"这人可靠吗?"

李德摇摇头:"这种人哪有可靠的?我们又不能过早靠近,他使个眼色就够了。"

潘小小:"怕什么?到他使眼色的时候,我们就人赃俱获了。"

李德不屑地瞄了一下潘小小:"怎么获?人好办,但货在船上,没等你过去他早扔河里了,连根毛你都捞不着。"

潘小小吐了下舌头没再吭声。

苟大海:"这人长什么样?"

李德:"别打这个主意了,金发碧眼,大鼻梁高颧骨,我们哪有这种奇葩?"

苟大海:"不能错过这个机会,你去找刘队汇报,叫他把今天晚上的伏击安排好,江里要有我们的船,岸上要有我们的人。我去找个奇葩来。"

李德和潘小小都很惊讶:"你去哪儿找?"

苟大海龇牙乐一下:"我们家有。"

病房。

敬意正气咻咻地给老爷子告状:"你那宝贝儿子也太不像话了,办案都办到我们家里来了,非要让迈克跟他去抓毒贩。这毒贩这么好抓的,都是些个亡命徒,要是有个闪失谁负责?"

"迈克去了吗?"老爷子躺在床上声音很虚弱。

"去了,还跟打了鸡血似的,我怎么说都不行。就你儿子那张嘴,死人都能让他忽悠着爬起来跟他走,我差点儿跟他急眼。"敬意还是气呼呼的。

老爷子不以为然:"自己的男人自己管不了,还怪别人?"

敬意嗔怪地说:"你从来都向着他。"

一旁笑眯眯站着的王攀问:"您再喝点儿水吧?"

老爷子摇摇头表示不用,然后对敬意说:"我虽然不是很清楚这个案子,但我知道他们经营很久了,现在还没看到头,别人看不出来,可我知道他心里着急啊,他就是那种,就像李侠骂他的话:听到案子就像狗看到骨头一样,话虽然不好听,但刑警就要有这个劲儿。这段时间家里家外的事都赶一块儿了,我半死不活的也让他不省心,他忙里忙外很不容易,脸上还像没事似的,他不仅嘴硬,心也硬,不硬扛不住。迈克的安全你不用担心,他们有办法的,一根毫毛都少不了。"老爷子一口气讲了这么长的话,有点儿喘气。

"这案子破了能立功?能发奖金?"敬意还是有些想不通。

"在这点上你和李侠一样,你们不理解刑警。对于刑警,破案是本能,是乐趣,是冲动,是狗追骨头,不饿也要把它叼回来!"

敬意看老爷子有些激动，赶快安抚："好了，我们不说了，你们爷儿俩啊，一模一样。"

王攀说："我去打壶水来。"

敬意："你不刚提来吗？"

王攀有点儿结巴："我我……我说错了，我出去给家里打个电话打个电话……"

老爷子不解地看着王攀："打个电话你紧张啥？我这里又没啥事，你去吧。"

王攀出来，转身折进洗手间。

老爷子突然说："咱俩少在外人面前议论大海案子的事。"

敬意说："你也太谨慎了吧？"

老爷子摇摇头没说话。

长河落日圆，傍晚的江边轻风拂面。

迈克一袭风衣站在江边，手里提着一个密码箱，在落日的余晖里迈克亚麻色的卷发显得飘逸。埋伏在小山包后面的潘小小忍不住感叹："太帅了！"

商凯乐撇嘴："不帅能成咱队长的姐夫？"

马多多鼻子哼了一声："这也叫帅？"

李德："严重的崇洋媚外，你看到的只是剪影。"

潘小小："你看那头发和风衣，还有长河落日的背景，这幅画面，浪漫得心都快碎了。"

李德："妹妹，想啥呢，我们这可是战场。"

正在拿着望远镜监视江面的苟大海："你们不说话会憋死？你们看那艘平板的机动船，开这么慢，应该就是它了。我们那俩船别停在那儿呀，叫他们动起来，装都装不像，谁在上面，看戏呢？"

李德拿起对讲机："刘队刘队，听到请回答。"

对讲机传来刘智云的声音："收到收到，有话请讲有屁快放。"

李德："传达队长的指示：一、右前方那艘慢慢驶来的平板机动船十分可疑，你们要盯紧了；二、你们这两艘船要动起来，猪鼻子上要插根葱，装象。建议一个往前走，一个往后开，把那艘破船夹在中间；三、重申一下对讲机使用规则，用语要简短准确，特别要文明，否则会严重影响副队长的个人形象，小李发自肺腑地恳请刘队不要破罐子破摔。"

刘智云："破罐子收到，破罐子收到：一、那艘船我们也注意到了，把你的心放狗肚子里吧，跑不了它；二、我们的船正在迂回，圈绕得大了些，小了怕暴露意图，本来是蒙敌人的没想到把你也给蒙了，要加强学习，进一步提高实战水平；三、你小子骂人不带脏字的水平见长，严重表扬一次！"

李德："谢谢队长肯定，我做得还很不够，我会继续努力的。"放下对讲机李德转过头来对苟大海说："你要加强学习，进一步提高实战水平。"

苟大海放下望远镜，认真地说："收到。"然后回头扫了一圈身边的队员："做好准备。"

马上不见了嬉皮笑脸，每个队员都迅速把头盔戴好，检查武器，把弹夹上膛，摆好战斗出击队形。

苟大海用低沉的声音说："再重复一遍，船靠岸不动，人下来也不动，从船上搬下东西交给迈克，迈克把东西拿到手里，要注意是迈克拿到手里，这是为了避免把货扔进水里毁灭证据，这时马上行动，越快越好，要以迅雷不及掩耳之势把人控制住。可以先鸣枪，一下子把他整蒙。他要掏出武器，注意了，我们可以先发制人，有本事就打掉他的枪，枪法不好把人干掉也行，最好抓活的，人打死线就断了,我宁可断线,也不能让他伤了迈克,当然也不能伤了我们,一根毫毛都不允许。听明白没有?"

大家低声整齐回答:"明白!"

苟大海:"两个人一起抓,迈克由潘小小迅速带走,交货人就地突审。"

潘小小:"迈克也抓?"

李德:"回去再放,这是一种保护。"

苟大海朝潘小小点点头,表示认可李德的解释,也是对潘小小任务的重要性的表达。

潘小小听明白了,也赶紧点头。

平板机动船经过耐心地观察,没有发现异常,便悄悄地调整了方向,朝迈克站的地方驶来,但速度仍然很慢,显示出它的不安和谨慎。很快就到岸边了。

苟大海和队员们屏住呼吸,随时准备出击,手里紧紧握住武器,钢盔里是一双双警惕的眼睛。

突然,意外出现了。

机动船突然调整方向,而且迅速提速,直直地向下游方向驶去。

"怎么办?"李德有些着急。

面对这突然变故,苟大海的眉头紧锁:"先别动,大家说这是试探还是逃跑?"

没人回答。

苟大海把望远镜拿来,望远镜里一个穿花裤衩的中年人拎起一包东西扔进江里。

苟大海脸色一变,抓起对讲机:"老刘,老刘!"

刘智云:"收到,请讲。"
苟大海:"船要跑,给我截住它!"
刘智云:"已经在追了,跑不了它。"
苟大海:"快艇在哪儿?老母鸡抱窝呢!"
对讲机没人反应,但对讲机里传来马达的轰鸣,江面上,两艘快艇像两道闪电冲了出去。

平板机动船上。
苟大海问上了背铐的大裤衩:"怎么中途变卦不玩了?"
大裤衩一脸惶恐:"接到老板的电话。"
"老板是谁?"
"不知道。"
"不知道?"
"我是收钱办事,谁给钱我给谁干活儿。"
"你知道你干的什么活儿吗?不想要脑袋了?"
大裤衩低着头没吭声。
"谁找的你?"
"一个、一个大姐。"
"叫什么名字干什么的?"
"不认识。"
"什么货?"
"不知道。"
"货呢?"
"刚才老板的电话叫扔江里了。"
"那女的?"
"不,是个男的。"

苟大海朝李德伸出手，李德心领神会，把缴获的大裤衩的手机递过来。

苟大海翻查大裤衩的手机的呼入号码，脸阴得能拧出水来，周围没一个人吱声，大家知道，线可能又断在这里，而且货扔进了江里，连个水花都没捞到，大家忙活了半天，又成了一个无头案，别说往下走了，这大裤衩怎么处理都是个问题，没有证据呀。

郁闷！

毕其功办公室。

毕其功、苟大海和刘智云坐在茶几旁边，毕其功给大家倒茶，对把脚跷在茶几上的苟大海说："把你这臭脚拿下去。"

苟大海把脚从茶几上拿了下来，用手指敲敲桌面，算是对毕其功倒茶表示致意。

刘智云："整个行动应该是安排得滴水不漏了，该考虑的都考虑了，该布置的都布置了，没有发现有走风漏气的地方。这次又功亏一篑，我真是有些不服气。"

毕其功："有内鬼？"

大家都没说话，这是一个比较沉重的话题。

毕其功："现在越来越复杂，队伍也不那么纯了，几次扫黄查赌都有人通风报信，上次查黄村那个赌窝，半个小时前还满满一屋子赌徒，等队伍到了，一个人影儿都没有，茶杯里的水还是热的，肯定有内鬼，我要下决心找出这种人来。我最恨的是叛徒，你要是因为工作疏忽大意或者偷工减料，甚至你是刑讯逼供贪财好色，我都有心放你一马或网开一面，至少会念点情分不会赶尽杀绝，但对这种叛徒我是绝不手软。"

刘智云："叛徒应该不会，刑警队这帮弟兄我都了解。"

毕其功:"现在是形势复杂人心也复杂,不要用老眼光看新问题。对队伍里的问题不要过于自信,过于自信会吃亏的。"

刘智云:"不仅仅是自信的问题,这毒品犯罪和赌个博嫖个娼还不一样,这种事沾上就是刑事犯罪,严重一点儿就要拿脑袋说事,这是个法律常识问题,更是个智商问题,说刑警队政治觉悟多高您会说我吹牛,但我敢保证刑警队没有智商这么低的。"

毕其功点点头同意刘智云的看法:"我觉得也不至于。那又是什么原因呢?"毕其功看了一眼苟大海:"你怎么不说话?"

苟大海:"我不知道该说什么,无语。"

毕其功语带嘲讽:"平时废话那么多,关键时候你又无语了。"

苟大海:"脑袋都快想炸了,也没想明白。"

毕其功:"你想明白的时候就是全案告破的时候,就该找到黑桃皇后了。"

苟大海:"我觉得离她越来越近了,就差那么一层窗户纸了。问题是怎么捅破它。"

毕其功拿起茶壶对着壶嘴喝了一口。

苟大海:"你这还怎么给我们倒茶?"

毕其功:"就没想给你们倒第二杯,一杯够了,这好茶金贵,我得留着喝。说说你那层窗户纸。"

苟大海:"这案子办得有些邪性,老子也算是见过世面的人,从来没遇到过这么邪性的。绿原康复中心他们把小暖骗了去,我查出了问题刚要动手,王晰川跑了;唐松在别墅里躲了那么多天,老子刚找到地方,他就接到通知了;上次在汤旺河大桥交易,我们保密工作够到家了,全局也就你我知道整个计划,眼看就成了,可最后又黄了;再加上这次,都说事不过三,这都四次了。"

毕其功:"所以我怀疑有内鬼。"

苟大海:"这是最合理的怀疑,不由得不怀疑,我也怀疑,没有内鬼出不了这些事情。问题是,这内鬼是谁?晚上睡不着,我脑子里一个一个过筛子,咬牙切齿地过,看谁像叛徒是内鬼。老刘,你别生气,我连你都想过。"

刘智云厚道地说:"不生气,不生气,一视同仁应该的。想出来没?"

苟大海:"没,全排除了,都不像,都不会,我这帮兄弟我信得过,这样想他们我心里都过意不去。现在我就剩一个人没过筛子没排除。"

刘智云:"谁?"

毕其功睁大眼睛愠怒地瞪着苟大海:"我?"

苟大海摇摇头,起身就走,临出门回过头指指自己脑门:"我!"

毕其功和刘智云面面相觑,不知苟大海这葫芦里卖的什么药。

五

老爷子的病情突然好转。

已经几天滴水不进的老爷子早上突然说想喝粥,大家将信将疑,敬意试探地说先喝口汤吧,大嫂送来的,还热乎呢。老爷子坚持说想喝粥。大嫂很高兴,说来不及回家熬了,正好医院食堂也开了,那里也有,我这就去打。

大嫂把粥打来,老爷子真的把一碗都喝完了,苟远山意犹未尽:"有个咸鸭蛋就好了,嘴里没味儿。"

惊喜之中的敬意电打一样冲出去:"我去买!"

楚红赶紧喊:"不用出去,一楼小卖部就有,我在那买过。"

然后，然后在大家欣喜的注视下，苟远山就着咸鸭蛋又喝完了一碗。看大家都看着他，老爷子有些不好意思："你们都看着我干吗？"而眼神还往圆形不锈钢饭盒上瞄，看得出他还想喝。

大嫂问："我再给您盛一碗？"

老爷子不置可否，楚红赶紧说："不能再吃了，胃空那么久了，一下子吃太多受不了。"

苟远山乐了："你这个护士没白当，当年在部队饿久了赶上吃的就经常有撑死的，刚当兵的时候，有个山东的大个子就是这样死的，肚子撑得那么大，当时都没办法。不过撑死也比饿死好，肚里没东西可真不好受。"

敬意："爸爸，你好了，你挺过来了。"说着眼泪就快下来了。

苟远山："我也不知道怎么回事儿，一觉醒来忽然觉得喉咙下面通了，原来这里有个东西梗着，像瓜熟蒂落似的，说没就没了。"

大嫂很激动，她哽咽着说："菩萨显灵了，好人得好报，自从您住院，我天天替您烧香，怕您不信没敢告诉您，别不信，看，这不就显灵了。"

楚红："这真是个奇迹，我从来没见过这种病例。"

敬意："您中午想吃什么？我去给您做。"

苟远山像小孩子似的有些羞涩："这几天馋虫都上来了，要不，弄顿饺子吃吧，猪肉大葱的，肉要肥一点儿的，香。"

医务人员考虑得会更多一些，楚红说："还是先吃流食吧。"

苟远山执拗地坚持："饺子。"

楚红："我赶快告诉大海哥，让他高兴一下。"说着出去打电话了。

大嫂说："小红讲得也有道理。"

敬意像哄小孩子一样对老爷子说："以后我们天天吃饺子。"

楚红冲进来:"大海哥说,中午吃面条,手擀的葱花面,他让局里的食堂做,他们食堂有面食师傅,从西安请来的,味道可好了,面条他打包带过来。还说,都有份儿,他带一大锅来。"

老爷子略略有些失望。

楚红接着说:"大海哥说,晚上吃饺子,还说给您带酒来。"

老爷子乐了。

敬意皱了眉头:"喝酒?能行吗?"

楚红很干脆:"当然不行!"

老爷子慢悠悠地说:"不喝,可以尝一口。"

中午的病房欢声笑语。

大家都在,楚鹤村也来了,他拉着苟远山的手半天说不出来。楚歇武倚靠在病房的门框上,看着两个老人,脸上挂满笑,两只袖管空荡荡地耷拉着。他觉得这是一个不可思议的奇迹,放下手中的活儿就来了。李侠问伊康医院的情况,楚歇武踌躇满志,说不出三年,伊康就是伊秋全市最好的医院。李侠很高兴。楚歇武解释说:"做医院主要靠医生,有医生就有病人,有病人就有收入,现在是做医院的最好机会,挖一个医生来就能带动一个科室。"

李侠问:"怎么挖?"

楚歇武用两只胳膊做数钞票状:"靠这个。国营医院体制僵化,好医生、差医生工资都差不多,我这里不同,我这里好医生靠工资就能成富翁,有钱就不愁没有好医生。"

李侠:"那得实力雄厚。"

楚歇武很谦虚:"这些年做药赚了点儿小钱。"

李侠:"都开医院了还小钱?!"

大嫂张罗着给大家倒茶,迈克接过杯子喝了一口:"嗯,这是正山小种，好香。"

敬意说："你品茶功夫见长啊，这几天你天天泡茶馆，这次是叫你来侍候老爷子的，没见你干过正事儿。"

迈克不服："我怎么没干正事儿，昨天我还冒着生命危险为民除害去了呢。"

敬意说："那更不是正事儿。"

正在倒茶的大嫂很惊讶："你是不是跟大海去抓坏人了？那可危险，这大海也真是的，哪有叫个外国人干这种事的，这可不是闹着玩的。"

楚歇武有点儿嫌大嫂说话啰唆，没等大嫂把话说完就问："有没有矿泉水？我没吃早餐，喝茶难受。"

大嫂赶紧说："我给你倒杯白开水。"

元帅正给欧文讲鬼故事："那个僵尸头发这么长，舌头这么长，眼珠子快掉下来了，就这样。"元帅边说边学，吓得欧文哇哇大叫，并用小手捂住眼睛。

李侠连忙制止，嗔怒道："不准吓唬弟弟，要好好给弟弟讲故事。"

元帅说："那我给你出个谜语你猜。"

小欧文说："好呀，好呀。"

元帅："你听好了，远看像条狗，近看还是狗，踢它它不动，拉它它就走。你猜吧。"

小欧文歪头想了半天："是什么呀，我猜不出来。"

元帅不想过早揭开谜底："再使劲想想。"

小欧文哭丧着脸求助爸爸，爸爸迈克一时也没想出来。

元帅很得意："是死狗。"

楚歇武没忍住笑一口水喷出来。

迈克满脸夸张："这是谁教你的，教授都猜不出来。"

元帅很骄傲："我爸爸。"

这时，医生进来了，笑眯眯地对老爷子说："要慢点来，别吃那么多。"

敬意问："这是怎么回事？"

大嫂也说："这几天没打针没吃药反而好了。"

医生说："癌症这东西讲不清楚，我们跟它斗了几十年了，也没斗出个所以然来。你看我们这科叫肿瘤内科，癌就是肿瘤，肿瘤没了癌就没了，癌没了病就好了。这好也各有各的好法，有的是癌细胞不见了肿瘤消了，有的是肿瘤仍然在但不继续长了，就那么大在那里大家和平相处。您这种情况更特殊，应该是癌细胞突然接到命令集体撤退，或者都被吓死了。"

苟远山："该不是我这几天不吃不喝，我没饿死先把它们给饿死了吧。"

医生苦笑一下："也有这么一说，说是一来病，好吃好喝就全端上来了，病人吸收的营养还没癌细胞抢的多呢，吃得越好癌细胞长得越快。这样吧，我们下午抽个血做个化验再拍个片子，让事实说话。"

苟远山很坚决地摇摇头："不做，不做，别折腾我了，感觉是最好的事实。"

楚歇武旗帜鲜明地支持老爷子："对，不做。"

苟远山："等我吃了饺子，身上有劲了，我明天就回家。医院里一天到晚鬼哭狼嚎的，胆小的吓都吓死了。"

医生为难地看了一眼楚红："这……"

"等大海哥来了再定。"楚红建议。

苟大海端着一锅面条进来，一看这满屋子人："都来了，这，这还不够吃了。"

元帅说："爸爸，我饿了。"

苟大海："你是闻到香味了吧？"

欧文："舅舅，我也闻到了。"

屋里的人全乐了。

李侠说："我先回去，买菜做饺子，下午给您送来。"

元帅："我不走，我要吃面条。"

欧文也学："我要吃面条。"

李侠："那妈妈先走了。"

元帅忙不迭地点头："嗯嗯。"赶紧去掀锅盖。

楚歇武也说："我也走了，刘厅长等我呢，改天请您吃海鲜。"

大嫂："是省卫生厅的刘厅长，在报纸上看到我们做慈善又做医院，专门来的。"

苟大海在病房里给大家分盛面条。

吃完饭，楚红对苟大海说："过来一下，送你样东西。"

在楚红的办公室。苟大海问："老爷子这病是咋回事？怎么突然间就起死回生了？看着高兴，但我心里发毛啊。"

楚红说："我也很奇怪，没遇到过这种情况，医生那解释也很牵强，要不，我们去找专家问问。"

苟大海摇头："不问。"

楚红："你怕……"

苟大海点头："嗯。"

楚红从抽屉里拿出一个小盒："送你样东西，网上买的，日本货，说疗效特别好，很多人戴。"

苟大海："什么东西？"

楚红:"颈圈,治颈椎病的。有病治病,没病保健。"说着打开小盒拿出一串亮晶晶的东西就往苟大海脖子上套。

苟大海躲闪了下,还是被楚红抓住了,颈圈直接戴在脖子上了。楚红说:"你别不信,试试就知道了。"

苟大海:"这玩意儿要有用,你们医院早关门了。多少钱?"

楚红用手指点了一下苟大海的额头:"俗!"顺手帮着把苟大海的衣领整理好。苟大海和楚红面对面几乎零距离,都能感到楚红温润的呼吸了,苟大海感觉浑身不自在,他预感再这样下去会有什么事情发生,他本能地要挡住这种事情。

有点儿难堪的无言,静了一会儿,苟大海故作轻松地说:"楚红,你多大了?"

楚红有点儿撒娇:"不要问女孩的年龄。"顿了顿又说:"你不知道?"

苟大海像在思索什么说:"你怎么还不嫁人?我给你介绍一个,我们刑警队有不少好小伙……"

楚红盯着苟大海的眼神有些幽怨,苟大海说不下去了。

陷入沉默,苟大海觉得有些尴尬,想走又觉得不妥。

楚红声音很低但很坚决:"我要嫁你。"

虽然朦胧中有预感,但楚红如此直白,苟大海还是吓得差点儿跳起来:"开什么玩笑!"

楚红很淡定:"我不是开玩笑。"

苟大海:"我是有老婆孩子的人。"

楚红盯着苟大海的眼睛:"你们肯定会离的,我等着。"

苟大海:"你怎么知道?"

楚红:"我的眼睛告诉我的。"

苟大海苦笑:"别瞎猜。"

楚红:"我不是猜的,那么多次了,你俩几乎不说话,说话也是呛着来。像今天中午,她就没看过你一眼。"

苟大海:"你别瞎琢磨,我们俩就这习惯,一天到晚在一起哪有那么多含情脉脉。就算我们俩不合适,楚红,咱俩更不合适,我是看着你长大的,在我心里我永远是你哥。"

楚红直直地看着苟大海,她想看出苟大海的话是真是假。

苟大海决定不给她任何想象的空间:"我是元帅的爸爸,李侠的丈夫。对你,我只有一个身份,你哥!不能再往前走了,再挪动一步,味道就变了。"停了一下,看楚红没反应,苟大海一字一句地说:"我对你没感觉!"说完,苟大海把颈圈摘下来塞进楚红的手里,逃一样地离开了楚红的办公室。

楚红紧咬着嘴唇,强忍着不让眼泪流出来,她突然想恨这个宽阔的背影。

刑警队办公室。

苟大海刚进门,正在办公桌上敲击电脑键盘的潘小小头也不抬地说:"我说头儿啊。"

苟大海迟疑了一下:"你跟谁说话?跟我吗?我不是头儿我是队长。"

潘小小:"队长就没长头?"

苟大海被噎了一下:"嗯,你说吧。"

潘小小:"要是我把吴岩林给抓了,你给我什么奖励?"

苟大海:"你?吴岩林?"

潘小小这才抬起头,认真地朝苟大海点点头:"嗯哪!"

李德:"姑奶奶,你可给我搞准了,吴岩林是贩毒的,不是门口卖红薯的。"

马多多端一茶缸踱过来:"你要抓住吴岩林,那萨达姆就是我抓的。"

商凯乐接嘴:"拉登是我干掉的。"

李德过来摸一下潘小小的额头很关心地问:"又没吃药?"

潘小小把李德的手扒拉开:"去,去,说正事儿呢。"

苟大海看看潘小小桌上的电脑若有所思:"给你立功。"

潘小小:"没劲!"

苟大海:"请你吃大餐。"

潘小小不屑:"东北饺子馆?"

李德:"上俩肘子。"

苟大海狠狠心:"提拔,让这几个小子归你领导。"

潘小小哼了一声:"还不如上俩肘子呢。"

苟大海觉得潘小小不是在开玩笑:"你开个价。"

潘小小:"给我半个月假,我去尼泊尔徒步。"

苟大海非常干脆:"成交!"

潘小小:"吴岩林不好找,队长您深入虎穴不惜卖身求荣也只得到他有个情妇叫美娟这么一个线索。"

苟大海点点头:"还有一个骆驼书社。"

潘小小:"对,这很重要。"

李德:"你就直奔主题别铺垫了。"

潘小小:"别打岔。您的线索很重要,要声明是我把它变重要了。找吴岩林得先找美娟,找美娟得从美体馆入手,这段时间我每天都去美体馆,看我这身材是不是比原来好了很多?"

大家异口同声:"好多了。"

潘小小:"美体馆的老板叫美妙,不知是不是真名,这个不重要,重要的是自从我在她那里办了卡,我俩就成了好朋友,好朋友就可以无话不谈。美妙是从真心那里承租的这个铺面，这真心也不知道是不是真名。真心的表姐是美娟，真心信佛，和美妙是好朋友，当然和我也成了朋友，真心信佛，但又嘴馋，让她很纠结，幸好我们南坛新开了一家素食馆，这段时间我们吃了 N 次的素食馆，吃得我都快吐了。为了巩固关系，大部分是我请客，这费用你得给我报啊。"

苟大海："报！"

潘小小："我没发票。"

苟大海："那怎么报啊？"

潘小小："开玩笑呢，这素食馆是我爸开的，他老人家突然改吃素了，为自己方便就开了这饭馆，你们有空去，提我的名头免单。说正事儿，真心和美娟也不熟，甚至没什么来往，就是一个亲戚关系，费了我半天劲，只从她那里知道美娟的全名叫奚之娟，生日是 2 月 29 日，但是哪一年却不知道。生日她之所以记得那么清楚是因为这个生日很悲催，四年才能过一次生日，她认为很好玩儿。"

商凯乐："就这点儿情况？"

马多多："那你怎么抓吴岩林？"

潘小小："这点儿情况对你们来说肯定不够，但对本姑娘我来说，足够，足够了。我是计算机专业，别忘了，剩下的事情可以边吃瓜子边在电脑上做。"

苟大海很有兴致，李德也听出味道来了，恭敬地给潘小小的杯子里续上热茶："您喝口茶润润嗓子。"

潘小小用手指敲敲桌面致意："我用内部网上了全国人口系统，查奚之娟，一共查出 82 个奚之娟，其中 30 到 40 岁之间的，一共 25 个，再查生日是 2 月 29 日的，剩下两个。这两个都有可能是美娟，我再进了民航系统的购票网站，你们知道的，只要咱们提出来人家都很配合。有一个奚之娟从来没坐过飞机，应该是个农村妇女，凭这一点就可以排除了。这样美娟我就找到了，通过美娟我开始找吴岩林，吴岩林是个好男人，虽然他也找小三，属于坏男人里的好男人吧，这样准确些。为什么说他是好男人呢，他在对待小三的问题上用情专一，这么多年了，和美娟不离不弃，不容易。也可能是因为工作性质的缘故，毒海沉浮，女人多了风险大。不管什么原因我喜欢这种男人，因为方便我找他。我看了奚之娟的购票记录，她这些年坐飞机非常频繁，每月都好几次，我专门写了个软件，费了我一晚上的时间，我把每次和奚之娟搭乘同一个航班的乘客都排出来，其中有个叫胡元林的男人和奚之娟有百分之八十三的同机率，再查座位，每次都挨着坐。我再查胡元林，这个胡元林每个月都会坐飞机去一趟澳大利亚。这人会是谁？"

马多多："胡元林，吴岩林，应该就是他！"

商凯乐："怎么找人？"

潘小小："剩下的事情就简单了，知道了名字和身份证号码抓人就是小菜一碟了。因为他们不知道我们掌握了这些，干什么事情都用奚之娟的身份证和姓名，这可能也是俩人不离不弃的主要原因，但我宁可相信他们是纯属情投意合。"

李德："可以马上着手调查他们的落脚地了，只要不是国外，可以马上出发抓人。"

潘小小："不用费这劲，只要本姑娘一出手，他们就会乖乖送上门来。"

苟大海瞪大了眼睛，一脸惊喜。

潘小小："他们坐今天下午的飞机从北京来广东。"

苟大海："几点到？"

潘小小："四点半。"

李德："你怎么不早说，这时间太紧了，要不马上通知机场公安局，叫他们在出口把人截了？"

潘小小："我又查了'飞常准'的网站，这趟飞机因为雾霾的问题晚点，要六点落地。"

苟大海："马上准备出发。"

潘小小："我还查了……"

李德："我说你能不能一下子把话说完？"

潘小小："你急什么急？我都算好时间了，误不了正事儿，咱办事滴水不漏。"

李德："说啊。"

潘小小："态度好点儿行不？我还查了神州租车的登记，奚之娟在网上租了一辆商务车，车牌号是55666，到时车会停在机场出口。"

李德："还有吗？"

潘小小："没了。"

苟大海很是振奋："抄家伙，出发！"

潘小小："那我订去尼泊尔的机票了。"

苟大海："你还可以顺便再去趟泰姬陵。"

潘小小："没那么多钱。"

苟大海："假我给，钱向你爸要，赶紧找男朋友就有出钱的了。"

潘小小："还有，你们对美娟态度要好点儿，她是我朋友的表姐。"

机场。天色将晚，天空飘洒着淅淅沥沥的小雨。

胡元林和美娟拖着行李箱走出机场，出口处停着一辆崭新的商务车，车牌号是55666，两人走进，一个戴鸭舌帽的人殷勤地帮他们撑伞，然后帮他们把车门拉开。胡元林刚一探身，伞的后面就闪出两个男人，这是商凯乐和马多多，他们顺势把胡元林和美娟推上了车，也随即上车，鸭舌帽迅速把车门拉上。

车上还有两人，是刘智云和李德，胡元林和美娟被紧紧地挤在车里，两人很意外，美娟不知所措，觉得像被绑架，想喊又不敢出声，美娟看胡元林，已经脸色煞白，他已经预感到大祸临头。

前排司机回过头来："欢迎二位，很高兴在这里见面，自我介绍一下，我是伊秋市刑警大队大队长苟大海。"

胡元林一下子瘫在座位上。

苟大海："知道给您打伞开门的是谁吗？他是我们局长毕其功，不想劳他大驾，但他说你们是重要客人，他一定要亲自来接。"

胡元林煞白的脸上滚下一串汗珠。

毕其功摘下鸭舌帽朝苟大海挥手。

苟大海右手回个礼，然后一脚油门，商务车箭一般飞驰而去。

在高速公路上奔驰的商务车内。

苟大海边开车边问："我是该称呼您胡元林还是吴岩林呢？"

一下子挑明了，胡元林感到了绝望顿时大汗淋漓。

苟大海："我们路上还有点儿时间，聊点儿什么吧，你应该知道我对什么问题感兴趣。"

胡元林："在我的律师到来之前，我不会回答你的任何问题。"

苟大海："我就问你一个问题，黑桃皇后在哪儿？"

胡元林："我说了，在我见到我的律师之前，我不会回答任何问题。"

苟大海："我非常不喜欢你这种假洋鬼子做派，去澳大利亚太多了吧，洋鬼子在刑警面前也不是这样说话的。那我问你你的律师在哪儿？"

胡元林："北京。"

苟大海："谢谢，你已经回答了我一个问题，很给面子。我哪有时间等你律师啊，我是个急性子，再说晚上我还得去吃饺子呢，路上不愿说，你们几个就把胡先生请到看守所继续问吧，那里的条件会好一些。咱们虽然初次见面，但神交已久，我希望我们之间互相配合，我不为难你，你也别为难我。但你要跟我过不去，我就跟你过不去，哥们儿，你得识点儿时务，现在你在我手里。"苟大海扭头对几个兄弟说："吃完饺子我要答案。"

胡元林闭上眼，一言不发。

胡元林和美娟被押进看守所。

苟大海："把入所手续办了，趁他阵脚未稳，马上组织审讯。"刘队和李德审胡元林，商凯乐和马多多审美娟。

大家点头："好的。"

苟大海："单刀直入，直奔主题，就只问黑桃皇后在哪里，其他以后有的是时间问，问出来我们马上行动。我怀疑他这次来就是和黑桃皇后接头的，要不这个时候他来这里干什么，他们之间时间长了联系不上，黑桃皇后会起疑心，这种惊弓之鸟要起了疑心就会很麻烦，所以越快越好，不能超过今天晚上。大家听明白没有，也就是说，今天晚上我要抓到黑桃皇后。今天抓不到，黑桃皇后就一定会远走高飞，这条道儿上玩的人都是这个操性，他们是逃命，但我们忙活了大半年将会前功尽弃。"

大家都明白。

苟大海："队里的兄弟都集中在局里待命，晚饭就将就着吃盒饭吧。我要个特殊，陪老爷子吃顿饺子，随时等你们电话。行动时间就是你们拿到口供的时间。"

大家再次点头，每个人都感到身上的压力。

第八章　结局

一

这顿饺子吃得别开生面。

毕其功竟然带来一张折叠餐桌，上面还盖了一块雪白的餐布，餐布的皱褶还是齐的，显然是新买的，毕其功经常讲凡事要讲究不要将就。李侠把饺子带过来了，用保温不锈钢饭盒装的，还热乎着呢，另外还带了一头大蒜，她知道老爷子吃饺子好这一口，这是多年的习惯，苟大海也有这个习惯，甚至有过之而无不及，李侠一度很厌恶苟大海吃生蒜，为此还吵过几回，但不起作用，唯一一点儿作用是每次吃完蒜苟大海会刷牙，也算是妥协了一步给足了面子。

李侠还带了几个小菜，拍黄瓜、凉拌皮蛋、花生米和醋熘土豆丝，这都是老爷子几十年钟爱的下酒菜。苟大海很惊讶地看了一眼李侠，意思是你怎么知道今天要喝两盅？李侠飞过去一个白眼，意思是你那点儿小心思我还不知道！苟大海像被人看穿了似的带了些羞涩，他笑笑从兜里掏出一瓶茅台："今晚总量控制，就这一瓶。"

老爷子饶有兴致地看着："怎么，你们要在这里开宴会啊？"

毕其功说："您创造了一个奇迹，要庆祝一下。"

老爷子很受用："什么奇迹？俗话说鬼怕恶人，这病也是，你别让它欺负你，它怕了就躲了。"

李侠赶紧张罗，把菜和饺子，以及碗筷摆好，苟大海把酒开了，倒满三个杯子，满屋子立马弥漫了茅台的香气。这开酒倒酒的活儿苟大海一般都亲自来，特别是遇到瓶好酒，一定要在手里把玩一会儿，然后小心地把杯子倒满，这个过程对爱酒的人是一种享受。

老爷子努努嘴，李侠明白，意思是把门关上。也是，在病房里喝酒是有点儿说不过去。这时，王攀进来，提了一壶开水，老爷子说："小王，今天这儿不用你了，你早点回去休息吧。"王攀说好，放下水壶便退了出去。

老爷子端起一杯酒"咝"的一声抿了一口，让酒在口腔里停留了一会儿，然后咂咂嘴，满意地点点头，苟大海和毕其功看着老爷子这享受的神态都张嘴乐了。李侠摇摇头心里也暖乎乎的，她觉得自己突然理解了酒和男人的微妙关系。李侠说："趁热吃饺子，凉了不好吃。"

老爷子听话地夹起一个放进嘴里，大家都有些紧张地看着，苟远山毫不费劲地把饺子咽了下去，大家心里长出一口气。毕其功率先举杯："来，喝酒。"说完一饮而尽。

苟大海皱了一下眉头。

毕其功："怎么？这酒不对味？"

苟大海："不是，好酒，我胸口有点儿痛。"

毕其功："最近我看你脸色不太好，应该是家里家外两头忙累的，闲下来到医院检查一下。"

李侠："我有个税务的同事，她妈腮腺癌住院，父亲在医院陪，那天我同事在医院觉得她父亲脸色不好，就叫父亲在医院做了个体检，结果一查是肺癌晚期。她弟弟听说了赶紧从上海飞过来，我同事看弟弟脸色也不好，心里发毛，以为自己发神经，后来还是忍不住，叫弟弟也在医院做了体检，结果是肝癌晚期。这一家人全住院了，天都塌了，我那同事瘦得都没人形了。真是可怕！"

苟大海忍不住瞪了李侠一眼。

李侠一下子明白过来，不好意思地解释："你别瞎想，我这不是话赶话嘛。你从来天不怕地不怕的，也忌讳？"

毕其功："是有点儿瘆人。你说这得癌症的怎么这么多？"

苟远山："地里上化肥，菜上喷农药，废水往河里排，空气也污染了，不得病才怪呢。"

毕其功同意："现在身体靠抵抗力，扛不住的就得挂，这发展的代价太大了。有两种情况原来是匪夷所思的事现在都成了家常便饭，一个是身边的人上午还做报告呢晚上就被纪委带走了，另一个是头天还好好的呢第二天体检突然就发现得了癌症。"

苟大海说："不被纪委带走靠自律，但不得癌症主要靠运气！"

苟大海觉得自己的胸口更痛了，前两天还只是一个点痛，一阵一阵的，现在发展到一片了，而且有连绵不绝的意思。苟大海心里有些疑惧，在医院里难免胡思乱想。

吃饭的工夫，苟大海频频看手机，显得有些心不在焉。李侠有些不满意："难得老爷子高兴，你就不能安生吃顿饭？"

苟大海夹了一个饺子，嘴里边嚼边嘟囔："今天不同。"

毕其功说："应该是不顺利。这是国际范儿，哪能这么容易缴械投降？"

苟大海："我们耗不起呀。"

毕其功点点头："再等等，来，老爷子，我们再喝一杯。你这是阎王门前转悠了一圈，又回来了，大难不死，必有后福，可喜可贺呀。"

苟远山："人家不开门，咱也不能硬闯啊。哎，我说你们是不是有案子，麻利地喝两口，赶紧忙你们的正事儿去，我这明天就回家了。"

苟大海："抓了个国际大毒枭，那边审着呢，应该是还没开口。他是来和黑桃皇后接头的，他不开口，我就找不到黑桃皇后。时间拖长了，黑桃皇后一定会警觉，我们在抢时间，输赢就在今晚。"苟大海说着看了一眼李侠。李侠很敏感："要回避吗？连我都信不过？"

苟大海摇摇头："上次你从山上带元帅下来不知怎么就走漏了风声。"

李侠很不服气："杯弓蛇影。"

毕其功："你再待一会儿，我过去看看。"说着起身就走。李侠说："我顺道坐你车回，元帅一个人在家呢。"

屋里就剩了苟远山和苟大海两个人。

苟远山放下杯子："我心里有两件事，一直放不下又想不明白，你帮我揣摩一下。"

苟大海："你说。"

苟远山："第一个是白佛老祖。"

苟大海："你还不死心？"

苟远山："楚鹤村一辈子没提过老家的事，这本身就奇怪。前段时间突然回老家了，但带回来的酒却是唐龙特曲，那天你也喝了，这唐龙特曲是山东东平的。我查了一下资料，东平有座白佛山，白佛山上有尊佛祖造像。这楚鹤村和我如影随形了大半辈子，老实本分忠厚木讷，要是装，能装这么像，能装这么长时间，真也是个人才。我这些天没事就捋这个事，越捋越像，那些年发生的每件事，安在他身上都说得过去。如果要我现在判断，楚鹤村就是白佛老祖，只是我没证据，也没时间和精力了。另外，我也怀疑自己：人快死了，是不是会有幻觉？这幻觉靠不靠谱？"

苟大海心里一动："这是推断，没有证据支撑，找他对对质看他怎么说怎么反应？都过追诉期了，就是图个明白。"

苟远山显然很有顾虑："做了一辈子兄弟，太过分了吧……"

苟大海："这白佛老祖有什么具体的东西吗？"

苟远山摇头："解放后摧枯拉朽，他们不敢动弹。不过有几个现场怀疑和白佛老祖有关，也没查出个所以然来。"

苟大海："什么现场？"

苟远山："反动标语。"

苟大海很失望："嗨！"

苟远山："每个现场里都有一朵木棉花。"

苟大海："这满街都是木棉树。"

老爷子对苟大海点点头，不往下说这件事了，因为他觉得也很牵强。

"第二件，你那个案子我开始没往心上放，不在其位不谋其政，这跟我这个苟延残喘的人没关系，但几件事情连在一起，我就觉得有些不对味，还是刚才你说李侠下山走漏风声提醒了我。我知道你苟大队长几次马失前蹄都是在关键时刻，这关键时刻每次都有一个人在，这太巧了，包括你要调查小暖在绿原戒毒的事，你们抓唐松的行动，特别是元帅那天被接走，你只是接了个电话，她脱口就说是绑架，她怎么知道？我也在旁边就什么也听不出来，你走后我还向她打听。还有，李侠带元帅下山，谁都不知道，但李侠给我打电话报平安，她就在我的旁边。"

苟大海一个激灵猛地站起来："你是说，大嫂？！"

苟远山点点头："我没事儿躺着瞎琢磨。"

苟大海激动地站起来："就是她。"

苟远山："没有证据支撑。"

苟大海："我有！"

门口的玻璃前晃过一个人影，苟大海一把把门拉开，是王攀。苟大海很惊讶："你怎么还没走？"

王攀："我，我再给您送壶水。"说着把水壶挨着原来那壶放下，赶紧离开了。

苟大海打电话给刘智云："马上整理队伍，开始行动！"

刘智云："可是，他还没开口，耗了半天了，愣是一个字不说。陛下都亲自上了，也没用。"

苟大海："不用他开口，跟我走！"

刘智云有些疑惑，把手机递给了毕其功。毕其功问："什么情况？"

苟大海："案子可以结了。"

毕其功："神神道道的，你喝多了？"

苟大海："我找到黑桃皇后了，钓鱼岛！"

毕其功很吃惊:"啊,你不是在吃饺子吗?怎么吃出个黑桃皇后来?你拿得准吗?我担心……"

苟大海:"我应该比你更担心,我有足够的把握,否则我更收不了场,事不宜迟,马上行动,你那边先放放,胡元林舟车劳顿,也让人休息一下。另外,这胡元林是国际巨星,身份高贵,在里面要好生照顾,别有个三长两短的。"

毕其功:"我会交代看守所看管好,别操这个心了,赶快考虑怎么拿下钓鱼岛吧。"

苟大海:"小小钓鱼岛不在话下,这个胡元林肚里可有不少稀罕东西,我们冲出亚洲走向世界全指望他了,要不麻烦哈雷帮个忙吧,他在里面闲着也是闲着。"

毕其功:"嗯,好主意。"

二

钓鱼岛。

苟大海和李德、马多多、商凯乐走进来的时候,楚歇武正在一个人喝茶,他的对面还放了一个茶杯,里面倒好了茶。

听见脚步声,楚歇武没有扭头:"我在等你,茶都倒好了,再不来就凉了。"仍然没扭头,两只胳膊熟练地夹起茶杯喝了一口说:"上好的普洱,宋聘。"

苟大海站住。路上他心里一直纠结着见面的尴尬,中间甚至一度有打退堂鼓的念头,干脆自己回避让刘智云带队去算了。现在这种场景是苟大海所没有预料到的。

两只胳膊放下茶杯,楚歇武扭过头来,脸上挂着笑容:"我一个废人。"他抖抖自己的两条残缺的胳膊,"还带着这么多帮手,我小时候手在的时候都打不过你。"话音里埋着一丝讥讽也有一丝伤感。

苟大海朝几个手下努努嘴，他们心领神会都退出去了。

苟大海坐到对面，端起那杯茶："还热着呢。"

楚歇武："你来得够快！"

苟大海："知道我要来？"

楚歇武点点头："所以泡了茶等你。"

苟大海："怎么知道的？联系不上胡元林？"

楚歇武摇摇头："那是个废物。"

苟大海："据说懂七国语言。"

楚歇武："懂七国语言的废物。"

苟大海："不是他说的，他对你挺仗义的，我还没来得及见他，刚才我忙着吃饺子。"

楚歇武："那你……"

苟大海："想知道？"

楚歇武："想。你知道我从小好奇心就强。"

苟大海："那咱俩交换？"

楚歇武："怎么换？"

苟大海："我满足你的好奇心，你也满足我的好奇心。"

楚歇武："成交。我先问你第一个问题。"

苟大海："说吧。"

楚歇武："饺子什么馅儿的？"

苟大海："猪肉大葱的。"

楚歇武笑了："李侠的猪肉大葱老用五花肉，太油了。"

苟大海："香。"

楚歇武："你问吧。"

苟大海："大嫂呢？"

楚歇武："走了。"

苟大海："什么时候走的？"

楚歇武："我给你泡茶的时候。"

苟大海："她怎么知道？去哪儿了？"

楚歇武："没问。不该问的不问，知道的太多又要保密，累。"

苟大海本能地望了一下窗外，四周一片黑暗。苟大海问："你怎么不一起走？"

楚歇武摊了一下双臂，意思是我不方便走，但嘴里却是："我走了谁给你泡茶啊？"

苟大海看着两根棍子似的双臂，心里泛起一阵酸楚：是啊，这特征太明显了，连脱逃都只能放弃。

楚歇武："你怎么来的？"

苟大海："那个电话号码。"

楚歇武："那个号码毫无价值，街上报刊亭里的充值卡。"

苟大海："有没有价值看在谁手里，这个号码打过何首乌的，打过船老大的。"

楚歇武："正因为没价值才这样打的，压根儿就没想避你们。"楚歇武又喝了一口茶，然后看着苟大海，意思是我知道你们的路数的。

苟大海："我对这个号码感兴趣，我一感兴趣就有价值了，我去电信查了，电信的老总你还记得吧，当年是咱们班的体育委员，你说人家四肢发达头脑简单的那个大甲虫。大甲虫很给面子，他帮我查出来，这个号码打的第一个电话是你的手机。他很想你，要是他知道我查这个号码是为了找你，不知道还会不会这么起劲地帮我。"

楚歇武眯着眼回忆，不知是在回忆大甲虫还是回忆第一个电话。

苟大海："我们小时候买钢笔，总是蘸点儿墨水试写一下，现在的年轻人都没这种体验了，他们都不用钢笔了，他们喜欢敲键盘或者用一次性水笔。我发现，新钢笔试笔的人百分之九十都是写自己的名字。"

楚歇武看着苟大海似有所悟，脸色慢慢变了。

苟大海："一个人如果买了第二部电话，一定会试机，试机拨的第一个号码一定是自己的手机，我不知道这是个什么心理，但这是规律。"

楚歇武张开的嘴好半天合不回去。

楚歇武盯着苟大海看了半天："上学时我就认为班上就两个人最聪明，一个是我，另一个是你，其他人都是大甲虫。"

苟大海："我当时可不是好学生。"

楚歇武："你从来都是大大咧咧的，怎么变得这么心细？"

苟大海："被你逼的。"

楚歇武："也只有你苟大海。"

苟大海笑了："我那里除了苟大海，还有杨大海、毛大海、朱大海，海了去了。"

楚歇武摇头不信："接下来你该说法网恢恢疏而不漏了，这套话说了几十年了，换个套路。"

苟大海："能成套话证明它准确，换个套路也是套话：手莫伸，伸手必被捉。"

楚歇武自嘲地伸出那两根"棍子"。

苟大海掏出一包烟，抽出一支塞到楚歇武的嘴上，然后帮他点上，楚歇武吐了个烟圈："你抽烟了？也是被我逼的？"

苟大海："不抽，给你准备的。咱俩这样坐在一起，用这种方式有些残忍，我想温暖一点儿。"

楚歇武："我倒经常想象这个场面，所以我分外小心，本来这一笔干完我准备洗手的，伊康医院是正经生意，救死扶伤，我想把它做大，已经有了一个很好的开局，专家们都要来报到了。准备忙过这一阵儿去周游世界享受人生，先去南极看看，票都买了，10万块一张。有人说过，明天很美好，后天更美好，但很多人死在今天晚上，今天才他妈知道原来是说我。至于你说残忍，我不这样看，公务和私情我分得很开，你不来，杨大海、毛大海、朱大海也会来，我招惹了你们，你们来找我，天经地义，既然都是来，还不如你来呢。别人，我可舍不得这茶。"

苟大海心里好受一些："你看得挺开。"

楚歇武："这是公务。私情呢，即便我被毙了，你也会帮我收尸的，我跟刑警队长是对手，我跟苟大海还是兄弟，对吗？"

苟大海犹豫了半天不知该摇头还是该点头："有时候可不好分，哈雷也是我兄弟，但你把小暖害惨了。"

楚歇武一下子无言以对。

苟大海："我想知道这是为什么。"

楚歇武："现在是审讯吗？"

苟大海："课前预习吧，满足我的好奇心。"

楚歇武再喝一口茶："我的货全部是用来出口的，从不在国内销，这是我的良知，也是我的底线。"

苟大海："良知？小暖吸的是谁的？"

楚歇武："这很悲剧，我研究开发了一个新产品，需要找人做实验，找谁我不管，我只看效果，他们在酒吧里找了一个，没想到是小暖。"

苟大海："为什么后来还不放过她？"

楚歇武："她已经开始实验了，再换人时间来不及，欧美的市场催得很急。再说了，换人不是又多害一个吗？"

苟大海："你也知道这是害人？"

楚歇武："我不主张害人，我只负责研发，不负责卖，找实验对象是别人的事。"

苟大海："你不觉得这是掩耳盗铃吗？"

楚歇武："毒品是这个世界的一个存在，不管你喜不喜欢，它都是世界的一部分，不管它占多大一个角落，但它永远存在。我不做，别人也会做。"

苟大海："你在研发什么新产品？"

楚歇武："应该说已经成功了，吴岩林就是奔这个来的。冰毒的吸食很不方便，要有专门的工具还要找地方，毒瘾来了再找地方很不安全，我的消费者很多就是这时候被你们抓的。我要研发一个能随时随地服用的，这种只能是口服，而且要长效，避免动辄毒瘾发作。康泰克缓释胶囊给了我启发，我经常感冒，我感冒的症状就是鼻塞，既不头痛也不咳嗽就堵鼻子，一粒康泰克里含麻黄碱 90 毫克，是所有感冒药里麻黄碱含量最高的，麻黄碱主要作用就是扩充鼻腔里的毛细血管，减轻鼻塞症状，所以是我的必备药品，我研究它的说明书，我发现康泰克吃一粒可以管 12 个小时，它用的就是缓释技术，你吃进去的药物成分在体内慢慢分解，12 个小时内一直有药物在分解起作用。我把冰毒做成胶囊，用了缓释技术，胶囊解决了服用问题，什么时候吃都行，即便你在飞机上。缓释解决长效问题，我做了三种，一种是一天的，一种是三天的，还有一种是七天的，也就是说，吃一粒七天有效。这是毒品界的革命，我给它起名叫黑桃皇后。全世界都很感兴趣，吴岩林是我多年的合作伙伴，听到这个消息压抑不住激动，从澳大利亚回来就迫不及待地赶过来，他说国外对黑桃皇后很期待，货还没影儿呢订金都打到他的账号上了。这个行当就这点儿好，从不存在拖欠货款的事。"

苟大海："你和糯康有关系？"

楚歇武："怎么说呢，我们两个世界，现实世界里我们没打过照面，说实在的，我看不起他，靠打打杀杀做生意，是生意链的底端，没有技术含量。但虚拟世界里我们是老朋友，我需要他的渠道。不要误会了，都以为我们是他的通道，他也是我们的通道，有时候他的通道可能又路过伊秋，但路还是要那样走，这是两条平行线，永远不会交叉。这么多年我的货都是两条路，不能在一棵树上吊死，一条是先到东南亚，他们再分发全世界，也可能有的又倒回国内，或取道国内去日本；另一条路是走海关通道到澳大利亚，那边主要供应欧美。没想到今年流年不利，先是糯康给抓了杀了，那人做事太绝下手太狠，该杀。然后海关通道给发现了，两条路都断了，这是多年来从来没出现过的事情，全世界都很着急，胡元林这次亲自出马，是业内大忌，但他显然顾不上了，我本淡定，也预感到形势不对，想偃旗息鼓看看风声，但胡元林急，也把我带急了，再加上他这次出价甚高，我也想把这个专利一次性转让给他就此金盆洗手，我做医院也需要资金，就这样乱了阵脚，这不是我做事的风格，我要再坚持一下就好了。我本有定性的，架不住大嫂一天到晚的聒噪，女人啊，是成不了大事的。"

楚歇武仰天长叹。

苟大海："这么多年你基本足不出户，怎么就成了黑桃皇后？说来听听吧，这应该是一个很励志的故事。"

楚歇武一阵苦笑："这是大嫂的自作聪明，这条道上杀机四伏，大家连走路都踮着脚尖，交往都是用代号，这是大嫂的代号，大嫂代表我在外行走，所以也算是我的代号，黑桃皇后是大嫂也是我，更准确一点儿说是我俩,我不便出头露面,她又没有研发和制造能力。当年手被炸掉,天一下子就塌了,你无法想象我当时的绝望,所有的心高气傲都成了幻觉,说实在的,我接受不了,我曾经想过自杀,自己一个人在家里我研究过各种自杀方式,比如跳楼,比如烧炭,比如吃药,为了选择一个没有痛苦又体面的自杀方式,我在网络上和很多人做过交流探讨。那段时间,我窝在家里,不愿见任何人,我不愿看见别人怜悯的眼神,这种廉价的怜悯对我是侮辱和伤害,我想逃离这个世界,后来我没有自杀,是因为我找到了另外一个世界,这里没人知道你的过去,没人同情你的现在,没人怜悯你的将来,这里是另一种车水马龙的热闹景象,现实世界里有的这里都有,这里什么都可以探讨,任何话题都有一群知音,只是你不知道他们都是什么人在地球的什么角落,甚至分不出公母,但越是这样就越有安全感。在这里我碰到了毒品的话题,开始只是觉得好奇,网络真是一个大课堂,只要有需求,上面都有指引有答案,后来发现一切都这么简单。这是一个没人研究开发的领域,政府不会组织去研究,道上的人又没有研究能力,他们只会提着脑袋卖命赚钱。我的介入是填补空白,我轻而易举地研究出了用化学合成方法取代麻黄素炼制冰毒,用康泰克胶囊提炼冰毒,最后简单到只要有几个高压锅我就能把冰毒炼出来,而且质量非常好,我在这个江湖上找到了位置,这个感觉非常好,这是一种鲜花和掌声的感觉,被需要被尊重被拥戴的感觉,我喜欢钱,但这种感觉比金钱重要得多,我甚至想,没钱赚我都会干,我不知道是不是我心理变态了。"

苟大海:"你又何苦把大嫂拉上呢?"

楚歇武摇摇头:"她已经走了,不怕跟你说,她是引路人,不知该感谢她,还是该恨她,我觉得还是该感谢她,当年我在黑暗里,伸手不见五指,她划了一根火柴,我顺着亮光找到了这条路。

没有她我走不上这条路，当然不走这条路，我也不会和你这样面对面，但终归她让我走出了阴影找回了自我。我们也可以说是一拍即合，我需要个帮手，她需要钱，或者说，她需要钱，需要我做帮手。"楚歇武叹了口气，"她要是智商再高点儿就好了。"

苟大海："我要是没猜错，大哥就是因为这个走的。"

楚歇武很久没说话："各有各的江湖。"顿了一下又说："他出去10年了，从没回来过。那寺院最大的一笔捐款是我给的。"

苟大海："知道故事的结局吗？"

楚歇武站起来："愿赌服输！"

苟大海伸手把桌子上的那个药瓶抢先抓在手里。这个小瓶子在桌面上，一进来苟大海就发现了，这个小瓶和船上何首乌的那瓶一模一样。

楚歇武脸色大变："苟大海，你……"

苟大海："这药瓶我见过，你远不是我的对手，你的破绽太多，连个包装都不换，哪像在这条道上混的。"

楚歇武："苟大海，你不够意思！你是不是想亲手把我枪毙？"

苟大海："轮不到我，那是法院的事。"

楚歇武痛苦地说："你完全可以成全我的。"

苟大海："对不起！这是我的本分！"

楚歇武十分沮丧。

苟大海："还有什么话要说？"

楚歇武："这个家毁了！老头也80多了，不知道能不能顶得住，大哥在延寿寺，你能不能去一趟，把他请回家，总得有个送终的，女儿不算，老头讲究这个。"

苟大海郑重其事地点点头："我去！"

楚歇武："还有一件事，你去把王攀抓了吧，他是我的内线。"

苟大海大吃一惊:"啊?"

楚歇武:"大嫂布的。这个王八蛋太贪心,我在他身上花了很多钱,可到最后还是狮子大开口要挟老子,刚才要100万,说不给就举报,只好给了,到了他的账才说你要来,他妈的要早说半个小时,这就是一座空岛了。"楚歇武一脸遗憾。

苟大海倒吸一口凉气。

楚歇武:"他不仁,也别怪我不义了。"

苟大海:"你这算立功情节,我给你记一笔。"

楚歇武不领情:"毙两次和毙一次有什么区别。"

楚歇武被带出门的时候,姐妹俩在卧室门框上倚着,一脸惊恐,不知所措地看看楚歇武看看苟大海,手下意识地放在隆起的小腹上。

楚歇武看了一眼,想说什么,最后紧紧咬住了嘴唇。

苟大海心里一阵酸楚,低下头,匆匆走了。

岸边等待的毕其功难掩兴奋,对苟大海说:"这条线真他妈长,比这汤旺河都长,不过,终于,终于可以画个句号了。"

苟大海一点儿都不兴奋,他说:"句号没画严实,还有个缺口。"

毕其功:"大嫂?"

苟大海:"得找到她。她是划火柴的那个人。"说完就走开了。

毕其功看着苟大海的背影:"划什么火柴?"

三

苟远山老爷子是在夜里睡过去的。

毫无征兆,老爷子夜里悄悄走了,一点儿动静都没有,大家都不知道，可能连他自己都不知道。他静静地躺在床上，神情安详，像熟睡一样。

头天晚上老爷子吃了李侠包的馄饨，喝了一杯茅台，看完了《新闻联播》才睡的觉，元帅还过来给爷爷道了晚安，苟大海回来的时候老爷子已经睡了，他在门口听了一下动静，老爷子的鼾声很均匀。

半夜，苟大海胸口痛得睡不着，起来找水喝，还专门又到老爷子的门口听，都很正常。

事情来得这么突然，苟大海一下子接受不了，本来是有思想准备的，但老爷子的病情突然逆转，大家大喜过望就没往这方面想。对父亲病情的逆转，苟大海心里是打鼓的，因为太匪夷所思，他看到了医生的闪烁其词，意识到这背后应该是一种回光返照的生理现象，但谁也不愿往坏处想，宁可自己骗自己，要是能这么一直骗下去多好。

敬意一家人刚刚回到南非，刚下飞机打开手机就接到了老爷子的噩耗，敬意号啕大哭，说是老爷子还记恨她，故意不给她机会。敬意没出机场当场买票折返，谁劝都不行，她一定要见父亲最后一面送父亲最后一程。

按照习俗，也是为了等敬意，老爷子的遗体在殡仪馆要放满三天，白天很多人过来，晚上苟大海把所有人都赶走，他自己为父亲守灵。苟大海在柜子里找到一套老爷子当年的警服给他穿上，苟远山当了一辈子警察，包括退休后他还是个警察，他太应该穿这身警服了。苟大海觉得心里有很多话还没来得及跟父亲说，漫漫长夜他守在旁边，觉得这就是爷俩的对话。

第二天晚上，楚鹤村来了，一个人蹒跚而来。苟大海心里有些愧疚，因为楚歇武，因为大嫂。

楚鹤村来给老哥送行,他说明天告别仪式他就不来了,人太多他不想凑热闹,今天他单独来,告个别。他也走不动了,自己也不行了,老哥俩很快就会见面的。

楚鹤村带来一壶酒,撒在玻璃棺的下面,又拿出一把钥匙放在苟远山警服的衣兜里:"这把钥匙你带走吧,当年我给你的,你又带出来还给了我,我留了一辈子。从这把钥匙开始,咱哥俩就没分开过。"

苟大海知道这把钥匙的故事,只是没想到他还留着。

这终极一生的友谊令人感慨!

楚鹤村走了,一如来时的蹒跚。

苟大海送出门,昏暗的灯光下,一朵木棉花静静地躺在地上。

苟大海心里升腾起一股激流,直冲天灵盖。

苟大海弯腰捡起来:"这是您带来的吧?再把它带回去吧。"

楚鹤村怔住了。

苟大海:"父亲一直有个遗憾……"

楚鹤村神情紧张地看着苟大海。

苟大海:"您老家的西面8千米,有座白佛山,上面有个白佛老祖的造像,隋朝年间刻的,小时候您应该经常去,说不定还爬上去过。父亲说这么多年您一直埋在心里,埋得这么严实,一定很有意思,他很想去看看,想了很多年。"

楚鹤村:"啊?"

苟大海:"临走还念叨呢,想拉您一起去,又觉得那么大年纪了,就放下了。我一直在想象,您二老站在白佛老祖面前是一种什么样的情怀。"

楚鹤村嘴张了半天,没说出话来。

楚鹤村折回,对着苟远山的遗体深深地鞠躬,然后把那把钥匙从苟远山警服的衣兜里掏出来。

楚鹤村坐在苟远山的旁边，跟苟远山也是跟苟大海说："黄土都埋到脖子了，这些陈芝麻烂谷子都倒出来吧，要不就得带进坟墓里去了，那时你老哥该怪我了，阴阳两分，咱在这里把账清了，到那边谁都不提了。解放军过了长江，我们就知道大陆的战事只是时间问题了，战局发展之快谁都想不到，短短三年，这支敢和日军一较高低的军队，竟像多米诺骨牌一样从北到南接连不断地倒下，我们的部队里不乏忠诚和理想的将官，我的师长就是一个，他不服，他认为一定是哪个环节出了问题，等修复好了我们一定会回来的。为这个回来我们要早做准备，他安排了一批力量潜伏下来，我是他的警卫员，他让我留下来，领导这支队伍，代号就是白佛老祖，当然这个名字是我起的。我被提前安排进了监狱，我要物色一个人，老哥，你是最合适的，我给你配了钥匙，救了你的命，当然也获得了你的信任。然而形势的发展出人意料，我们几乎没有任何反应，就被裹挟进了摧枯拉朽的洪流中，在这股洪流中没有任何事情可以做，我甚至不知道我那些人都去了哪里。我们集体静默了，这种静默恰恰是最好的掩护模式，所以你找不着我们。但我不敢忘记师长的重托，我也要告诉我那些人我还在坚守，时机成熟的时候，我会出来做一些动作，无非是贴几张标语，撒几张传单，本来想弄几个爆炸的，一如你们当年的地下工作，但没找到机会，主要是不敢把动静弄大。后来，这几乎成了游戏，我之所以还做，纯粹是因为你们的执着。物是人非，慢慢地游戏也懒得做了，没人再关心这些事，老哥，只有你！我的那些人，也都淹没在岁月里，他们原本都是老百姓，不过当时穿错了衣服，脱了衣服就回归老百姓了，吃饭和活着才是最重要的，实际上，这支队伍没出生几天就夭折了。但你仍然找了我们一辈子，师长没明白的事我明白了，我们输给你们，输在了理想和信念上。你，终归又赢了！"

一如来时的蹒跚，楚鹤村的身影消失在黑夜里。

苟大海缓缓地给父亲苟远山敬了个礼："赢了！您老踏实安息吧，我明天就送您到小兴安岭的那片青山秀水，再也不用操心了。"顿一下："顺便看一下俺亲妈。"

胸口又一阵疼痛袭来，苟大海下决心等从小兴安岭回来就去看医生。

四

市公安局组织例行体检，这种体检每年一次。

潘小小走进苟大海的办公室："今年局里把体检和年度考核挂钩，无故不参加体检的，取消评优评先资格。"

苟大海："那就取消吧，我什么时候稀罕过这玩意儿?!"

潘小小："是取消单位的，不是你个人的，你不稀罕弟兄们稀罕。评优有奖金的，谁跟钱有仇啊？"

苟大海："这毕老头一肚子馊主意，走，去医院。"实际上，苟大海正要去医院呢，这胸口痛已经很长一段时间了，经常半夜会痛醒，自己有些疑神疑鬼。

体检大厅里排满了警察。

前面的一排都是抽血的，楚红也在，因为公安局的人多，医院临时从各个科室抽人帮忙，楚红是被抽来的。

苟大海很自觉地排在队尾，前面的警察马上让开，把苟大海让到前面，前面的再让，苟大海挠挠头："我还是排队吧。"听见是苟大海，队伍干脆直接把苟大海推到最前面了。苟大海还不领情：

"不好吧,这是护士美眉,又不是打仗,我先上?"李德说:"先给您培养个好习惯。"

这一排柜台里的护士是楚红,苟大海有些尴尬,楚红一脸冷漠,眼皮都没抬一下,动作机械而熟练地用止血带扎住手腕,针头一挑就进了血管,苟大海痛得一龇牙,看楚红这神情心里也有点儿发冷。这针尖里分明带着一股怨恨,苟大海感觉得很清楚。

第二天,医院的电话直接打给了毕其功,毕其功当时就呆了。电话里说苟大海的体检有问题,肝癌晚期!

毕其功拉着苟大海直奔医院,两人的脸色铁青。毕其功一脚踢开院长的办公室,把体检单拍在院长的办公桌上:"这是怎么回事?这可是我的刑警队长!"

院长慢悠悠地抬起头,指着自己胳臂上的黑纱说:"我爹前天走的,淋巴癌,他可是院长的亲爹啊!"

毕其功马上感到了自己的唐突:"我这不是着急嘛,这小子身体壮得跟牛似的,怎么会是肝癌?"

院长对苟大海说:"这种情况我们一般都瞒着当事人的。"

毕其功说:"这世界上只有我们瞒别人的事儿,没有什么事儿能瞒得了我们,尤其是刑警。"

苟大海说:"有啥好瞒的?死也死个明白。"

毕其功:"你们不会搞错吧?"

院长:"肝癌是验血,准确率很高,不像肺癌看 X 光,有走眼的时候。但,也难说,要不再查一遍?"

苟大海惨然一笑:"不查了,不查呢,我心里还有你们搞错的一丝侥幸,再查一遍砸死了,就我这心理素质,可能连楼都下不去,传出去人就丢大了。"

院长摇头:"你是我见过的心理素质最好的一个,到现在还能笑出来。"

苟大海老实承认:"装的。"

院长:"心理素质好不好,就看会不会装。"

毕其功:"那怎么办?"

院长:"住院。"

毕其功:"然后呢?"

苟大海:"手术,化疗,放疗,换肝,——失败,然后就死了。"

院长:"你倒是清楚。"

苟大海:"没吃过猪肉没见过猪跑吗?"

院长:"也有治好的。"

苟大海:"那是祖坟上冒青烟了。"

院长:"光冒青烟不行得着大火。"

苟大海:"算了,刚认祖归宗,我连我家祖坟在哪儿还不知道呢,人家凭啥给我着火?"

毕其功:"这怎么一点儿动静没有就晚期了?"

院长:"肝本身没有神经,长什么都没感觉,等有感觉了一定是扩散了,扩散到外面来了,所以一发现就是晚期。这要求我们每年都要体检,最好半年一次,你是不是很久没有体检过了?"

毕其功:"什么很久?他就从来没体检过。"

院长很惋惜:"这就是了。"

苟大海:"别扯没用的了,院长给句实话,还有多长时间?"

院长:"不好说,因人而异,主要是看身体素质和心理素质,短的三个月,长的半年一年的都有,我建议你还是再查一次,看有没有条件手术。"

苟大海:"不受那罪了,我先按半年活吧。"

说着，转身走了。毕其功边追出来边回头对院长说："我们回去再商量，你等我电话。"

苟大海的家里。

毕其功："我联系了省里的医院，他们建议你去那里复查一次，然后他们研究个治疗方案。"

苟大海："昨晚一夜没睡，说不怕是他妈假的。我上网查资料，这晚期动手术基本没戏，弄好了多活几个月，弄不好还不如不动，很多是拉开一看再给缝回去，白挨一刀。靠谱点儿的是换肝，但跟谁换？血型得配，配上还得抗排斥，有个演员钱多换两次最后不还是挂了。现在换肝的人排长队，外国的也过来凑热闹，狼多肉少，轮到我黄花菜都凉了。"

李德："据说，自己家人配型的可能性高。"

苟大海点点头："是这样。我倒是有几个哥，可连人家模样还没认全呢就给人家要块肝？"

李侠的眼睛都是肿的，昨晚哭了一夜："那也不能就这么等着。"

潘小小："要不试试中医，我爸说沙河站有个老中医，90多了，药很灵，治好了很多绝症，我爸派人去打听了，要是行，你去一趟。"

商凯乐："我们去验一下呗，说不定有和您配上的呢！"

马多多："我和你是一个血型，我的可能性最大。"

毕其功："这事儿你别一意孤行，我说了算！明天先去省医院，咱得听医生的。"

苟大海："都干正事儿去，又不是明天就死。我现在脑子像糨糊一样，让我静一下。"

这时，李德的电话响了："喂，刘队！"因为是刘智云的电话，肯定是警情，李德把免提打开了。

刘智云电话里说："铁路派出所在车站查票发现了王攀，他逃跑钻进了一家幼儿园，把一个班的孩子劫持了。我们把王攀的照片给了铁路警察，他们很上心，当天就上岗了，顶头撞上了。现在我们把他围住了，我知道你和队长在一起，我正琢磨该不该跟苟大海说一声？"

李德的电话大家都听到了，苟大海一下子跳起来："屁话！老子还没死呢，走！"说着就冲了出去。

幼儿园已被包围。

警察在周边拉了警戒带，狙击手已经各就各位，大批家长闻讯赶来，焦急地围着警察。现场乱成了一锅粥。

王攀在教室里大喊："马上给我一部车，加满油，否则，你们就等着收尸吧！"

毕其功把手中的望远镜递给苟大海："这些年电影电视都把这些混蛋教坏了，个个像他妈刑警队出来的，都知道我们怎么对付他们，这哥们儿还戴了一个摩托车头盔，就露巴掌大一块脸。"

刘智云："他是想考考我们狙击手的枪法啊。"

苟大海看了半天："炸药包是假的，刀是真的。"

毕其功："哪看得出来？"

苟大海："有炸药包还拿刀干什么？你没看他把刀攥得那个紧？"

毕其功："有道理，但只是判断，还是要当真炸药包看，都是孩子，不敢有一点儿闪失。"毕其功指指警戒线外心急如焚的家长们："处置好了我们是英雄，要有什么差池，你看这些家长们，会找我们拼命的。"

苟大海点点头："这事儿得快，孩子不懂事，时间长了怕出意外。"

刘智云："好在有个老师在里面，要不早炸窝了。还没来得及告诉你，黑龙江那边给信儿了，这个王攀身上还有一宗命案，他们找了他三年了。"

苟大海："怪不得出手这么狠，这王八蛋真会找地方躲，差点儿躲我家来。老子最讨厌拿孩子说事儿，王攀死有余辜。再给他最后一次机会。"

李德拿着扩音器喊话："王攀，不要继续犯傻了，你那点儿事就是通风报信，这种罪小菜一碟，出来讲清楚我们会宽大你的，你要伤了孩子事就真大了，你掂量清楚。"

王攀："少废话，我认识你，你叫李德，我又不是三岁小孩那么好蒙？快把车送来，否则，我可……"

苟大海对李德说："答应他。"

李德："好，好，只要别伤孩子，什么都好商量，马上给你调车过来。"

苟大海："跟他耗一耗，我需要点儿时间。"

李德："你要什么车？是吉普还是轿车？手动还是自动挡的？你喜欢日本车还是德国车？哪个顺手……"

苟大海把小小叫到一边："敢进去吗？"

潘小小一脸哭相："队长，我连鸡都没杀过……"

苟大海："杀人比杀鸡容易。"

潘小小一脸惊恐："你不是让我进去把他杀了吧？"

苟大海没接她的茬儿自己接着往下说："鸡把头剁了还能在地上扑腾半天，人只要一枪，苟大海指着自己的鼻子部位，就彻底歇菜，动都不动一下。"

潘小小摇头，吓得眼泪都快出来了。

苟大海盯着潘小小看了半天，叹口气："也是难为你了。"扭头对马多多说："马上通知出入境管理科的王玉玉过来，说我苟大海请她帮忙。"这王玉玉原来一直在刑警队，去年才调去出入境管理科。

商凯乐："我们不行吗？"

苟大海瞪了他一眼："你能进得去？"

没人说话。

那边儿，李德还在跟王攀对话："车就过来，得给你加满油对吧，要不开几步死火了，你又该怪我们没诚意了。我说过，只要不伤孩子，咱什么都好商量。哎，我说，这么长时间了，得给孩子喝口水，还有要吃药的。"

一会儿马多多对苟大海说："王玉玉在乡下扶贫，就是马上来也得两个小时。"

苟大海眉头紧锁："把我们那女法医小谭叫来吧。"

马多多："小谭？就是那个医学院的研究生？"

苟大海点点头："她见过死人。"

这时，潘小小突然说："队长，我，我去吧。不就他妈杀个人嘛。"

苟大海慢慢把头转过来仍然一脸严肃："知道怎么做吗？"

潘小小："知道一点儿。"

苟大海把枪掏出来："来，我们先比画一下。"

李德："车在路上马上就到，你把孩子都吓坏了，我要先派个医生进去。"

王攀："不行，车没到之前，谁都不能进来。"

李德："我们有个孩子要定期吃药，他有癫痫，否则会发作的，你要不合作咱就不谈了，不就是个鱼死网破嘛。"

里面的老师很聪明，不知用了什么办法，几个孩子一起哭起来。

王攀还在坚持："不行！"

苟大海低声对潘小小说："过去！"

一身护士打扮的潘小小背着急救箱慢慢往前走，苟大海看得出来，潘小小走路的腿有些发抖。

王攀看到是一个女护士，嘴不再那么硬了："那，就她一个进来。"

潘小小进门，王攀赶紧把门关上，他一手拿刀一手拿着遥控器，那个炸药包就揣在怀里，眼神狐疑地看着潘小小。潘小小想给他笑一下，但没笑出来。

潘小小把药箱转到胸前，把搭扣拉开，意思是我要拿药出来。王攀悬着的心有些放松。

潘小小的药箱门对着自己，手在药箱里拿出的是一把上好膛的枪，没等王攀看清楚，黑洞洞的枪口已经指向了王攀的鼻梁，本来脑门是最好的位置，但头盔把这地方给遮住了，王攀根本来不及反应，"砰"的一声，伴随着弹壳落地的清脆，王攀像一堵墙一样轰然倒地，小朋友们一片尖叫。

几乎是同时，潘小小也瘫软在地上，潘小小清楚地看到王攀在开枪的一刹那，眼神不是恐惧，而是疑惑：这枪口怎么就到眼前来了？

几乎是同时，外面的警察一拥而进，苟大海张开双臂组织老师带着小朋友们离开教室，苟大海对小朋友们讲："小朋友们，别害怕，外面这是演电影。"

老师心领神会："对，对，我们这是演电影。"

一个大点儿的小男孩儿带着哭腔问:"演电影?为什么不早点儿告诉我们?"

老师回答:"早说怕你捣蛋。"

商凯乐和马多多马上对王攀的尸体进行处理,最紧急的是处理炸药包,打开一看,怀里的炸药包是个暖水袋包裹的,大家松了一口气,于是招手叫法医进来。

这边,李德把潘小小抱出室外。

警戒线早被家长们冲开了,家长孩子抱在一起,像一阵风一样,所有的人都说这是在拍电影,赶来采访的电视台的记者也非常配合,还对小朋友们跟拍,说是要补镜头。

一头银发的园长老太太找到毕其功和苟大海,深深地鞠了两个躬,连声道谢。毕其功说:"别客气,这是我们警察的本分。"

园长说:"我第一谢你们的勇敢和果断,为民除害;第二谢你们的智慧和善良,你们把这事儿说成是拍电影,消除了孩子们心理上的阴影,要不,这阴影不知要伴随孩子多久,这种案例我只在外国的教科书上见过,你们真是了不起。"

苟大海说:"园长啊,您这大门该换了,要换成铁门,不能什么人都能闯进来。"

园长:"是,是,我明天就换,明天就换。"

潘小小在李德怀里醒过来,第一句就问:"死了吗?"

李德朝她狠狠地点点头。

见一帮人围着她,很不好意思:"晕了,丢人了,那狗日的临死还瞪我一眼,太可怕了!"

刘智云说:"你很了不起!"

潘小小说:"明天我可以帮我妈杀鸡了。"

潘小小突然警觉地问李德："你，就是这样把我抱出来的？"

李德点点头："这是救人，不是占便宜。"

商凯乐："还做了人工呼吸。"

潘小小大惊失色："啊？也，也是你做的？"

马多多一撇嘴："哪轮得到我们啊？！"

潘小小悲恸欲绝："这可是本姑娘的初吻啊！"

李德一脸坏笑顺杆爬指着自己的嘴说："本姑爷也是第一次开张哪！"

大家一片哄笑。

李德突然郑重其事地说："正好大家都在场，我觉得我把人家的初吻都假公济私了，咱也不能不负责任，我正式向潘小小求婚。"

大家起哄："跪下，跪下，花呢？"

李德当真跪下："潘小小同学，嫁给我吧！"

潘小小："你这是……"

李德："当真！回头再给你补鲜花补戒指。"

潘小小有些恍惚："真是当真？"

李德："真是当真！"

潘小小突然发现了什么："啊呀，求婚是单腿跪，你怎么两腿都跪了？"

李德赶紧收了一条腿："咱这不是没经验么。"

潘小小惨白的脸上飞过一片红云。

周围一片掌声。

毕其功说："潘小小，你这次立大功了，我要给你请功！"

潘小小："把功换成假期行吗？"

毕其功："功要立，假期也给。"

潘小小："这么好啊，下次杀人的活儿还给我，啊？"

毕其功扭头对苟大海说:"这么个小姑娘,你真是胆大包天,要是演砸了,咱俩可是吃不了兜着走,这么多孩子。我现在还后怕!"

苟大海:"这不也是狗急跳墙嘛!再拖延下去危险更大,特别是知道他身上背着命案,只能硬着头皮上了。又不能来硬的,要单挑我就上去了,反正我也没几天了,弄个烈士多好,每年清明节你们还能给我扫扫墓,缅怀一下我的英雄事迹。"

毕其功:"你胡嘞嘞什么?"

苟大海:"不是胡嘞嘞,说真的。自从王玉玉调走了,我一直觉得刑警队少一块,我们很多案件跟女人打交道,没个厉害角色不行,队里女的倒不少,关键时刻顶不上去,这不,潘小小冒出来了。"

毕其功:"别看她现在嘴硬,看那小脸还是白的。"

苟大海:"今晚肯定睡不了觉,我安排心理辅导师陪她。对了,李德也有心理咨询师的资质证书,晚上正好陪着。"

毕其功:"这俩人是真的啊?"

苟大海笑笑:"不可能开这种玩笑。两人眉来眼去好久了,队里都看出来了,就差这层窗户纸了。只是没想到在这里,用这种方式,真是一对奇葩。"

毕其功:"刑警队个个都是奇葩,满园春色关不住!"

五

苟大海把这顿饭叫最后的晚餐。

苟大海:"这酒可是我珍藏的,原本想放到退休再喝,那就是年份酒了,阎王爷跟我过不去,非要早点儿见我,再不喝就白藏了,今天拿出来,大家一醉方休。"

大家都不说话,默默地一饮而尽。

苟大海:"话都挑明了,我不忌讳,你们也别躲躲闪闪,老子自从来到这个世界上,就没想过要活着回去,这就是最后的晚餐,有些事我要在饭桌上交代,陛下知道,我请好假了,明天我要出去休假了,这么多年没休过假,这次休个够本。"

刘智云:"什么时候回来?"

苟大海:"我明天走,什么时候回没准儿,也可能是自己走着回来,也可能被抬着回来,我最希望被捧着回来。"

李侠:"胡说。"

苟大海:"今天有言在先,百无禁忌。我自打到了刑警队就没正儿八经休过假,算是攒一块儿了,要是超期不回,你们也别找我,找也找不着,手机我不带了,带也不开机。"

毕其功:"咱能不能说点儿高兴的?"

苟大海:"高兴的?听说国家要放开二胎了,李侠是独生女,我们符合政策。"

李德:"你还是说不高兴的吧。要去哪儿?"

苟大海:"这么多年我一直想走四条线,一条是沿着陆地的国境线转一圈,现在看这个圈有点儿大;第二条是顺着长城从东走到西,遇山翻山逢水过水,带上干粮,带上帐篷,晚上就睡在长城上,在上面看日出看日落;第三条是踏着红军的足迹走一遍长征,我做过很多功课,长征经过的地方现在都风景优美;第四条是沿着318国道去西藏,这是中国的景观大道,最终到墨脱。"

李侠很感兴趣:"太令人向往了,怎么从来没听你讲过?我陪你,说不定咱们的病走着走着就走好了。先走哪一条线?元帅正好跟姑姑去了南非。"

毕其功:"我说好久没见到这小子了。"

李侠:"姑姑说,带他过去学英语,小孩子学话快,在南非混半年就差不多了,以后上学就不头痛英语了。"

苟大海:"先去西藏,趁着现在身体还有劲儿。"

潘小小:"我想去陪你。"

苟大海不同意:"你别掺和了,你有的是机会。我结婚后就没正经陪过李侠,一天到晚忙案子,这回好好陪一次,要不,死了都不踏实。"

李侠:"我都习惯了。"

苟大海:"别,我是让你知道,咱也是对生活有想法的人。"苟大海停了一下,好像犹豫要不要说:"我也是非常非常在乎你的。"

李侠的眼泪一下子涌出来。

苟大海:"好饭别嫌晚,幸好我还有时间。行了该说正事儿了,以后我儿子元帅,你们要帮我看着点儿,就一点:不能学坏。有多大出息是他的造化,但路不能走歪了,咱们都是警察,你们给我盯着;还有就是李侠,我活着她是你们嫂子,我死了她是你们大姐,就求你们一件事:不能被人欺负。谁敢碰她一个指头,李德你们几个都在,有一个算一个,把他狗头打爆不能过夜。就这两件事算是拜托大家。"

马多多:"你说哪儿去了,整得像遗嘱似的。"

苟大海:"我就剩半年了还不是遗嘱?再晚了就没地儿说了。还有,我死了,不许整遗体告别追悼会那一套,我不喜欢,悼词那些话我听着也起鸡皮疙瘩。我丑话说前头,你们要敢搞,我爬起来跟你们算账。就塞炉子里烧,烧好了把骨头碾碎,搅和点水,咱们江边那棵大树,在树根那里掏个小洞,小心点儿别伤了根,连水带灰倒进去,算是给树施肥了。有的人把骨灰放花盆里养花,我这个人毒性大,会把花烧死,还是埋树底下靠谱。你们要是想我了也好找,逢个清明什么的,往树下倒杯酒,也不枉兄弟一场。"

商凯乐心里很不是滋味:"这酒喝的。"

毕其功:"还有什么?说吧,把想说的都说完,别憋着,你是男人,我们也是汉子,我替弟兄们答应下来。人早晚有这么一天,总会有先有后,你先去给我占个地儿。"

苟大海:"没那么啰唆,完了。别整得跟个娘儿们似的,我走了,你们要化悲痛为饭量,把活儿干好,把老婆陪好,把孩子带好。这样,我也高兴。"

毕其功:"拿大杯来,老子给你壮行,喝不喝?!"

苟大海:"什么叫喝不喝?倒满!"

一溜十个玻璃杯依次排开,毕其功用牙把酒瓶咬开,"哗哗"全部倒满,十只手一起伸向酒杯。

苟大海是被李侠扶着回去的。苟大海人还很精神,但腿脚不利索了。

床上。苟大海捂着腹部对李侠说:"这里痛。"

李侠拿了一个热水袋给他暖上:"是心理作用吧?"

苟大海:"跳着痛,针扎一样,货真价实。"

李侠:"这么快?"

苟大海:"病来如山倒,我怕坚持不了半年,得赶紧走。明天出发,西藏。"

李侠:"好,这是一条令人向往的路线。"

苟大海:"早该陪你了,一直忙,总觉得离开我刑警队得关门,现在想想你骂我的话是对的,工作不是生活的全部,破案不应该是我全部的乐趣,我醒悟得太晚了。我一直还很自豪,在队里总是倡导牺牲和付出,对一心扑在工作上自觉不自觉地言传身教。其实,工作出色和生活精彩都能做到的才是真正的男人,病一来反而脑子开了窍,原来是我一根筋,很对不起你。"

李侠没说话,只是紧紧地抱住他,温热的嘴唇贴在苟大海满是酒气的嘴上。苟大海手也不安分了,在李侠丰腴的身体上四下游走,李侠也激动起来,身体明显地迎合,苟大海突然意识到,两人好久没有做这功课了。

基本功都还在,业务也轻车熟路,但一阵大汗淋漓之后,苟大海瘫在床上,没成。苟大海很沮丧:"ED 了,肝儿离这地方远着呢,怎么还影响到了呢,看来真是病入膏肓了。"

李侠:"什么是 ED?"

苟大海:"ED 就是上头有想法,下头没办法,不听使唤了。"

李侠:"瞎说,是你喝多了。"

李侠怜爱地紧紧抱住丈夫。

苟大海背着行李拐过看守所,他要跟哈雷告个别。

哈雷根本不接受苟大海的体检结果,他脸涨得通红,挥着拳头大喊:"怎么可能,怎么可能?大哥,我替你去死!"旁边的管教很感动,红着眼圈安抚哈雷,叫他镇定。

苟大海等他稍微平静,对他说:"生死由命,富贵在天,早晚都有这么一天,早死早托生。"

哈雷:"我还是不信!我坚决不信!"

苟大海:"阎王爷又不听你的,你不信有啥用,今天早晨我这里痛了半天,他妈的,来得挺快。"苟大海揉着自己的胸口,到现在还觉得隐隐作痛。

哈雷:"大哥,那怎么办?"

苟大海:"凉拌!"

哈雷："哥，我能做什么？要不，把我的割下来给你。"

苟大海："你自己留着用吧。刚才我去看了小暖，她恢复得很好，但还要再坚持一段时间。她出来之后不能再在伊秋待了，要给她换个环境，彻底把心瘾戒断。你还记得前些年从队里辞职下海的大老吴吗？他现在在广东惠州开了一个很大的家具厂，做明清仿古家具，里面缺木雕技师，这个活儿相对封闭，又安静，我看，比较适合小暖。我给大老吴说了，他支持，当年都是过命兄弟，我开口他一定上心，他会照顾好小暖的。这是个手艺，能跟一辈子，越老越值钱，走这条路没错。"

哈雷："我听你的。"

苟大海："还有，吴岩林肚里有东西，就是不吐，吐了都是好玩意儿，你再靠靠。别着急，我们有的是时间，放长线钓大鱼。"

哈雷："你不急我就有办法，这人阴坏，得慢慢来，您擎好吧。"

苟大海："我把手上的活儿都撂了，临死前出去转转，周游世界，也最后陪一下你嫂子，来跟你见个面告个别。"

哈雷眼圈红了："我还能见到你吗，哥？"

苟大海没回答，扭头走了。

哈雷对着苟大海的背影大喊："大哥……"

苟大海没有回头。

车拐进一座山坳，前面是一座庙宇。

苟大海停车："楚大哥在这里，我去跟他说几句话，楚歇武临进去的时候托我的，把这事儿办了。"

李侠："我在车上等你吧，我不愿进庙，哪里的庙我都不愿进。再说我也不愿看见他，见面不知道说什么好，尴尬。"

苟大海："那你在车上等，听听音乐，我把话捎到就回，10 年了，我跟他也没什么话。他弟弟被抓了，老婆跑了，这都跟我有关系，不知他会不会记恨我。"

李侠幽幽地加了一句："还有他妹妹。"

苟大海："天地良心，我是跳进黄河也洗不清了。"

李侠："清者自清，浊者自浊。你要是干净跳黄河洗啥？"

苟大海："你不相信我？"

李侠莞尔一笑："逗你呢，你不是那种人，她也不是你喜欢的那类人，不是什么人都能入你的法眼，这方面你口味还是挺刁的。"

苟大海："猛一听像是在夸我，仔细听是在夸自己。"

李侠："快去吧。"

苟大海朝庙里走去。

一个眉清目秀的小和尚引苟大海进来。

这是一间方丈室，里面的布置极为简单，中间一个八仙桌，四周几个圆形的木凳。桌上有一个托盘，里面是拙朴的茶壶茶杯。一身袈裟的方丈正襟危坐，面前是一本黄颜色的线装经卷。

苟大海："多年不见，大哥！"

楚明健的法号叫成智，成智说："施主一路辛苦，请用茶。"

苟大海听出了疏远，也赶紧补上客套："对不起，冒昧打扰！"

成智："佛门广大，接纳一切有缘者。"

苟大海："你听说家里的事情了吗？"

成智："既然托身空门，便已斩断孽念，红尘俗事与老衲无关，不闻，不问。"

苟大海不死心："你不想知道我来这里的原因吗？"

成智："想来是因，来了是果，因果就是缘分，您请喝茶。"

苟大海对这种饶舌很不喜欢，喝了一口茶，对着茶杯说："楚歇武被抓了，大嫂跑了。"

成智倒茶的手悬在空中，愣在那里没说话。

苟大海看出了他的惊讶，又说了两个字："制毒。"

楚明健长久地沉默，然后长出一口气，也吐出两个字："业报。"

都没再说话，陷入难耐的沉默。

苟大海换个话题："在我的记忆里，这里是一片废墟。"

楚明健："我倾10年之力，才让香火旺盛。"

苟大海："最大的一笔捐款是你弟弟给的。"

楚明健惊讶地望着苟大海，目光里充满不信："那笔捐款是没留下名字。"

苟大海："我在这梁上都能闻到冰毒的味道。"

楚明健四下打量一下这座寺庙，这是他10年来化缘来的成果，倾尽了10年的心血，楚歇武的捐款让他很不解，他想不明白楚歇武捐款的目的何在？是帮助哥哥还是祈福消灾？

苟大海："楚歇武托我来看看你，也给你带个话，是不是考虑该回家了，你走是因为眼里揉不得沙子，现在沙子没了，你可以清静了。"

成智："内心清静，这个世界就清静。"

苟大海觉得话不投机便想离开，李侠还在车上："受人之托，忠人之事，我话传到了。"

楚明健听出了苟大海想走的意思："我父亲还好吧？"

苟大海："还好，身体挺不错，不过，这件事可能会闪他一下。但老爷子风风雨雨几十年，大风大浪都经历过，应该能看得开。你当真10年没回过家？"

楚明健："你要不来，我都忘了我曾经还有个家。"

苟大海："不是曾经，现在也是你的家。"

楚明健："你们把皈依佛门叫出家，家既然出了，就没了，没了，永远没了。"

苟大海："我一直把你当大哥看，想问一个憋了我10年的问题，是什么事情让你如此决绝？你要认为是你的隐私你不用回答，你要回答是佛门的召唤我就不问了。"

楚明健："凡事都有因果，宇宙世间都在因果里轮回。"

苟大海："大哥，你说话能不能不绕圈子?"

楚明健："你还是那个性子，一点儿都没变。那些事被我关在这里都长草了。"楚明健指着自己的心房。

苟大海端起茶碗喝茶，这是新茶，楚明健自己在山上采的，有一股浓郁的野气。

楚明健："他们制毒的事我比你早知道10年。"

苟大海盯着他看。

楚明健："知情不报算不算包庇？要算的话你就把我带走。"

苟大海："和尚还挺懂法，不过，10年前的事，就是算也过追诉期了。"

楚明健："我和大嫂是15年前认识的，那时我在地质队，奉命在太行山搞地质勘探，地质勘探很耗时间，我们在那里住了整整一年。那地方真是漂亮，有机会你要去看一看，那才叫山，硬朗俊秀，有棱有角，和它比南方这些山都得改名叫小土丘。在那里我认识了大嫂，还是叫大嫂吧。"

苟大海："大嫂不是河北人吗？"在来之前，苟大海还给大嫂老家的公安局发了通缉令。

楚明健："是河北人，她父亲是当地的乡土医生，开有诊所，她当时读卫校，准备以后在诊所里帮忙。她有个舅舅在太行山里开餐馆，她暑假过来玩。她舅舅餐馆的名字我还记得，叫绝味烤鸭，现在想来真是罪过,就是把鸭子放在铁笼子里,下面用火烤,鸭子渴了就喝笼子里配好的汤料,不断喝,不断烤,直到鸭子被烤死。当时年轻孟浪无知,还觉得好吃,经常去,现在想来真是羞愧。在那里认识了大嫂。后来她跟我回来,自己开了个诊所,依仗着家传和在卫校的进修,头痛发热的也能对付,虽然赚不了大钱,但贴补家用还是够的。他俩从什么时候开始制毒我说不上来,一开始他俩叽叽咕咕我没往心里去,后来觉得不对劲儿,直到楚歇武开始用瓶瓶罐罐和高压锅炼制那些刺鼻的东西我才明白过来,但已经晚了,他们已经上道了,已经陷入赚钱的狂喜中了。看到弟弟成为一个废人我心里难受,看到他走上这条路心里更难受,我试图跟他们沟通,发现没有沟通的可能,正好我的企业改制,我也下岗了,一时间万念俱灰。无尽的黑暗中,我听到了佛祖的召唤。你说得对,这里是一片废墟,但一百年前,这里是远近闻名的寺院,晨钟暮鼓护佑着无数苍生。我从五台山出来在这里搭了个窝棚,10年,有了现在的香火。"

苟大海:"当时,也许,你应该给我说一声,我说的是你刚开始察觉的时候,或许有个好的解决办法,至少,至少,不至于走到今天这个地步。"苟大海这话说得底气也不足,这种东西一旦沾上回旋的余地实在太小了。

楚明健:"芸芸众生,滚滚红尘,就像天上的星辰,有的是恒星,散发光芒,有的是流星,在天上留下一道轨迹便无影无踪,还有的是彗星,这是灾星,扫帚星,给别人带来麻烦。"

苟大海:"看来我是一颗流星。"

楚明健点点头:"我只是一粒沙尘。风一吹就没了。"

苟大海觉得该走了,楚明健起身相送。

苟大海突然问:"一个窝棚,10年风雨,不觉得寂寞和孤独吗?"

楚明健:"不寂寞,孤独。"

苟大海:"这有什么区别?"

楚明健:"寂寞是别人不搭理你,孤独是你不搭理别人。"

朝霞的光影里,错落有致的延寿寺和佛珠袈裟的楚明健合成一个剪影。

车上,苟大海对李侠说:"咱们的行程我想拐个弯。"

李侠:"你这人,说得好好的又变卦,往哪儿拐?"

苟大海:"太行山。"

李侠:"这哪儿跟哪儿,你这弯也太大了吧?不过太行山倒是挺漂亮的,画家都喜欢去那里写生,画家喜欢去的地方肯定漂亮。怎么想起往那儿拐?"

苟大海:"和尚哥哥说当年他在那搞过地质勘探,风景很美。那里还有个郭亮村,建在悬崖峭壁上的村庄,一直向往,今天叫他这么一说,给勾起来了。"

李侠:"郭亮村我知道,一帮农民生生在悬崖上掏出一条路来,太震撼了。我还有个大学同学在那里呢,我们班的王大个子,约了我们好多次了。"

苟大海:"走?"

李侠:"听你的。"

苟大海一脚油门。李侠靠在座椅上:"我太喜欢这种随心所欲信马由缰的生活了。"

六

到太行山的时候天都黑了。苟大海李侠住进了郭亮村下的一个农家乐,小院不大但很整洁,两人都很喜欢。今天不是周末,没什么游客，村子里显得很安静。

　　李侠在洗澡，蒸汽把浴室门玻璃覆盖了一层水雾，李侠在里面喊："过来帮我搓搓背。"

　　苟大海躺在床上："你别哪壶不开提哪壶了。"

　　李侠："讨厌！我不是说那事儿。"

　　苟大海："但我进去会想那事儿啊，你这不是往我伤口上撒盐吗？"

　　李侠："讨厌死了，你开一天车，也要洗澡啊。"

　　苟大海："我困了，明天早上再洗。"说完已经鼾声如雷。

　　一大早，苟大海起床，对还在睡的李侠说："我睡饱了，先出去转转，探探路。"

　　李侠没睁眼睛："嗯，我再睡会儿，你不洗澡？"

　　苟大海："回来洗。"

　　阳光从大树枝繁叶茂的空隙中透下来，照在光滑的石板路上，村子里炊烟袅袅，随处可见麻雀和燕子在屋顶和树枝上，三三两两的村民扛着锄头铁锹下地干活儿。所谓地，不过是山崖上一小片一小片较为平坦有泥土的地块，这个村祖祖辈辈就靠这些地块繁衍生息。

　　苟大海饶有兴致，村边就是悬崖，他趴在栏杆上往下看，这万丈悬崖像刀切一样，让人看着眼晕，这是怎样的一种生存状态啊，苟大海很是感慨。苟大海突然冒出一个念头，要是，要是自己的病情恶化到痛苦不堪的地步，在这里纵身跃下，倒也是一了百了的好办法，至少他奶奶的痛快！想到这里，苟大海腿肚子突然有些发软，他赶紧离开栏杆。

　　苟大海继续往上走。

游客多了餐馆应运而生，村边靠路的这一带布满了大大小小的餐馆，开餐馆是入门最简易的一种生意，把生活中的一日三餐搬出来就能做生意了。很多人没有别的技能，想谋生或想赚钱第一个念头就是开餐馆，所以全世界各个角落最多的就是餐馆。餐馆的招牌也是各式各样，但都会突出地方特色，比如羊肉、比如烩面、比如烙饼、比如野菜。

但苟大海看到了一个与众不同的招牌，在小街就要拐弯的地方。这地方显得偏僻，显得寒酸，很难让初来乍到的游客一眼看到，按道理说这不是一个开餐馆的地方，但它确实是个餐馆，而且刚开不久，因为招牌还是新的。这个招牌让苟大海感觉一股气血冲上天灵盖，顶得头发都要竖起来了，冥冥中苟大海应该就是冲它来的，虽然自己嘴上不会承认，他会把这归为运气，狗屎运，老刑警都会这么归结。这种运气其实是一种意识，足球场上球星和球员的区别就是球星的意识超强，他们总是出现在球会到的地方。

这个餐馆的招牌上赫然写着"绝味烤鸭"。

苟大海推门进去的时候，正是鸭子叫唤得最起劲儿的时候，它们知道被拎着脖子丢进铁笼子的后果，前两天很多兄弟姐妹就是这样不见的。

大嫂刚从笼子里拎出一只鸭子。

大嫂抬头的一刹那一定认为大白天见了鬼，她的第一反应是把鸭子扔掉，撒腿就往屋后跑。鸭子乱作一团，它们不知道眼前这个铁青着脸的人是它们的救命恩人。

这里实在没地方跑，后面几十米也是悬崖，那种太行招牌像切豆腐般切出来的悬崖。大嫂瘫软在悬崖边，满脸惶恐和不解："你，你怎么找到这里来了？"

苟大海站住，他没往前走，再往前走就有点儿逼人太甚了，他觉得。苟大海说："我过来旅游，没想到在这里碰到你。"

大嫂："我怎么这么倒霉！"

苟大海："天意！人在做，天在看。"

大嫂："大海，这里就咱俩，你也不是公务，看在我们多年的交情，放我一马，你就当没遇到我，这对你很简单，我会报答你的。"一只老鼠从两人中间飞速地穿过，一转眼钻进草丛中。

苟大海话说得很慢很柔和："你都不如这只老鼠，它要被猫碰上了，要么束手就擒，要么以命相搏，肯定不会讲条件。再说了，你拿什么报答我？你的钱很多，床底下全是，但没来得及带出来，你的银行卡取不出钱来，因为都给冻结了。有钱你也不会开餐馆了，跟鸭子过不去，这活儿多脏啊！"

大嫂："你逼人逼得太紧了。"

苟大海有些生气："我逼你？小暖被你害得人不人鬼不鬼，楚歇武被你领上不归路，是你逼我还是我逼你？"

大嫂："楚歇武怎么能怪我？"

苟大海："你说怪谁？我听过他说，想再听一下你说。"

大嫂："我到伊秋后，父亲就跟去开诊所，等我能接手了，他老人家就回河北沧州老家了。你应该记得那个诊所生意还是不错的。走上这条路是个偶然，有个叫宋江的隔三岔五来买康泰克，每次量都很大，我感觉不太对，后来熟了，才知道是用它提炼冰毒。我跟楚歇武说了，他每天把自己关在家里百无聊赖，听说后很感兴趣，上网查了很多资料，然后让我买了些器皿，都是在医药公司买的，这家伙真是聪明，要不是那胳膊可不得了，没几天就提炼出来了，给宋江一看他惊呆了，这质量比他们师傅做得还好，第二天就送来厚厚的一摞钱。楚歇武拿到钱的时候两个胳膊棍直哆嗦，不知是高兴还是害怕，从此就走上了这条路。他手残疾出面不方便，外面都是我张罗,这黑桃皇后看起来是我,实际上是楚歇武,从康泰克提炼到化学原料直接合成,再到后来长效缓释胶囊的开发,都是楚歇武一个人搞出来的,我说过,楚歇武要不是胳膊拖累了他,原子弹他都能搞出来,真是可惜了一个人才。比如这长效冰毒,亏他想得出来,一传出去道上的人都疯了,要不是他们追得紧,我们可以慢慢来,像以前那样,不显山不露水的,你上哪儿找到我们?!我们的医院都开起来了,在那里这些事情就更好做了。"

苟大海:"你是引路人,把楚歇武引上了不归路。"

大嫂:"也不能这么说,一拍即合吧,那天我跟他说了之后,他的房间亮了一夜灯,他是想清楚了才干的。你不知道在这之前他生不如死,而走上这条路后有多风光,他一个残疾人还能干什么?成王败寇,我们输了当然由着你说了。"

"宋江呢?"

"死了,摔死了,死得很蹊跷。他去朋友家喝酒,喝完酒拜佛,拜完往后倒了一步,没注意后面是台阶,一脚踏空,后脑勺磕在地上。当时还没事儿,还自己上的车,但回到家就吐,他妻子以为是喝多了,平时喝多了也吐,就没当回事,但下半夜就没气了,医生说应该是颅脑受伤出血。后来高人指点,说酒后不能拜佛,是对佛祖的大不敬,这是大忌。我给佛祖烧香都是要洗澡换衣服的。"

"你拜佛?"

"天天拜。"

"你家不就有一尊佛么,还拜什么?"

"什么意思?"

苟大海:"你后来见过大哥吗?"

大嫂:"楚明健啊,应该死了吧,那么多年没音信,那是个窝囊废,我都记不起他长什么样了。"

苟大海不想再跟她讲了:"我这个人和你不一样,我念旧情,看在我们相处那么多年的份儿上,我再给你一条路。"

大嫂很急切:"放我走?"

苟大海说:"你自己打个电话给110,算你投案自首,我是来玩的,不是公务,我可以不抓你。投案自首可以从宽,现在法院提倡少杀,说不定能保你一条命。你要没电话就用我的。"说着,苟大海从裤兜里掏出电话,然后开机。出来几天了他一直关机,说是图清静,实际上他是怕人安慰,这段时间大部分电话都是这种电话,每当有人安慰,他都起一身鸡皮疙瘩,但人家都是好意,还得在电话里千恩万谢。

大嫂很绝望:"我知道我干的啥,这活儿是提着头干的,你保不了我的命。烂命一条,我不要了。"说完起身,一头栽下悬崖。

出乎苟大海意料,他甚至来不及阻拦。

苟大海怅然地望着深不见底的悬崖。

苟大海手里的电话响了。苟大海还没回过神来,正犹豫接还是不接,一看是毕其功的电话。

苟大海:"正要找你呢,我给你说……"

毕其功:"你两口子都关机,把人急死了,我拨你几十遍了。我先跟你说……"

苟大海:"我先说。"

毕其功:"我先说。"

苟大海:"别跟我争,我这是正事儿,我在太行山,碰到大嫂了。"

毕其功:"啊?"

苟大海:"有什么好啊的,就这么碰上了,不过,她跳下去了。

正好,你跟这边的警方联系,叫他们过来处理现场,我还得去玩呢。"

毕其功:"该我说了吧?我的事比这事儿更重要。"

苟大海:"对我来说现在就没重要的事,你说吧,但你要是说工作我就不听了。"

毕其功:"老子的话你敢不听?"

苟大海:"我活一天少一天,管你局长不局长。"

毕其功:"就你这态度,真不想告诉你,你给我竖起狗耳朵听准了,"毕其功一字一顿地说,"你那个肝癌是假的!"

苟大海:"什么?"

毕其功:"昨晚楚红过来找我,说她把你的体检单跟人换了,后来觉得事情搞大了,害怕,又来找我。"

苟大海:"啊?"

毕其功:"有什么好啊的?"

苟大海:"那……那我肝为什么一直在痛?"

毕其功:"我问医生了,现在我问你,是不是早上特别痛?"

苟大海:"是。"

毕其功:"是不是饭前痛,吃完饭就不痛了?"

苟大海想想:"是这样。"

毕其功:"肝痛你个头,医生说你是胃溃疡,工作压力大,饮食不规律,喝酒熬夜,十个有八个得胃病。自己摸摸,胃在哪儿肝在哪儿?还警官大学毕业呢,你当年初中的生理卫生就没学好。"

苟大海有点儿发蒙:"你说的是真的?"

毕其功:"楚红都被李德给扣局里了,昨晚刑警队都炸了,连小小都灌进去半斤白酒,当场出溜到桌子底下去了,就是找不到你两口子。"

苟大海:"我这不是在做梦吧?"

毕其功:"梦你个头,快滚回来给老子上班干活儿!哈雷把吴岩林拿下了,澳大利亚那边的事全交代了,一个国际贩毒集团被摧毁,国际刑警发来贺电……"

苟大海没再让他说下去:"你们不要为难楚红,把她放了,马上把她放了,她给我开了个玩笑,这玩笑……我就回去,我就回去……"

挂了电话,苟大海脑子里一片空白,一切都像梦幻。突然苟大海对着悬崖和群山一声长啸,像是要把五脏六腑都吼出来。

苟大海几乎是冲回客栈的,苟大海一脚踢开门,李侠正起床,吓了一跳,她上衣还没穿,炫目的酥胸正对着他。苟大海扑上去:"老子的肝癌是假的,老子的肝癌是假的。"

李侠一下子糊涂了:"什么?"

苟大海:"体检单弄错了。"

李侠:"真的?"

苟大海:"真的!陛下打来电话说的。"

李侠紧紧抱住丈夫,眼泪都出来了:"那你肝痛?"

苟大海:"是胃溃疡。"

李侠:"啊?"

被窝里。

李侠:"你,你又行了?这么厉害,不是 ED 了吗?"

苟大海有些不好意思,边动作边解释:"嘿嘿,吓的,给吓阳痿了。"

李侠喘着气说:"你怎么也会吓成这样?传出去……刑警队长的形象全毁了。"

苟大海:"活着比他妈形象更重要!"突然又想起什么,"传出去?谁传出去?"

李侠半挑衅半撒娇:"我呀。"

苟大海加大了幅度:"嗯?好,我让你传,我让你传!"

随即是一阵笑声、呢喃声、呻吟声、喘息声和木床的咯吱声。

一只大花猫蹲在窗台,隔着玻璃使劲往里看,一只枕头砸在玻璃上,刚喘匀气的苟大海骂道:"有什么好看的,没见过?滚!干你的正事儿去!"

大花猫吓得跳下窗台,一溜烟儿钻进屋后的树林。

一轮红日跃出,千里太行,万道霞光。

> 二零一四年四月二十七日于惠州初稿
> 十月十九日修改定稿于新加坡

后　记

　　初稿完成半个月的那天早上，我去惠东县看守所执行台湾毒贩卢志胜的死刑现场，我要亲眼见证卢犯伏法，卢犯三年前就是用书中林风的诡异方式，枪杀了我的战友。他被带进旁边茂密的荔枝园，一路上很安静，只有脚镣撞击的声音，行刑的法警动作很快，我还没走到跟前，一声清脆的枪声就响了，卢志胜健美匀称的身躯倒在旁边的荔枝树下，他甚至在监仓里还一直在练瑜伽。血顺着雨水蜿蜒流淌，淅沥的雨一直在下，想起三年前那个晚上战友饮弹车库的情景，雨水和泪水模糊了我的双眼。

　　当年填报高考志愿时的一时冲动，从此我穿上了警服成了一名警察。从懵懂青年步入满头华发，算来已经 20 多年了。本书中的故事几乎全部取材于这几年我亲身经历亲眼目睹的案件，作品中的主要人物也都能在我身边的战友们中或多或少地找到原型。这支队伍里有很多苟大海、毕其功及李德、潘小小，他们是这支队伍的脊梁。因为工作关系或者利用工作关系，我给双臂残疾的毒枭楚歇武原型点过烟；我听精通七门外语的吴岩林原型讲了一下午他创业的故事和自己落网的不甘；为了抓何首乌的原型我们花了10万悬赏，得知他在河边靠打鱼为生；唐松的原型劫走警车逃跑后，我火速赶到指挥中心指挥了围追堵截。我拥有大量这样的资源，几乎不用虚构，故事是现成的，俯拾即是，人物就在眼前，栩栩如生，我要做的只是找个连贯的故事把它们串起来。写作不是我的正事儿，只是不满当下一些影视作品的浮光掠影和粗制滥造，想把这些年亲历亲为的事和朝夕相处的人展示出来，还原真实的侦查破案和真实的警察生活。就作品而言，我不过是顺手打个酱油，文学性和艺术性一定会有所欠缺，但这种亲历者才有的生动和准确是我自信的源泉。

　　谨以此书献给我的战友们。

图书在版编目（CIP）数据

对弈 / 李学磊著 . —北京：群众出版社，2016.11
ISBN 978－7－5014－5590－4

Ⅰ.①燃… Ⅱ.①李… Ⅲ.①长篇小说—中国—当代 Ⅳ.①I247.5
中国版本图书馆 CIP 数据核字（2016）第 258352 号

对 弈

李学磊 著

出版发行：群众出版社
地　　址：北京市丰台区方庄芳星园三区 15 号楼
邮政编码：100078
经　　销：新华书店
印　　刷：北京泰锐印刷有限责任公司
版　　次：2016 年 11 月第 1 版
印　　次：2016 年 11 月第 1 次
印　　张：10.25
开　　本：880 毫米×1230 毫米　1/32
字　　数：248 千字
书　　号：ISBN 978－7－5014－5590－4
定　　价：38.00 元
网　　址：www.qzcbs.com
电子邮箱：qzcbs@sohu.com

营销中心电话：010－83903254
读者服务部电话（门市）：010－83903257
警官读者俱乐部电话（网购、邮购）：010－83903253
文艺分社电话：010－83901330　　010－83903973

本社图书出现印装质量问题，由本社负责退换
版权所有　侵权必究